苍生埜嶺有誰知一夜風来香滿枝自在清高無俗夢半添春色半吟詩

綠稚夢詩 野山花 乙未孟春 張金忠書

乡愁悠悠

蒋绍斌 著

中国财富出版社有限公司

图书在版编目（CIP）数据

乡愁悠悠／蒋绍斌著．—北京：中国财富出版社有限公司，2020.12
ISBN 978－7－5047－7365－4

Ⅰ.①乡…　Ⅱ.①蒋…　Ⅲ.①散文集—中国—当代　Ⅳ.①I267.1

中国版本图书馆CIP数据核字（2020）第250678号

策划编辑　蔡　莹　　**责任编辑**　齐惠民　蔡　莹
责任印制　梁　凡　　**责任校对**　张营营　　**责任发行**　董　倩

出版发行　中国财富出版社有限公司
社　　址　北京市丰台区南四环西路188号5区20楼　　**邮政编码**　100070
电　　话　010－52227588转2098（发行部）　010－52227588转321（总编室）
　　　　　　010－52227588转100（读者服务部）　010－52227588转305（质检部）
网　　址　http：//www.cfpress.com.cn　　**排　　版**　宝蕾元
经　　销　新华书店　　**印　　刷**　天津市仁浩印刷有限公司
书　　号　ISBN 978－7－5047－7365－4/I·0322
开　　本　710mm×1000mm　1/16　　**版　　次**　2021年1月第1版
印　　张　15.25　**彩　插**　0.25　　**印　　次**　2021年1月第1次印刷
字　　数　262千字　　**定　　价**　52.00元

序言

摆在案头上的《乡愁悠悠》，是一位农民作家的作品，他想请我帮忙把关审审稿，给些建议。我粗略地翻阅几篇文章后，发现有可读之处。读着读着，不忍丢下；读着读着，仿佛走进了作者的童年，走进了作者的故乡。

“故乡”二字，对游子来说，永远是温馨又沉重的字眼，总是能在某个节点唤起人依恋和怀旧的情感。在阅读书稿的过程中，我渐渐对这位五十多岁的农民产生了好奇。每天都要从事繁重的体力劳动，空闲时间有限，做到笔耕不辍多么不易！

蒋家在童司牌亦农亦商，一代又一代，读书人不多。高中毕业的蒋绍斌，算是蒋家的半个秀才。走出校门后，他先是在家务农，后在当地工厂上班。赶上下岗潮后，他外出打工，足迹遍布小半个中国，直到后来在武汉打工并寄居武汉，住了近二十年。小时候不曾离开家，长大了忘不了家，蒋绍斌的思乡之情，绵延无尽。读他的文章，也让我想起了自己的故乡。有时在自己工作的城市，在车上听见两个陌生人说话，带着家乡的口音，会让我越听越亲切，忍不住就想问人家的老家是哪儿的。那种感受，现在回想起来，大概就类似作者那悠悠乡愁。

书中有篇《打工路上，栽种文花诗草》，让我了解到蒋绍斌的创作历程的艰辛。他对写作的热爱和执着，也深深打动了我。他的那些带着乡土气息的文字，如一坛老酒，一经开坛，就散发出扑鼻的陈香，让人读来为之一醉。深入读下去后，我对他是刮目相看。在《乡愁悠悠》这本文集中，有故乡的山川名胜和人文历史；也有浓得化不开的故乡亲情；还有作者童年的趣事，既有嬉闹之乐，亦有偷鸡摸狗之类的“糗”事……

这本文集，除了儿时的故事，还有相当大的篇幅写的是父母亲情。无论是《牛背上的荷香》《天真无邪的童年》，还是《母亲的端午粽》《中秋月饼》《受之有愧的“陪娘奖”》，乃至《生日忆父亲》《跟着父亲锄地》，作者都以写实的笔法，描绘出“儿时的我”“青年的我”“中年的我”等一个个生动又具体的形象。作者记述儿时的故事，充满了童趣，小孩子好吃、贪玩又捣蛋的形象，跃然纸上。写回忆父亲和陪伴母亲的文章，字里行间充满了对父母之爱的真情流露，读之让人感动。

文集中，作者还写有不少记述家乡风景名胜的文章。读《古塔情思》《半晤横岗》《月在武湖明》《邂逅通天河》等，让人心生羡慕，羡慕作者的故乡既有田园风光，又有历史文化底蕴。读《再会乡湖》《太白湖的夏雨》，面对肆虐的洪水，危急关头，湖北武穴人民老少上阵，忘我奋战在抗洪一线。我被作者家乡人民抗洪救灾、建设家园的精神所感动。

作者善于抓住生活中的种种细节，笔法质朴实在，描述接地气，回忆真切，让人感受到作者是个心怀故乡、热爱生活、懂得感恩的人。从文中可以看出，但凡对他有过影响的人，以及对他有过滴水之恩的人，他都不会忘记。我读这本书，仿佛是在听他诉说种种故乡往事。这种乡愁情结，就是这本书的灵魂。中华民族文化源远流长，也正是有亲情、故乡情、民族情、家国情在内的种种情怀，才有我们各自的家族和我们民族的血脉延伸。

蒋绍斌说，《乡愁悠悠》是他的第一本散文集，是以游子身份写给故乡的心声，是他献给故乡的礼物。我想说的是，这本关注故乡、书写故乡的文集，是写给更多人看的。作者笔下的故乡，是中国千万个游子心中故乡的缩影。希望每个有缘读到这本书的朋友，能从书中获得些许启示，找到自己走过的童年、青年和中年的生活回忆，为各自故乡的历史而感叹，为各自的故乡情怀而动情，为岁月的流逝而喟叹。

《乡愁悠悠》这本散文集，虽出自非科班出身的、非文学专业的农民之手，但出手不凡。这近百篇散文，绝大部分在全国各级报纸杂志上公开发表过。这种短文章，不拉腔作调，在平实中见意蕴，始终以真诚、真情、真挚贯穿全文，最能够打动人心。是许多初学者创作散文的极好范本。

当然，从专业的角度来讲，作者文笔还稍显稚嫩，但好在情感细腻，实乃不易！希望蒋绍斌百尺竿头更进一步，在今后的创作中，能写出更多更好的作品，回报他的故乡和父老乡亲！

文化和旅游部民族民间文艺发展中心学术委员会主任

张　刚

2020 年 12 月 16 日

目 录

爱的唠叨

在城里稳定下来后，我把母亲从乡下接来同住。第一次出远门的母亲，从农村来到城市，对一切都感到新鲜。

刚来的时候，母亲带来好多腌菜，一股脑儿全放进了冰箱，弄得所有的食品都是腌菜味。妻子看在眼里，嘴上没说什么，但我知道她心里肯定不高兴。带母亲去菜市场买菜，母亲总爱在市场外边的地摊上买，说地摊的菜便宜，说某某菜她先前也种过，乡下从来没这么贵过，然后一毛两毛地讨价还价，为节省一块钱而喜得手舞足蹈。

有次我买草莓给她尝鲜，等我们走后，她又放进冰箱想等我们回来一起吃，没想到被腌菜熏得一股浓浓的酸味。母亲却说："这东西，味儿一点都不好，还不及老家的桑葚儿。"早就憋了口气的妻子，嘟囔着回了一声："这草莓好贵的，哪有不好吃的，都是腌菜给弄的，好不好？"母亲一听，觉得受了委屈，一生气，嚷着要回家，哭着诉说那些年我们家陈谷子烂芝麻的事。说我忘本，不记得读书时靠腌菜度日的苦了。我好说歹说，妻子也是左赔礼右认错地劝了几天，才算让她消了气。

母亲有一间属于她自己的屋子。刚来时，妻子给她买了全套的新铺盖，可她却收起来折好放进了柜子里。她爱用从老家带来的旧棉布铺盖，被面印染紫花，被里补了几块补丁，显得土里土气、不伦不类。只有到了年节时母亲才会听妻子的，拿出新铺盖用几天，但节后很快就收起来。乡下老家民风淳朴，母亲养成了大白天敞开门的习惯。有时同事来串门，一眼就看得到母亲床上的"寒碜"，我们又不好解释，每每客人走后，我就唠叨没完，可母亲依旧我行我素。日子久了，妻子非但不怒，还劝我说："娘念旧，这些旧物寄托着她老人家的乡村情结，棉花是她种的，棉线是她纺的，她喜欢，就由着她吧。"

也是，母亲在乡下生活了几十年，吃了大半辈子的苦，突然让她改变生活习性，只会让她惶恐不安。

母亲还有一个怪脾气，喜欢唠叨，大概天下的父母都一样吧。因为工作，我们常常早出晚归，但每次出门，母亲总是大声嘱咐：天凉了要加件长衣服，下雨了要带把雨伞，路上注意安全……晚上回来晚了，守在客厅里的母亲又会大声提醒，不要用冷水洗脸，哪里备有开水，要记得泡个脚。刚开始我们还会应个声，时间久了，我就嫌她啰唆，多半不搭理她。

有一次母亲被姐姐接去小住，我下班回来，屋里冷冷清清的，总感觉少了什么，我又怀念起母亲的唠叨来。把母亲接回来的当晚，我依母亲吩咐炒了些口味清淡的菜，一碗鸡蛋番茄汤，一盘煎豆腐，多添了几个母亲亲手做的腌菜。吃饭时，母亲见了很高兴，说这才是过日子的样子。接着就开始了她的唠叨，说家乡的萝卜青菜是做腌菜的上好原料，可惜现在的人不知道节俭，种的人也少了。又说腌菜在灾荒年是帮了我们家大忙的，还说我小时候最爱吃腌菜，有时还偷吃……我听后笑得前仰后合，妻子在一旁赶紧扶住，打趣我像个孩子。

是啊，在母亲眼里，谁说我们不是孩童呢？

（原载《金湖快报》2018 年 1 月 29 日）

白萝卜

萝卜是普通家常菜，种类多，有红萝卜、青萝卜、白萝卜、紫萝卜等。老家武穴位于长江中下游鄂东北岸，堤内带沙质的土壤很适合栽种白萝卜。童年的大集体年代，粮食紧缺，几乎家家都会开垦荒地，种上三分半亩。那时乡下果木稀少，零食不多，土生土长的白萝卜，就成了孩子们眼里的“水果”。随手在自家园地里拔一颗，沟边一洗，咬上一口，清香爽口，甜脆如梨。

在民间，有“冬吃萝卜夏吃姜，不要医生开药方”的说法。现代营养学研究表明，萝卜是难得的药食两宜蔬菜。说起萝卜的功效，我深有感受。第一次便秘，是我在寄宿中学读书时。几天大便不通，又不敢告诉老师，把人憋得不行。好不容易盼到周末，急急赶回家，母亲按乡下治便秘的土方，让我生吃白萝卜。没想到萝卜下肚第二天，肠胃就畅通了，实在是神奇。记忆中，还有一项是萝卜炖肉治胃病。有年春节，多年没上门的表叔，冒着雨雪过江来家走亲，不料路上被风寒侵袭，多年的老胃病犯了，祖母和家人都愁得不行！父亲说，生产队年前冻死了一头牛，家里分了几斤牛肉，还有些，要不用萝卜炖牛肉试试。母亲便用牛肉和捡来的牛骨头（那时牛骨头不值钱，没人要）炖萝卜汤招待表叔，没想到体弱多病的表叔，连着喝了半个多月的牛肉萝卜汤，回去后像变了个人似的，胃病再也没犯过。不过在乡下，牛是庄户人家的命根子，萝卜炖牛肉，一两年难得遇到一回，所以萝卜炖肉，多是炖猪肉，又以腊月为佳。用来炖肉的萝卜，多用通体如雪的大白萝卜，切成滚刀块。荤素搭配，肉烂而不腻，萝卜味道醇厚。辣子通红，排骨一夹，骨头脱落，肉极酥烂。食客莫不吃得满头大汗，痛快至极。

长大后，我工作在外，走的地方和接触的人多了，知道的事也多些。大体说来，萝卜在各地虽烹调制作方法有异，但都是一方美食。清代美食家袁枚在《随园食单》中就专门提到萝卜丝配鱼翅，说是把萝卜丝放在鸡汤里打几次滚后，再将鱼翅混合在其中，“令食者不能辨其为萝卜丝、为鱼翅”，这大概是吃萝卜的最高境界了。而寻常百姓哪有品尝燕窝鱼翅的机会呢？乡下吃萝卜，大多在李时珍“可生可熟，可菹可酱，可豉可醋，可糖可腊可饭”的“九可”之内，根据自身条件和喜好，做或生或熟的美食。据说天津人喜欢生吃绿萝卜；河南河北则喜欢红萝卜炖羊肉；江浙一带有用甜面酱腌酱萝卜头的，鸽子蛋般大小，孩子们最爱吃；四川和湖南，又有泡萝卜；号称云南名产的五香萝卜，可以切成小方块，鲜嫩香脆，也极是可口。可惜这些我都没吃过。前些年去过北方，头一次在超市看到水果萝卜，很是新奇。当下买了一个萝卜在路上吃，味甜，质脆，肉嫩，水分也多。就我吃过的，还有一道佳肴，是武汉的油炸萝卜丸子。2014 年冬天，我到武汉新洲一家养殖场工作，正值场里收萝卜炸萝卜丸子。炸熟的丸子，通体金黄，外焦内嫩，酥香可口，极是美味。请教烧火的潘姐，潘姐说新洲萝卜和黄州萝卜品质差不多，丸子做法简单，优劣的关键是馅料。鲜萝卜洗净去皮刨丝，放点盐将水分控干，加入少量面粉、五花肉丁，再添香葱、辣椒适量，搅拌均匀，攥拳后用拇指和食指挤成丸放入油锅，炸成金黄色捞出即可。

萝卜还是腌制咸菜的重要原料。在老家，每当冬萝卜上市，卖剩的萝卜多以腌制的方式贮存。这时几乎家家都要腌萝卜干。母亲有一双会种菜的巧手，家里种的白萝卜大都个大，壮得像胖娃娃的手臂，细腻得连根汗毛也找不出。腌萝卜，先把萝卜切成条状，加入适量的盐腌制 24 小时后，放在有阳光或通风的地方晾晒。待摸起来比较干爽，外表起皱时就可以腌萝卜条了。喜欢吃辣的，一般用本地自产的红辣椒酱，佐以姜丝蒜末，加适量盐、白糖和生抽。若想萝卜条的口感特别，可以准备一些炒熟的芝麻油、花椒、生抽。然后将所有的调料放入腌好的萝卜干里面，搅拌均匀，盖上盖子，放在阴凉干燥的地方，十天半月之后就可以拿出来吃了，一直可以吃到来年夏天。大人在家下酒，我带它住校读书下饭，都是极好的！

现时有了科学种养，吃萝卜已不限于季节，各色萝卜四季都能种。想什么时候吃都行，菜市场、超市有的是。还有一点要说的是网络资讯发达，快手和抖音上，也常有“美食家”上传萝卜的各式各样的做法和吃法，很是诱惑人。妻几经尝试后，最终制作出来的也是色香味俱佳。只是有时想起儿时那艰苦岁月母亲种萝卜的往事，感叹老家乡下留守的多是上了年纪的老人和孩子，种白萝卜的积极性不是很高！这么一想，眼前这萝卜明明也是香甜可口，可心里却总觉得和小时候家乡的白萝卜隔了一味。大概在人们的记忆里，小时候母亲弄的吃的东西才是最美味的吧！

（首发于北京头条 App）

城里米糕，乡下米糕

在我平时过早的巷子里，新来了一家卖米糕的小摊，摊主是位六七十岁的婆婆，打下手的还有一位十一二岁的女孩，长得眉目清秀，衣着朴素，皮肤黝黑，像是乡下劳动惯了的孩子。婆婆手脚麻利又不失细致地忙着制作米糕，女孩则不停地拉着细长的声调吆喝：“米糕啊，米糕，正宗的乡下老家味道，纯手工制作的老手艺，便宜又好吃……”

我是一个遇事喜欢思考的人，但望着那白白胖胖、散发清香的米糕，口舌生津，竟忘了揣测女孩这般伶俐的缘由。也许是我那副馋样特别出众，引起了小女孩的格外关注，她打量着我问：“叔，要不要买点尝尝?”说着用夹钳递了一小块给我，“好吃叔就做个宣传，不买也不要紧的。”我不好意思白吃人家的东西，花三块钱买一袋，拣一块咬一口，那绵软香甜的味儿，一下子触发了味蕾记忆，还真的有那老家的味道，让我想起我的童年。

小时候住乡下，家里条件差，少有吃米糕的机会。我读小学一年级时，队长七女叔的小女儿朝阳是我同桌，她为谢我教她做作业，给我一块米糕作谢。记得我捧着米糕，吃了几口，舍不得独自吃完，留了一小块带回家给了姐姐。姐姐好高兴，吃完还舔了半天手指头，一脸幸福。母亲看到后，眼里噙着泪水把我们紧紧搂在怀里叹息。晚上，母亲和父亲说起米糕的事。父亲说，争取做一回吧。我那时还奇怪，家里也有米，人家做米糕吃，为什么我们家没有呢？以为是母亲不会做。

母亲做米糕，是个下雨的星期天。我和姐姐守着放工的母亲，一来是看新鲜，二来是巴不得米糕早些到嘴。母亲先把五更就淘洗干净且浸泡好了的米，取出用石磨磨成米浆，然后取少许米浆倒在铁锅上，开小火边烧边搅，直至面糊发亮成稠糊状。母亲再将熟的米浆倒入之前留置的生米浆中，放入适量面粉和几勺白糖，搅拌匀后，待温度低了再放上酵母拌匀，等发酵后就上蒸笼。母亲是个讲究卫生的人。不管是磨米浆还是蒸米糕，整个过程都很讲究卫生，手边总要放条干净的毛巾揩手。等米糕一出笼，常常是不等母亲划块我们就开抢了。母亲则在一旁怜爱地叮嘱，小心烫哦！

农村实行土地承包制后，姐姐可以下地帮忙干活了，家里条件慢慢有些好转，粮食也略有盈余。方便的时候，母亲会做些米糕给我们吃。百米港加宽那年，家里住了些建水利的山里人。有时雨天家里做了米糕，待人宽厚的母亲，总忘不了送些给他们分享。那些因雨不能开工的叔叔婶婶，围坐在堂屋的地铺上，边聊边吃，一个劲儿夸母亲做的米糕好吃，说比国营食堂的味道强多了，都鼓动母亲也去卖米糕。母亲总推说，使不得，使不得。隔年夏秋，父亲生病住院，眼看我们姐弟九月开学也要交学费，母亲为钱发愁急出了眼泪。父亲说，村头也时有卖油条和麻花的，你手艺又不差，卖米糕也不丢人，要不也试试?

那年八月父亲出院回来，离开学还有半个月的时间，可我们的学费还没有着落。在父亲的鼓励下，母亲终于答应走出家门，试试卖米糕。俗话说，一回生，二回熟，卖过几次米糕后，尝到卖米糕的甜头，文静害羞的母亲也开始变得大方泼辣。每次卖米糕回来，母亲都会拉着父亲，一分几毛地数着收入，分门别类，用红布包好，放进箱子里藏好。有时隔着门缝，我都能听到父亲开心地说：“今天不错，赚了三块多。”卖米糕的那段时间，谁都能看出母亲的开心快乐。毕竟一天能赚个几块钱（那时乡下，一个壮劳力，一天的工钱也才两三块钱），不是小数目。接下来的日子，母亲除了下地，但凡有空，一门心思花在研究米糕配方上。为了米糕能迎合更多人的口味，有个好卖相，母亲的米糕花样多多：拈几粒芝麻，滴几滴美酒，加点酸菜，掺几颗红枣。不知是乡亲们图方便还是图新鲜，反正母亲的生意越做越好。

和眼前的小女孩一样，我也有陪母亲卖米糕的经历。第一次陪母亲出摊卖米糕，是秋季开学的前几天，腼腆的我都不敢吱声。母亲说，做生意挣钱不偷不抢不丢人。后来，再多人我也敢喊：“卖米糕啰，新鲜便宜又好吃的米糕啰!”

父亲走后，母亲心情压抑，一下子苍老了好多，再也没有卖米糕的心情。后来我们读书成家打工在外，母亲便一个人留守在乡下，已有好些年头。这期间，但凡我们回家，母亲总会做些米糕给我们吃。前些年我们迁居城里，接母亲来同住，闲下的母亲，身体却大不如前。如今，母亲已是八十好几的人了，再想吃她老人家做的米糕，已无可能。但每每想起母亲做米糕时的认真，想起跟母亲卖米糕时她待人接物的样子，在感激母亲给了我儿时美味的同时，更感激她让我学会做人做事对待生活的态度……

“叔，不好吃吗?”女孩的问询，打断了我的遐思。“好吃，好吃。”当我回过神时，才发现自己的失态。原来，身边后来过早的几位早就吃完走人了，而我却端着吃了一半的米糕沉思。后来和婆婆闲聊，从婆婆口中得知，她儿子（小女孩的爸）和媳妇进城打工十几年了，今年才寻了个固定的住处。儿子在城里稳定下来后，为了自己的孩子能享受一点好的教育，将来有个好前程，执意让孙女从乡下转学来城里读书，只是借读费不少。婆婆说她先前在乡下也卖过米糕，也知道儿子眼下的难处，所以这会儿趁孙女暑假，出摊想帮儿子一把。卖米糕虽说是小本生意，刚开始生意也不咋样，赚不了几个钱，但赚一点是一点，也算是帮一分算一分。听罢婆婆的话，我有些感伤，都是农村出来的人，在城里生存不容易啊!

（原载《中山日报》2020 年 9 月 1 日）

冬至汤圆

冬至吃汤圆是老家的习俗。古诗云：“家家捣米做汤圆，知是明朝冬至天。”大概因为汤圆自身圆满，大家才会选吃汤圆，祈福合家团圆。

过去物资匮乏，但每年冬至，无论生活多艰苦，家家都要提前把做汤圆的食材备好。包汤圆的面团，常用糯米和少量黏米一起磨粉兑水揉成。至于馅料，品种就多了，根据家里的条件和家人的口味，青菜、萝卜、豆腐、瘦肉、白糖都可入馅。

小时候我嘴馋，吃遍了母亲包的各种馅料的汤圆。有一年年成不好，家里口粮不多，冬至那天，母亲预留年饭粮后，包了少量的汤圆，算是应个节令。汤圆煮熟后热了几次，在地里忙活的父亲还没回。我趁母亲外出远望的空，怂恿姐姐先尝鲜。等披一身泥水的父亲回来，天已经黑了，汤圆也所剩不多了。看着父亲只喝了几碗汤，母亲在一旁暗暗落泪，我心里不禁愧疚起来。事后，母亲责骂姐姐不懂事，却不知是我起的头。

长大后在外地工作，很少吃到家乡的汤圆了。一到冬至，总是想起和母亲在一起吃汤圆的场景，想起母亲“冬至吃汤圆，团团圆圆又一年”的话。

有一年在电话里和母亲说冬至前回家，随口说：“好多年没吃上城塘湖的野藕了，想念小时候吃野藕馅汤圆那味儿。”

没想到冬至那天，我真的吃到了野藕汤圆。姐姐说：“就你的嘴好，害得爸妈前后忙了几天，在湖泥中挖野藕，人都冻病了。”

原来，乡下也在开发建设，野生莲藕已没有了生存的空间。父亲在城塘湖转了几天，才在一个小湖汊发现了一小块无主的野生藕池。

如今，父亲已去世多年，为了生活，一家人散居四处，每年相聚的次数并不多。去年春节，和母亲聊天说起陈芝麻烂谷子的往事，母亲说现在吃的东西太丰盛，但还是想念过去冬至吃的野藕馅汤圆。

说者无心，听者有意。为了让母亲在冬至吃上野藕馅汤圆，我骑车赶到盛产莲藕的城塘湖，还真看到有人在挖藕。他们大冷天泡在泥水里，一锹一锹地取泥，为了让藕有个好卖相，用无比的耐心，轻轻地一点一点地采藕，这让我瞬间想起了父亲。

尽管现在的莲藕已经没有野生的了，但我还是重复了父亲采藕的过程，用心备好了“野”藕。冬至，请母亲上座，把一碗亲手做的汤圆端到她面前。

（原载《首都建设报》2017 年 12 月 22 日）

跟着父亲锄地

在农村长大的孩子，大多都有做农活的经历。我小时候顽皮，偶尔下地也总是给父母帮倒忙（姐姐说这是我发明的懒招），所以下地的机会不多。我第一次真正下地，是在十八岁那年高考落榜后。情绪低落的我，常把自己一个人关在房子里，一待就是一天，父亲怕我闷出毛病来，开导我说："考学只是人生的一段经历，并不是人生的全部。没考取并不代表读书没用，只要肚里有墨水，说不定哪一天还能用上。退一万步说，就是种一辈子庄稼，也没有什么不好，劳动能锻炼人的身体和意志，带给人收获的喜悦。咱爷俩都十多年没在一起干农活了，今天就一起去地里锄锄草吧。"

当我走出家门，方知外面的世界阳光晴好。路上，父亲为调节气氛，还讲了些我儿时的笑话。"锄草是细工慢活，急不得。先要摆好站姿，前腿弓，后腿蹬。稳住了步子，才好掌握手中锄头的力度，锄头伸出去后，要心不慌手不乱，看准了下锄。"到了地里，父亲讲了些锄地的要领，我们就开始锄地。父亲锄地，既投入又仔细，不漏一锄，碰到有紧贴苗根的杂草，不能动锄，他便蹲下身子用手拔，手上沾满了绿色的草汁。那娴熟轻松的样子，我是学不来的，老觉得手中的锄头不听使唤，东一锄，西一锄，杂草没锄掉多少，苗反被我"锄毙"了几棵。父亲走过来表情严肃地说："千万不能小看一棵苗，它从播种到长成苗，要花费庄户人多少心血啊，你一锄就草草判了它死刑，多可惜呀！"我很内疚，原以为锄草简单，没想到也做不好，觉得自己好没用。正懊恼间，父亲似乎看出了我有心事，走到我跟前拍着我的肩膀说："别想那些不开心的事了，做事要有做事的样子，切莫三心二意，好高骛远。人就如一粒麦种，只有懂得扎根泥土，耐住黑暗和寂寞，才能生根发芽，才有可能长成一株成熟之后懂得低头的麦穗。"我承认心里是开了小差，还在纠结高考的事，但想到自己将会一辈子面朝黄土背朝天，是多么辛酸啊！

“锄禾日当午，汗滴禾下土。”父亲锄地，大多是选在烈日当空的时候。大概是天热锄草，有助于这些刚锄过的杂草被太阳晒死吧。不过在炎炎烈日下劳作，总归还是件很辛苦的事。有一次，天正热，我和父亲给一块芝麻地锄草。锄着锄着，汗水模糊了双眼，恣意地在我那晒得通红的脸蛋上流淌。我热不可耐，决定试着和父亲商量回家。可父亲一点也没有回家的念头，侧头瞟了我一眼说，“怎么，怕晒了？真是温室里的豆芽菜！要不你先回家吧。”说完又埋头苦干。望着脖子上搭着湿透的毛巾、光着膀子挥汗如雨的父亲，我实在没有勇气丢下他一个人在地里坚守而自己选择出逃。突然觉得父亲那饱经沧桑、有着古铜色肌肤的矮小身躯，越来越高大。

跟着父亲锄地，让我学到了不少锄地的知识。譬如说“晴锄”与“勤锄”。雨后锄地谓之晴锄，可以使多雨的土地尽快干松，不至于板结；而勤锄多指在旱季，旱地多锄，可以使土地保持水分，有利于农作物生长。古代典籍中就有“锄不厌数，周而复始，勿以无草而暂停”的记载。实践证明，人勤地不懒，多锄地的确是农村传统增产的措施之一。勤锄的地里的庄稼，明显要比其他少锄的地里的庄稼长势旺盛。

和父亲一起干了几年农活后，我终于变得成熟起来，和父亲一道成为家里的主劳力。正应了父亲“只要肚里有墨水，说不定哪一天还用得上”这句话，1985 年底，我经考试被招进了镇上的企业上班。收到录用通知书，父亲比我还高兴，喃喃自语地说：“书没白读，书没白读。”（或许，父亲在内心深处，对我落榜一事，也是十分惋惜的）。让一家人难过的是，我到镇上上班的第三年秋天，积劳成疾的父亲，丢下我们走了。父亲走后，隔年我们全家就搬到了镇上。村户口名下的责任田，只好租给乡邻耕种。不过每次回乡下，看到有人锄地，我还会想起父亲，只可惜再也没有机会和他一起锄草了。

多少年过去了，无论我在什么地方，工作岗位怎么变换，我一直牢记父亲锄草时说的话：“人心也是一块地，只有勤锄杂念，心灵才会干净。”可以告慰父亲的是，面对人生的土地，我年复一年地撒下一颗颗希望的种子，不曾忘记锄草的责任，虽不能说一路硕果累累，但也还是让自己收获了幸福和快乐……

（原载《马湖艺苑》2019 年第 3 期）

龙坪油面

无论南方与北方，面食应该是最普通的食物，每个地方都有。但因制作工艺和饮食文化传承不同，代表一方特色的美味，多不胜数。制作工艺精良，风味独特，传承悠久的龙坪油面就是其中的代表。

20 世纪末我在汉口华中通讯广场上班，广场后门靠近长江隧道大智路出口处，有家龙坪油面馆，面积不足十平方米，生意红火。吃面的人特别多，排队都要转几个弯儿，没有座位就端到店外站着或蹲着吃，这几乎是华中早晨八点左右一道亮丽的风景线，一年四季都是如此。人到中年，容易怀旧，每每与妻相对而坐，吃这故乡的油面，总会想起家乡，想起家乡的亲人，想起家乡的山山水水和一草一木。

油面是湖北的特产，以黄陂武穴产的品质为优。又因以武穴龙坪产的油面品质和口感最佳，故称龙坪油面。龙坪油面历史悠久，文化底蕴十分浓厚，相传起源于明万历年间。野史相传，乾隆皇帝下江南，途经广济时，探访告老在乡的老师金德嘉。金妻煮了一碗肉丝油面给乾隆帝吃，乾隆帝品尝此油面后，大加赞赏，赐封为朝廷贡品。

龙坪油面的制作方法和工艺配方源自祖传，不传外人。其加工方法异常独特考究，得选上好的面粉和武穴本地压榨的菜油调制，历经九道工序纯手工制作才成。形状细如丝、白如玉，煮后不断条、不糊汤、不粘连。食之，营养丰富，老少皆宜。油面有好多种吃法。最常见的是开水下面，待面八成熟时，加入肉丝或鸡蛋出锅装碗，美食即成。炒油面也很好吃，不过为防粘锅，费油，在物资匮乏走集体路线的年代吃得不多。还有一种凉拌面，取煮熟不粘连的面用冷水冷却，拌上风味调料，根据食客口味，淋上一些辣椒油或豆瓣酱，看着就有食欲，再浇一点浓浓的麻油汤，咬上一口，面筋脆而有嚼劲，醇香扑面，这挑逗味蕾的感受，妙不可言！

小时候，家里来了客人，母亲最常做的就是鸡蛋面，视客人的身份，决定下面时鸡蛋的个数。好多走亲串友的，为能吃到一碗地道的鸡蛋面而感到自豪。如果遇上家境殷实的主人，大方又好客，鸡蛋面里再添几片瘦精肉，那可是做客享受的最高境界了。我那时，就喜欢过年去舅舅家拜年，舅舅是走山的猎人，舅娘下的龙坪油面，碗里总会加些野腊肉，吃过一次，回味一年。不过在平时平常人家里，吃的多是素面。除非家里有人坐月子（龙坪油面可是孕妇催乳的绝佳食品），或有人过生日，这时吃长长细细、喻示长寿的油面才是必不可少的。

客居他乡，也有些年头。这其间有一次，同事送来几斤油面，说是武穴的特产，我很是激动！然而令人失望的是，这外观看不出异样的龙坪油面，始终吃不出家乡美食的感觉，吃不出“原生态”的味道，后来细问，方知是他人送来的仿制品。不过事后，心又稍安，毕竟有人仿制，终归还是体现了龙坪油面真正的价值。

现如今，快递业发达，电商无处不在，想吃故乡的美食，并没有太大的困难，但隔着乡情、乡音、乡境，总会有遗憾的！或许，只有坐在乡下的堂屋，陪伴在父母的身边，再吃龙坪油面，才能吃出那种在家的惬意和原汁原味吧！

（原载《中国劳动保障报》2017 年 12 月 2 日，有删减）

母亲的“下饭菜”

爱人从乡下老家回来，带了好些母亲做的“下饭菜”。这些菜虽很普通，但我却情有独钟。

小时候家里穷，咽饭菜多是家园小菜或野菜。就算是逢年过节或贵客临门，也很少能吃到鱼肉之类的荤腥。蔬菜换季，为了一家人吃饭时能有点下饭菜，母亲常常会根据季节，提前做些腌萝卜、辣腐乳和豆麦酱菜。

春萝卜出世，除了正常食用，多出的部分，母亲就会去掉根须，洗干净。小萝卜头用线串好，大的就切成条状，待晾晒到半干时，全放进坛子，加适量食盐后封口。单等时间到了，取出享用。

制豆腐乳，多在年关。“二十五，打豆腐；二十六，斫年肉。”每到腊月二十五，每家每户都要打上一桌（十斤黄豆）或半桌豆腐。母亲选压得很结实的边角废豆腐，切成火柴盒一般大小。在篾筛里铺一层干草或干荷叶，然后把豆腐一层一层放上码好，再盖上稻草，放在灶边空闲处。等豆腐上面长满了一层绒毛时，再加盐淋上辣椒酱，装进大小瓦罐，封好罐口，过个把月后，就成了美味的“下饭菜”。

下饭菜还有一种，是麦酱。夏收后，母亲卖完粮，把剩下差一点没卖掉的小麦洗净，放入锅里用火炆煮到十分软烂时起锅，加上适量面粉和适量的盐，拌匀，盛放在不封口的大瓦里，放置在朝阳的高处暴晒十几天，再回锅加生姜、味精、蒜头、花椒，反复搅拌，装罐密封。

我非常喜欢吃麦酱，至今还记得它那点酸酸的味。不过这些酱菜也不是天天都吃的。断菜荒时（时令蔬菜换季的空档），母亲就会打开一口坛子，盛上一小碗。煮，炒或生吃，都各有风味！在那物资匮乏的时代，算是帮了全家不少忙。

我上中学时，在离家十几里地的学校住读。一个星期家里只给一块钱的生活费。星期天回家返校，总要用罐头瓶装上满满的带去，有了酱菜的贴补，少打不少菜（尽管那菜只要五分钱一份），也因此节约了不少钱，一个学期下来，我用节余的钱，买了好几本书。

长大了在外打工，每到一处，只要方便，也会带上母亲的“下饭菜”，吃这菜时，仿佛母亲就在身边。再后来客居城里，母亲每次临门，总会带上几瓶。有时邻居过来做客，品而尝之，也是赞不绝口，夸母亲好手艺。

如今，母亲年岁大了，行动也大不如前，也很久没做了。妻空时也试着学做，可总差了一丝味道。今年端午回家，母亲身体大胜从前，我们都很高兴。只是没想到母亲闲不住，还是忘不了自己那馋嘴的孩子，又做了些“下饭菜”。

现时生活条件好了，超市里商品应有尽有，你也买不尽，你也尝不够！只是人呐，行千万里，总还有个怀旧的心。总觉得买回的味道，再怎么有特色，也不及母亲做的地道。

离乡多年，真庆幸还能品尝母亲的“下饭菜”。其实，我们怀念一种老旧的味道，不是怀念落后与贫穷，而是怀念母亲带来的真实和家的温暖！

（原载《武陵都市报》2017 年 8 月 16 日）

母亲的端午粽

临近端午节，超市和街头的摊位上形形色色的粽子，清香扑鼻，让身在异乡的我，突然有了想家的感觉，想念母亲的端午粽。

端午吃粽子，是老家传承久远的习俗。小时候守着母亲包粽子、吃粽子的经历，现在回想起来，依旧还是那么温馨和幸福。记忆中，每逢过节，母亲总是比平时更忙碌。除了为家人张罗一桌可口的饭菜，还要自己亲手做些时令的食品。母亲会做的东西很多，大到年糕，小到中秋月饼、冬至的汤圆、小年夜的饺子……每一样都很拿手。所以，每年端午节包粽子，是母亲必不可少的功课。

端午前一天早上，母亲就开始将自己平日里存下来的宝贝全都拿了出来，有糯米、花生、莲子、红豆、小枣……母亲先把一锅拌有稻草灰的水烧开，待水冷后滤去杂质，再把糯米以及红豆、花生之类的配料倒入水中浸泡。“为什么用稻草灰这么脏的水泡呢?”我们那时觉得很奇怪，也不明白，就问母亲。母亲说：“可别小瞧了这道工序，这可是让粽子好吃的关键呢。”我后来才知道，用稻灰水浸泡出来的糯米有一种奇特的稻香味，而且做出来的粽子呈金黄色，颜色特别耐看，吃起来也特别香。

待糯米等食材完全浸泡好后，母亲开始调制粽馅。有我爱吃的莲子馅，有姐姐爱吃的花生馅……总之，母亲做的粽子，只要你能想到的馅，她全都会做。调好馅，接下来就是包粽子。母亲先是把粽叶折成一个圆锥形的旋涡状，然后把糯米等馅料倒进去，倒一定量就把粽叶封盖好，用手捏出棱角，再用粽绳紧紧地包扎好，一只小巧玲珑、漂亮的粽子就包成了。我们有时在一旁看着眼馋，也会自己动手试，可就是包不出母亲包的那种形状，还害得母亲花时间去矫正，简直是在帮倒忙。没想到包粽子看似简单，也有学问，真是看事容易做事难。

包好的粽子先是放在锅里用大火煮，之后再用文火慢慢地蒸。随着时间的推移，那种成熟诱人的粽香味，开始慢慢地向外飘逸，挑逗着在屋里屋外跑进跑出的我们的味蕾。等母亲告诉我们熟了时，我们便迫不及待地抢来一个先尝，见我们烫得抖手咧嘴的狼狈样，母亲一边吩咐我们小心，一边笑着打趣："看，个个都是小馋虫！"那时，日子虽然艰苦，但端午节一家人吃着母亲包的粽子，有说有笑，满满的幸福快乐！

今年端午前和在老家的母亲通电话，八十三岁的老娘亲说："听龙彪（她孙子）说，武汉的粽子比屋里（家乡）个大，还有肉有香菇，比屋里粽子好吃些吧？娘知道你还想吃老家的粽子，可我不在身边，娘的手艺全教给你媳妇了，你让媳妇包点，分点给邻居，要不怎叫过端午呢。"

听罢，我不胜唏嘘！而今母亲年事已高，再也不能也不宜为我们包粽子了。尽管我漂泊的城市，大街上各种馅料的粽子种类繁多，然而，再怎么吃，也无法品出母亲的端午粽里包含着的那种家庭幸福、温馨的滋味。想来，品味母亲的端午粽，只能是游子梦里的奢侈了！

（原载《河南经济报》2018 年 6 月 17 日）

母亲的腊月

时间过得真快，转眼已是农历的腊月。生活在异乡，也嗅着一种淡淡的年味，由远及近。

记忆中，年是从母亲的腊月开始的。一进腊月的大门，母亲会选个晴好的日子，把家里过年要用的新铺盖，拿到太阳底下仔细翻晒，说是晒掉旧年的霉气，来年就会事事顺利。母亲这话虽是唯心，但晒后的被子变得蓬松、柔软、干爽，盖在身上特别温暖舒适，还有好闻的阳光味，让人心情舒畅。

到腊八这天，腊八粥是必不可少的，母亲照例要五更起来熬粥。熬粥的食材是前一天就准备好的，多是自家产的糯米、小米、高粱、红豆、花生、莲子、山药、小枣，再加几勺母亲从集市上买来的白糖。熬粥要把握火候，防粥煳了粘锅。粥熬到八成熟时，那香味就开始溜进房里，诱惑我们起床。

腊八过后，年算是正式开始了。我小的时候生产队年终分红，我们家虽有六口人，但父亲体弱多病，总是超支。母亲只好把家里养的小鸡和未满月的小猪崽卖掉，凑些钱办年货。母亲会先买些小鱼、小虾和小块猪肉腌着，等盐浸到鱼虾肉内，就挂在屋檐下、窗户边，一串一串的，在阳光下泛着油光。当然，我们姐弟的衣帽鞋袜等也是母亲挂牵的大事，通常不管好丑，她总是要把她的孩子打扮得干净整洁。

到了腊月二十四过小年，家乡有大扫除的习俗，母亲一大早就起来打扫房子，掸拂尘垢、蛛网，洗净常年不用的坛坛罐罐，然后开始和面包饺子。

“二十三，糖瓜粘；二十四，扫房子；二十五，冻豆腐；二十六，去买肉；二十七，宰公鸡；二十八，把面发；二十九，蒸馒头；三十晚上，熬一宿。”那时虽然缺衣少食，但寒冬腊月里，母亲似乎格外忙碌。母亲总是想方设法地把年货办得富足，厨房用的油盐酱醋，招待客人的烟酒糖茶，还有我们小孩子最喜欢的鞭炮，母亲都要提前一一置办齐全。

终于到腊月的最后一天除夕了，早起的母亲又围着灶台忙个不停，张罗“年饭”。吃年饭也叫还年福，这时的菜是一年中最丰盛的，鱼自然是少不了的，米饭一定要剩些，家里有吃剩的粮食，寓意年年有余。

年味淡了许多的今天，母亲的腊月依旧忙碌，总是不停地提示我们买这买那，不要忘了年货，不要忘了待客，不要忘了孩子取乐的鞭炮……母亲说，过年就要有过年的样子，不准备些东西，没个年味，怎么叫过年呢?

（首发《毕节日报》2018 年 1 月 29 日）

母亲的丝瓜

前几天，母亲从老家来，背来一大包蔬菜：长的豆角，嫩的苕尖，以及小家碧玉般的秋丝瓜。望着白发苍苍满头大汗的母亲，妻过意不去，劝她以后大老远来不用带菜。母亲却说这些菜是她亲手种的，从没打过农药，施的是农家肥，口感更好。说她送菜来，还能为我们省些买菜钱。语气多有自豪！

母亲是村里出名的种养能手，最拿手的是种丝瓜。小时候家里穷，父亲又体弱多病，养家的重担就落在母亲的肩上，造就了母亲吃苦耐劳的性格。大集体年代粮食紧，自留地金贵，开荒就成了时尚。母亲是个闲不住的人，房前屋后，但凡有零星半点空闲之地，母亲都要一锹一锄，开垦成一块块小菜园，种上土豆等蔬菜弥补家里粮荒，卖几个小钱贴补家用。

乡下种丝瓜，多在每年的清明节后。和别人不一样的是，母亲种丝瓜有许多讲究。比如，种坑挖得比别人深，底肥施得比别人足，而且总是提前半个多月就要在墙边树脚挖坑埋农家肥。不过埋肥的学问也不小，肥多伤苗，肥少瘦苗，所以母亲施肥，仿佛都是计算好了的，总能恰到好处地满足丝瓜生长。准备工作做好后，接下来就是下丝瓜种子。丝瓜种子下地后，只要阳光充足，有雨水滋润，不几天丝瓜苗儿就能拱出地面。露头后的丝瓜苗在阳光下长得很快，六七天后纤细的茎蔓就开始顺着树身、墙沿延伸，触须带着片片嫩绿向高处攀爬。母亲常说丝瓜不能懒种，要想丝瓜结得多，勤到架下摸。一旦丝瓜开花挂果了，下午太阳落山后一定要记得浇水，水浇得越透越好。说这时节的丝瓜，跟女人坐月子一样，不光要营养，还不能渴着！到了七八月间，墙沿、树上早已是翠绿一片，长藤嫩绿间，缀满一朵朵金黄色的花儿。那些大大小小的丝瓜，感叹号般吊在藤下，风铃一样。微风吹来，院子里弥漫着淡淡的花香，让人心醉，是夏日农家不可多得的风景。唯一一次煞风景的是，有一次我捕捉丝瓜花上的蜂儿，不料让蜂蜇了，痛得我哭哭啼啼好半天，脸肿得比猪八戒的脸都大。多亏母亲用捣烂带汁的丝瓜叶敷蛰处，敷了几天肿才慢慢消退。此后，我再也不敢招惹蜂了，心里还感慨丝瓜叶的神奇。

丝瓜上市时，母亲格外忙碌，每天早上都要选摘丝瓜。最多时，一次能摘几十根。这些碧绿鲜嫩的丝瓜，母亲通常会送些给左邻右舍，与乡亲们共享丰收的喜悦。余下的能卖则卖，卖不完的，一部分充当粮食进了我们的胃，一部分成了母亲制作冬春下饭菜“酸丝瓜”的材料。到了傍晚，劳累一天的母亲常和乡邻聚在丝瓜藤下小憩，在星空下讲笑话，唠家常，叹息和欢笑声不断，小院充满了邻里间和睦相处的温馨。

丝瓜不但产量高，生长周期也长。入秋后，大多是历夏的蔬菜，叶片由青转黄，渐渐没了生气。唯有“数日雨晴秋草长，丝瓜沿上瓦墙生”的丝瓜，叶片浓绿，依旧不谢花黄，藤茎儿长得似乎更加旺盛，攀爬得更高。母亲说摘秋丝瓜也要些技巧，要选嫩的摘，老了就会缺失水分，做菜也不滑嫩，营养价值不高。所以那些长在屋顶或树高处，长约半米、身体壮硕的丝瓜，只能任由其自然老去。不过这些老丝瓜也用处颇多：一来可以留籽做种，二来可制成丝瓜络，既可以卖钱，也可以用来洗澡、洗锅、洗碗……

前些年父亲走后，母亲坚持一个人住在乡下。虽说菜种得少了，但丝瓜年年总是要种的。也许，母亲已经把种丝瓜当成了一种希望或念想。在丝瓜花儿的绽放中，回想自己年轻的样子；在一条条风中飘荡的丝瓜中，找回了孩子荡秋千的身影；在满院攀爬的丝瓜藤中，缠绕对儿女剪不断理还乱的思念。

就这样，丝瓜年年花开花落，母亲也渐渐衰老了。古人云，“父母在，不远行”，遗憾的是在生活压力山大的今天，儿女已很难做到。尽管我们知道心里彼此挂牵，然而游子远在他乡，只能是无数次在夕阳西下时，热泪盈眶地眺望着故乡。有时和母亲通电话，母亲一开口就是爱的“唠叨”，叮嘱我们要安分守己，要吃好喝好注意身体……你问她在家安好否，她却答非所问地说她种的小菜如何如何抢手，说她的丝瓜怎样怎样地碧绿诱人……我只好转换话题，若无其事地谈天说地，努力把自己描绘成有钱人的模样，告诉她我的一切比她想象得更好。每次母亲听了都很高兴，只是我隔着手机，听得出老人家的笑声已不像以前那样爽朗了。

“黄花褪束绿身长，白结丝包困晓霜。虚瘦得来成一捻，刚偎人面染脂香。”赵梅隐的《咏丝瓜》，我总觉得是写母亲。每读一次，都会想起母亲，想起母亲种的鲜嫩和皲裂的丝瓜。想起那年冬天回家，院子老树枯藤下一个个被冷风吹得无法安宁的丝瓜络。母亲多像那些丝瓜啊，从青春到老迈，为儿女奉献了整整一生。

母亲这次来，我们留母亲小住，没想到母亲爽快地答应了，一家人都很开心。当天晚上，妻子选了两条秋丝瓜，轻轻刮去那层翠绿的瓜皮，露出白绿的丝瓜肉时，我笑着坚持要母亲炒菜。见推辞不了，母亲系上围裙就上阵了。母亲先用淡盐水冲洗丝瓜，切片放入油锅翻炒至六七分熟时起锅，再往油锅倒入打好的鸡蛋小炒，几分钟后，倒入先前炒的丝瓜片，加上姜、葱、蒜末、生抽和辣子翻炒。不一会儿，一盘清脆滑嫩的丝瓜炒蛋就好了。在这暑气尚未全消的秋天，在母亲怜爱的目光下吃着她老人家的炒丝瓜，儿时的温馨和快乐一下子回到眼前。怪的是，望着风烛残年的母亲，这儿时滋味，品着品着，眼一热，满是心酸！

（原载《大江》2020 年 8 月 17 日）

陪母亲过中秋

中秋是象征团圆的日子。遗憾的是作为他乡游子的我，少有能回家陪伴家人的机会。每到中秋，在异乡的月下遥望故乡，那种“我有所念人，隔在远远乡”的思亲的无奈，想想都心碎。今年春节在家陪母亲过年，年事已高的母亲身体已大不如前。大姐说，娘在家就在，看中秋大家能不能挤空回家陪母亲过节。大家都赞同。

中秋节的前一天，我们早早坐上开往家乡的长途客车。客车沿武黄高速一路东行，等到了故乡地界，我忍不住开窗往外望。乡风扑面吻来，带着浓浓的乡秋气息，让人备感亲切。故乡的秋天油画般色彩，处处点缀着丰收的景象，让人赏心悦目。

得知我们回家过节的确切消息，母亲早早地守在村口。我们在路边下车，远远望到被秋风吹乱了白发的母亲，我疾步向前扶住老人，然后和妻簇拥着母亲回家。父亲走后，我们在城里买了套二手房，可母亲故土难离，舍不得老家一草一木，执意要一个人住在乡下，日子过得冷清，只有过节才难得有几天热闹。中秋节这天，住在附近的姐姐们带着各自在家的孩子，也都陆续回来了。老屋一下子聚齐这么多人，母亲高兴得合不上嘴。一会从房内拿月饼给这个，一会递枣给那个，忙进忙出，不亦乐乎。我怕母亲累着，搬把椅子让她歇歇，母亲说啥也不肯，兴高采烈地说，不累，不累。早年我们家穷，母亲养成了吃苦耐劳又要强的个性，遇事习惯“逞能”。这不，傍晚张罗吃团圆饭，母亲一高兴，忘了自己是八十多岁的老人，硬要为我们做饭。母亲会做饭，当年曾是四乡八岭出了名的乡间厨子。大集体年代，但凡村上及周边的人家，家里有了红白喜事，酒席多半请母亲去主厨。

下午六点，在姐和妻的协助下，母亲忙了一个多钟头，一桌丰盛的中秋夜团圆饭终于摆上了桌，大家围着母亲坐在大圆桌旁，边吃边聊。

“今天的菜，我炒得怎么样?”用餐过半，母亲突然问。

“好吃，好吃。”大家异口同声地回答。

“好吃怎么都不动筷呀，我炒的菜还剩这么多?”母亲听了，心有疑惑。

真感谢家人们的包容。说实话，母亲老了，记忆也大不如从前，做的菜不是咸了，就是淡了，真的不咋好吃。也庆幸孩子们零食吃饱了，没沾菜边，否则童言无忌，就给母亲难堪了。但无论怎么说，母亲还能亲自下厨，就足以让我们感动和欣慰！为了让母亲高兴，在我的鼓动下，大家很快来了个光盘行动，努力地把母亲炒的几个菜吃完了。喝团圆酒时，作为母亲唯一的儿子，又是一家之主的我站起身说：“今年中秋，咱们家四世同堂陪母亲过节，是母亲的福气也是我们做儿孙的福气。在此，我提议大家一起祝母亲节日快乐，健康长寿，干杯!”放下杯子，我高兴得流下了幸福的眼泪!

中秋夜吃月饼赏月，是老家过中秋的旧俗。坐在果香弥漫的院子里，月是故乡明。品尝母亲分食的月饼，家的感觉温馨又甜蜜。或许，在母亲眼里，我们年纪再大，也是要娘疼的孩子。

这个中秋节，因为有我们陪伴，母亲过得很开心。母亲这开心快乐的背后，也让我明白了一个道理，所谓“您养我小，我养您老”，不能只停留在嘴上，更不能仅仅局限于节日！父母老了，只有时时陪伴，才是真的孝顺。

陪母亲年轻

刚进城那会儿，母亲很不习惯。常常一个人坐在窗边，望着窗外，像只关在笼里的鸟儿。我和妻看在眼里，心里很不是滋味。

此后但凡有空，我们就带着母亲逛街，但母亲还是少有笑容。那天妻和母亲下楼买菜，遇上一位挑菜卖的阿姨，年岁和母亲相仿，虽隔着乡音，但母亲和她比比画画聊得亲热，像是多年不见的姊妹。

这天，母亲突然说要去开荒。城里寸土寸金，哪来的荒地？我以为她说着玩的，并没有当真。直到卖菜的阿姨到家，我才明白母亲不是开玩笑。阿姨说，她家的老宅基地，拆迁后撂荒好久，她种上好些小菜，离我们住的地方不远。又说她和母亲投缘，想邀母亲去种菜。我们去看了现场，阿姨说的不假。

“妈，您都七十多了，还开个什么荒种个什么菜呢，好好在家歇着吧……”我担心母亲，怕她的身体吃不消。话还没说完，母亲就生气：“七十怎么了？我怎么就不能种地了？你菊香娘都八十多岁了，还在乡下地里干活呢！”我们说不过，只好由她。

买回简便的农具，我跟在阿姨和母亲身后，听着母亲的吩咐，翻地，拉沟，播种……仿佛又回到童年。有了“自留地”的母亲，心情大好，开始有说有笑。

一天晚上，我们带母亲逛广场，看到广场上爹爹婆婆曼妙起舞，母亲很是羡慕！妻适时地说：“妈，学跳舞不?”母亲嗔说：“我都多大年纪了，还跳舞，不怕被人笑话?”母亲嘴上这么说，后来在妻的怂恿下，竟也在一旁比比画画，抬胳膊扭腿了！

母亲虽识字不多，可学什么都有悟性。妻回来说：“才十几天，妈学得好快，舞姿美！”母亲在一旁听到，得意地笑了。结果是，母亲由被动到主动，自然而然地跳起了广场舞。

开始融入城市的母亲，人和心态明显年轻了许多。虽说没有刻意打扮，但已经开始注意姿容仪表了！有一次，我们带母亲去买衣服，妻为母亲挑了一件红色的风衣。母亲推辞说："太艳了吧?""艳什么呀，妈，跟您跳舞的那些爹爹婆婆，哪个不是穿得光鲜亮丽？您就试试呗。"母亲身材高挑，不胖不瘦，穿上了那件红风衣，好有芳华。一旁的阿姨也说："姐，你真年轻!"母亲对着镜子，笑而不语，但满面春风。

从苦日子里爬过来的母亲，内心也有对快乐和美好的追求！看到母亲一天天变得更年轻，更滋润，我为带母亲进城而自豪，为母亲迅速融进城市而骄傲。其实，天下的母亲，只要心里装着年轻，无论多大年纪，都能如花般美好绽放。

（原载《忻州晚报》2018 年 5 月 8 日，人民网 2018 年 5 月 11 日转载）

陪母亲挖笋

在老家旧屋的背后，有一块不大不小的毛竹林，每年春天几场新雨过后，地里的笋一冒头，母亲就格外忙碌。

清明回家，返程的前一天。母亲为难地说，去年的干笋都送了人，只能挖些鲜笋给我。问我愿不愿陪她去竹园，说是这时泥土经雨水浸泡，松软，笋子也脆嫩。难得能重温儿时的快乐，我自然很高兴，只是担心老人家身体吃不消。

雨后初晴的乡野，空气格外新鲜。我提着竹篮，拿一把小锄头，跟在母亲的后面，在和煦的阳光下行走，心情特别好。

已经好多年没来竹园了，看到眼前这么多的笋子，我好兴奋，巴不得一下全挖了。可母亲并没有急于动手，她先是佝偻着腰，在竹林的边边角角走走看看，然后选那些长得密集或是超出边界的竹笋下锄，不紧不慢地从根部挖下去。每挖完一棵，都要将浮土填回，接着去挖下一棵，不一会工夫，一棵棵嫩笋纷纷落进篮里。我也学着母亲拿着小锄头挖，挖半天才挖好一棵，还弄断了竹根上几棵小笋，真是看似容易做事难。

提着空荡荡的篮子，我心想：这多慢啊，还不如拣大的掰呢。于是，我在竹林里转过来转过去，专找那些长出土的大个儿动手，抱着大笋子，总感觉手小，好不容易掰下一棵，却总是断的多。忙活半天，篮子里还是没多少劳动成果，人还觉得腰酸。没想到小时候轻松的活儿，如今干起来一点也不轻松，只好挖一会儿歇一会儿。

母亲见我坐在一旁休息，走过来说："累了吧？懒惯身子了！做事要用心呢，挖笋也是有讲究的，不能乱挖！只有刚冒头的春笋最鲜嫩，最适宜挖。那些破土而出长得老高像宝塔的春笋，口感不好，又嚼不动，挖出来白毁了一棵竹子，多可惜呀！留做苗，来年竹林才会茂盛。"

离开农村多年，本事没长，肚子却大了，对农活的记忆的确忘了不少。母亲的话，让我听得脸红。我感觉对不起一生勤劳的母亲，赶紧站起身，陪着她挖笋。弯腰捡拾细嫩的竹笋时，我看见母亲那满是皱纹的额头和花白的发上挂满了汗珠，心里很是内疚和难过。母亲却兴致很高，一边挖笋，一边“唠叨”。说做人不能忘本，躲在富日子里睡觉，还要记得穷日子的梦；说哪年哪年闹粮荒，笋子帮了我们家大忙；说哪年哪年她为供我读书挑笋到县城卖掉伤了腿……母亲讲的多是些陈芝麻烂谷子的往事，我却百听不厌。

陪母亲回家的路上，我心里幸福又感伤。虽说现今生活条件好了，勤劳善良的母亲不用再卖笋。但有病在身的母亲终究老了，身体也大不如前。为人子女，有老母相伴，听她讲陈芝麻烂谷子的往事，也是种福气！期望来年，还有陪她老人家挖笋的机会。

（原载《读者报》2019 年 4 月 18 日）

生日忆父亲

父亲离开我们已经很久，可是，我总觉得他并没走远。我迷茫或夜梦里，常常能看到他的身影。

前几天，妻子在电话里说：过几天就是你的生日，往年你都不过生日，今年年将半百，什么事都有个始终。叮嘱我听她的安排，说她和孩子们议好了，要定制一盒像样的蛋糕，好好为我庆生。

孩童时，家里不是很富裕，可无论姐姐们还是我过生日，母亲总是要做碗鸡蛋面给我们吃！父亲呢，总会在我们吃完后，奖励我们一毛或两毛钱。遇上年成好，或家里卖了小猪，父亲一高兴，会很大方地给上五毛。那时压岁钱才一块，这一下收获了五毛，那高兴劲儿，如今想学也学不来。

已经有些年头不庆生了，我似乎也忘记了自己的生日。说起生日，心里就隐隐作痛。之前最后过的一次生日，是在梅川学校度过的。现在回思，我的泪又要流下来了。

梅川是座文化底蕴很深的古镇，是广济（武穴市前身）的老县城。离我们家最近的路线，也有八十多里。到梅川高中读书，是我第一次出远门。

我的生日在冬天。所以第一个学期，快放寒假时，我过了一个让我一生难忘的生日。

那天下早自习，天还延续着昨夜的雪。同学们一窝蜂挤向宿舍，叽叽喳喳又像是一群雀儿。转到天井口，远远看到宿舍的门口，站了个戴斗笠的雪人。

“噫，谁啊?”我们中有人自问。其实，我也想问。

距宿舍门三四米的样子，我听到有人叫我，那声音温暖又慈爱。我抬头相寻，看到了一张沧桑的脸！——那脸，竟是我父亲的。原来，那雪人，是我的父亲！

我没想到，他会这么早到学校，又是冬雪天。前几天我回过一次家，应该不缺什么的。父亲怎么这么早赶到学校呢？我心有疑虑。

我帮父亲抖落身上的雪，把他带到我住的床铺上，想让父亲坐下歇歇。

父亲把他用尼龙纸做的斗笠和尼龙纸做的雨披，放在过道的一角，坐在床上摊开一包报纸，里面是两个包子和两根油条，父亲说："在梅川镇上买的，是刚起笼和起锅的，还有些热气，吃吧！"

我商量着叫父亲也吃一半，父亲说在镇上吃过。我是不相信的，可父亲一再坚持，我推不过，又怕同学们笑话，只好吃了。

"记得不？今天是你的生日。"父亲说。

"前两天回去，听娘说过。"我回答。

父亲说着，站起身，脱下他的破棉袄，我脸都红了，只觉得父亲寒碜又土气，觉得自己在同学面前很没面子。

我想说去上课，我想叫父亲早点回去……我还没开口，父亲又说："你一直没离开过家，从没在外过过生日。今年你过生日，你娘怕你吃不上鸡蛋（家乡的风俗，生日这天，一定要吃上几个荷包蛋）。昨天晚上十二点，你娘就把你最爱的蛋煮好了，吩咐我一早让你尝尝呢！说着，父亲从怀里的夹袄里掏出一个瓷缸，揭开缸盖，用鼻子嗅了一下热气，一边递给我一边说，还没全冷，趁热吃。冷了就有腥味了。"

我是很喜欢吃鸡蛋的。八成熟的荷包蛋，滑嫩酥软，加盐或添糖，都别有风味。听说荷包蛋是家乡的名吃，和美雅酥糖有得一比，不过这么多年了，也没听说吃出啥名堂，不知是不可信还是缺营销推广，心里只好徒为家乡惋惜。但我对于荷包蛋，还是喜欢并推崇的。尽管现在我很少吃了。

我从父亲手里捧过瓷缸，缸里冒出的热气朦胧了我的双眼，热雾中，我仿佛看见了我的母亲。是的，是母亲！母亲佝偻着腰，手里捧着三个鸡蛋，这是可以供家里吃上三五个月盐的鸡蛋，这是可以供家里半月开支的鸡蛋。母亲不是拿去变卖，母亲是把它们变换成一种爱，一种平凡而又伟大的母爱！

我知道父亲的脾气，我一言不发，默默地吃完了母亲做的荷包蛋，连同那蛋汤。蛋是微凉的，但又是热的，那是父亲的体温。汤是咸咸的，像是我泪液的味道。

父亲很高兴。他收拾好他的东西，就要回去。离上课还有十分钟，我送他到校门口。

父亲自幼丧父，八岁开始随我的姑父程三爱跟戏班，奔波在外，吃了很多苦，身体一直不好。我很纳闷他怎么能这么早到学校，我们家到梅川，一天只有一班车，再早也得十一点多才到，他怎能这么早，何况又是雪天。

父亲说，他是搭邻居到梅川装白石的车子来的，所以早！又说那车子回程不同路的。我半信半疑。

父亲叫我快去上课，又不忘叮嘱我："好好读书，注意身体，少惹是非……"这话我听了很多年了，望着日见苍老的父亲，我唯唯诺诺。

父亲戴上手工做的斗笠走进雪地，直到他的背影融入了漫天飞舞的雪中，成了一朵雪花，我这边双眼一热，落下泪来。不知是感恩，还是感伤！

放寒假回家，才知道父亲病了。医生说是受了风寒，得住院！父亲身体一直不大好，不过倒床不多。这次病倒在床，一定是病得不轻。尽管父亲看到我回家，从床上下地了。可是他那种因怕我担心而费力起身的状态我看得出来。我劝父亲去医院，我说如果他不好好医病，我是不能好好读书的。父亲答应去看诊。可病情不乐观，医生说，伤寒入肺，又就医晚了，恐怕是染上了肺痨。

过年后不久，春寒来袭，天又阴雨连连，父亲又犯病了，咳嗽不断，不时咳出血来。此后，父亲的病，时好时坏，拖了几年后，父亲还是走了。

生老病死，没有人能避讳的。父亲死后，姐姐们告诉我，那回过生，父亲想为了能让我吃上荷包蛋，十二点从家里出发，迎着半夜的风雪，翻山越岭，用体温暖着装蛋的瓷缸。回家时舍不得七毛钱车票，又是步行回家，来回一百六十多里的路，又是多病的六十多岁老人，又是风雪交加的夜行，怎么受得了？回家第二天，父亲就病了。

我终于明白父亲是怎么走的了。我很内疚，却无法唤回父亲。从此以后，我便不敢面对生日，也不能面对荷包蛋。

而今，我的孩子也大了。我做着父亲，更能体会我曾享受的父爱。唯一可以告慰父亲的是，我们姊妹几个和各自的孩子们，记住了他的话，没一个歪心，都是本分的老实人。

（原载《鄂东晚报》2016 年 12 月 28 日）

挖花生

前几天，母亲托人捎来半袋老家本地花生，顺道捎话说，要是我们忙，这个月就别回去了。妻笑着说，母亲这是想我们了。剥开母亲种的土花生，果仁红而饱满，入嘴那个清香甜脆哟，满是故乡和家的滋味，让人想念母亲。

都说娘在家就在。过几天是母亲八十岁的生日，我决定在母亲生日的头一天就回去陪她。那天我们回村时，天气晴好，随处可见的土花生，悠闲地躺在房前屋后空地的竹席上晒太阳。看来今年母亲的花生也是大丰收。到家时，母亲却不在家里。隔壁的毛女娘听到声响，过来说母亲这会儿怕是去地里挖花生了。说着就奔到屋后，冲着外头喊起来。不一会儿，母亲提着半桶花生回来，见了我们很高兴。只是说到花生，她一下子像个做错了事的孩子，双手不停在围裙上蹭抹，小声说："不知天天忙啥，人家花生都快晒干了，咱们家的花生还有些在地里睡大觉呢。"望着满头白发、容颜憔悴的母亲，我心里不是个滋味。看时间还早，我决定带大家一起去帮母亲挖花生。

母亲的花生地，在老屋的后头，是早些年母亲开的荒地。记忆中，每年六七月，花生地像毯子一样铺满了那绿意可人的花生苗，美极了。遗憾的是，那曾经的绿，今年却是潦倒一片，心中不免有些失落。想起小时候陪父母挖花生的经历，又兴奋起来。妻和孩子都说我懒，这会儿正好是个证明自己的机会，可以在妻和孩子们面前露一手。丢人的是等我伸手握住花生苗，刚一使劲儿，苗就断了，人也摔了个仰面朝天。母亲和妻子紧张得不得了，孩子们却笑得开怀。母亲确定我没伤着后，自责地说，今年六七月份雨水多，后期日头又毒，所以泥土板结，花生已不能连根拔起了，得用铁耙挖。边说边弯腰示范，说挖花生要细心，顺着花生苗的根部稍稍向外看准了挖，挖近了会挖破花生，破了就不便贮存。母亲挖花生，娴熟又简单，轮到我和妻可就复杂了，挖不一会儿就满头大汗，手脚沾满了泥土，衣服弄得脏兮兮的。两个人挖出的花生连残带缺，不及母亲的一半。

“花生好吃吗?”看小馋虫们为吃花生小嘴涂满了泥红，母亲问。

“好吃!”孩子们大声回答。

“那挖花生累不?”母亲又问。

“累!”孩子们再一次异口同声地回答。

“挖花生是累，但正是因为这劳动的累，你们才有收获呀!”听孩子和母亲的对话，妻不失时机地教育孩子，“你们看这花生，长在地面上的花生苗虽然一点都不好看，可是藏在地里的果实多实在呀。做人也要像花生一样，不要太在意外表，要从内心深处壮大自己，做实实在在有益于他人的人才行。”说得孩子们似懂非懂地点头称是。

挖完花生回家的路上，大家虽个个腰酸背痛，但有说有笑很高兴。到了家里，母亲突然有些感伤，说她不知道明年还能不能种花生，说如果她实在种不动了，就把地租给乡亲种，收花生当租金，到时我们想吃老家的土花生，就不用求人了。抚摸母亲骨瘦如柴的手，望着老人家苍老的脸，我满腹心酸。虽然庆幸母亲在，回乡还有撒娇的机会，但人生总有生老病死的无奈。母亲年纪大了，能让我们陪伴的时日不多了。祈愿母亲能健康长寿，将来，我们还能有和母亲一起吃土花生为她庆生的机会。

（原载《莆田晚报》2020 年 8 月 13 日）

外婆的槐花香

“槐林五月漾琼花，郁郁芬芳醉万家。春水碧波飘落处，浮香一路到天涯。”工地围墙外边，溪畔有处花开正盛的槐林，下班行走其间，但见一串串洁白温润的槐花，辫子一样梳在枝头，在嫩绿树叶的映衬下，好叫人喜欢。随手摘几片花瓣塞进嘴里，清香甜脆。咀嚼这久违的滋味，感觉时光又回到从前，让人格外想念外婆的槐花香。

我家住在鄂东江北太白湖区，就树而言，水乡多柳。即便有些坡地长满了杂树，也多是些桑树和苦楝，槐树极为少见。山里外婆家则不同，槐树很普遍，好多人家的房前屋后都有栽种。记忆中，第一次品尝槐花，是个槐花谢尽的季节，母亲带我到匡山脚下外婆家走亲戚。外婆搂着我问母亲想吃点啥？母亲笑说：“好久没吃娘煮的槐花粥，怪想的。”外婆笑眯眯说声好，放开我就忙碌去了。这时大我两岁的老表槐哥刚好回来，拉着我就去门前槐树林玩。等到一股槐香从屋里弥漫出来，外婆的粥就熬好了。外婆招呼我们一起喝粥。一上桌，我端着碗心里有些纳闷：明明闻到花香，碗里却找不到槐花影子。“找槐花是不？”母亲见我在碗里翻来搅去，笑着说，“你外婆煮的槐花粥可有些讲究呢，用的都是鲜槐花晒干研成的粉末，等锅中的糯米煮开花，才将切好的马齿苋、白糖一起放入，直到熬到粥里有花香溢出，粥稠而不结，才算熬好，吃时只会闻得花香而不见花。”接着吩咐我小心烫嘴，说性急吃不得热粥。说归说，笑归笑。小孩子好吃，哪有不烫嘴的理呢！不过实话实说，外婆的槐花粥，虽烫得嘴痛，但吃起来味道真的好（现在回想起来，我还流口水），平日里挑食的我，竟连吃了两小碗。吃完了还捧着空碗，意犹未尽地用舌头在碗里划了几个圈圈。一旁的槐哥，不晓得自个儿那副馋相有多好看，还笑我是湖里来的好吃佬，羞得我脸通红，半天抬不起头来。第二天我们回家，临走时，槐哥把我拉到一边，指着门前的槐树告诉我，槐花生吃起来是如何如何的香甜，惋惜现在花谢了，并约我来年五月花开时再来。

隔年五月我到外婆家。临近外婆家门口，一眼望去，高大的槐树上挂满了槐花，山风过处，密密匝匝的晶莹洁白的花儿，像万千只翩翩起舞的蝴蝶，穿梭在绿如翡翠的叶子之间，白绿相间，非常美，也非常壮观。槐哥远远望见我，高兴得不得了，跑过来搂着我说话儿，接着跑回家拿来一把铁钩，拉我进槐树林。在林里，瞅着那花儿，只见他手脚并用，一会儿拉着树枝就近摘，一会儿用钩子钩住枝条撸串。我个子矮，够不着，只能站在树下看。金色的阳光从密密的花叶间洒下来，空气中弥漫着香甜、清新的气息。这期间，除了鸟雀在唱歌，陪我们忙的还有"嗡嗡嗡嗡"地萦绕着槐花飞来飞去的蜜蜂。就在我正陶醉这自然时，槐哥摘了一串槐花给我，让人惊奇的是那串花上还有几只蜜蜂，一只只伏在花蕊中，贪婪地享用这玉露琼浆呢。我一时兴起，伸出小手想捉住蜜蜂，不意被这小东西抢先下手蜇了一针，痛得我丢下花枝，哭着往外婆家跑！"槐花香，蜜蜂忙，欢欢喜喜采蜜糖。小朋友，别挡道，不然我就开一枪……"槐哥见了，哈哈大笑，竟唱起儿歌取笑。外婆见状，心疼得很，连忙到屋后菜园地里摘了几片嫩丝瓜叶，捣烂后敷在我的手上，边敷边说："这些蜜蜂辛勤地忙碌，是在采花酿蜜。它蜇你，准是误以为你要伤它性命。不过这一蜇，蜜蜂也活不太久。"我听后，心一软，不但不恨蜜蜂，反而怪自己害它丢了性命。长大后，我才知道槐花蜜是蜜中珍品，既能清热解毒、凉血润肺，还能生津养颜，是老少皆宜的营养品。自此，心里更敬重这些采撷着大自然恩赐的精华，酝酿生活甜美的小蜜蜂了。

尽管童年的我，心里溢满了槐香，但真正能吃上的机会不多。我家离外婆家路远，一个靠龙坪江边，一个住太平山里，交通很不方便。这种窘况延续多年，直到两地通了班车才有改观，来往方便了很多。后来我工作在外，但凡有空，遇上槐花盛开的季节，我多半会上外婆家去吃一回。说到吃槐花，外婆可是出了名的手巧，总会变着法儿用槐花做出几道新鲜的菜暖我们的胃，这槐花的吃法，也不再局限于生吃和喝几碗槐花粥了。外婆或将新鲜槐花洗净沥水和上面粉，上笼蒸，蒸好后切成糕片，就着用香油蒜泥精盐味精酱醋调制成的汤料，蘸着或直接将汤料淋于槐花糕片上吃，吃起来都是味道喷香，妙不可言；或把采摘下来的槐花晒干后先贮起来，赶上节庆之时，再拿出来用温水浸泡之，来一碟槐花炒鸡蛋或槐花山药炖肉、炖鸡……皆是美味，浅尝一口，就会让你一辈子忘不了。

外婆过世后，我就再也没有机会品尝外婆弄的槐花美食了。再后来，出息了的槐哥带舅舅他们进城享福，外婆老屋前的槐林也因修路而尽毁，所有关于槐花的记忆，也尘封日久。而今天，有幸在异乡邂逅这藏着我童年印记的槐林，穿行其中，记忆的河流中，外婆的槐花香，“春水碧波飘落处，浮香一路到天涯”了。

（原载《中山日报》2020 年 7 月 12 日）

为母亲洗头

母亲年后返乡，一住就是几个月。任凭我们怎么担心怎么劝说，老人家总有千万个不进城的理由。

端午节前，我们回老家去看她，到家时，已是上午十点。母亲一个人坐在屋后那棵楝树下打盹儿，手里还拿着没剥完的蚕豆。阳光从树缝隙漏下来，在母亲的头顶上闪耀着浅浅的光，一头凌乱花白的发，像随意生长在荒地上的杂草。我们看在眼里，满是心酸。

走动声惊醒了母亲。见我们回家，母亲很高兴，告诉我们，她昨天特地在菜园摘了豆荚，剥些新鲜蚕豆给我们带回城。又说菜园的菜都是她自己种的，比买的好吃。难得能听到母亲的“唠叨”，我赶忙搬来一把椅子，坐在母亲身边……趁我们娘俩聊天的空，妻子烧了几大壶热水，然后把母亲的床单被面和脏衣物，一股脑儿全都拿到院子里，洗的洗，晒的晒，忙个不停。“大老远地回来，还要给你们添麻烦，这怎么行呢。”母亲不安地说。几次起身要帮忙，都被我拦住。

妻子洗完后，又端来一盆温热水放在母亲的面前，要给母亲洗头。母亲一听，直嘀咕：“怎么好意思让儿媳妇洗头呢！”母亲一生爱美，最讲究姿容，自己的事，从来不愿麻烦别人。虽儿媳不是外人，但让儿媳给她洗头，心里总还是有些不自在。其实她自己心里明白，而今年纪大了，好多事情真的力不从心了。或许她想到又要进城了，不能丢儿子媳妇的脸，这才没再坚持。

记忆中的母亲，有一头乌黑漂亮的长发，长可及腰，曾经是那么美丽迷人。小时候，我和姐姐最喜欢看母亲洗头，只觉得刚洗完头时的母亲，头发像瀑布一样披在肩上，像仙女一样美！至今还记得母亲站在梳妆台前梳头发，因为头发长，没法子坐着，边梳边咕哝：“哎呀！这么长又这么多……”那时实行集体制，梳理一头长发也是挺耽搁时间的事情。为了不误工，母亲通常要比常人起得更早。还别说，梳理好的辫子，用毛线绳扎牢，再用一根豪猪毛穿过，盘在头上，挽成一朵花，梳出一个标致的髻子，真的很好看。没大人在身边的时候，姐姐常在镜前学母亲梳头的样子，如果镜里瞥见我在偷看，就会吓唬我说："看什么呀，看我不打你！"我多半会顶嘴："你再怎么梳，也没娘好看。"

母亲除了参加集体做农活和操持家务，也很关心子女的读书问题。说来惭愧，我小时候调皮，放学回家做作业也不认真，老是弄断铅笔芯，还抱怨铅笔质量不好。每每这时，母亲总是不厌其烦地削一次再削一次，直到督促我做完作业。当然，我有时也会欺负母亲不识字，而偷工减料草草收场。现在回想起来，母亲那时未免太过宠爱我们，对母亲的爱我们理所当然地领受，一点也不知道珍惜。如今，我们自己的孩子也长大成人，在养育儿女的过程中，更能体会母爱的伟大。

洗完头后，妻开始为母亲梳头。我一把从妻子手上接过梳子，要为母亲梳头。这把用了多年且断了几根齿的旧梳子，滑润无比，上面还染着属于母亲的独特发香。我轻轻地梳着，起初，三个人互相闲聊着一些无关紧要的话题，我和妻说些生活和工作上的趣事，母亲则为我们梳理起陈芝麻烂谷子的往事。

梳着梳着，母亲靠在我怀里，发出了轻轻的鼻声，温顺如婴儿一般。我想起自己小时候，母亲为我们洗头总是那么快乐，我也曾经这样躺在母亲的怀里。生命以这种方式轮回，让人备感唏嘘。握着母亲的头发，那曾经如云的秀发，如今是如此稀薄，只剩小小一撮在我的掌心里。我眼一热，落下泪来。

（原载《通化日报》2018 年 6 月 8 日）

枣子熟了

母亲电话里说，家里的枣儿熟了，问我有空回去不。因母亲曾有过独自上树摘枣险些摔伤的经历，所以我很担心，一到周末，就赶紧带着孩子们回了老家。

老家院子里的这棵枣树，是早些年爷爷亲手种的，算起来比我还年长。站在院子里抬头望，树上分明还有不少的枣。一阵秋风吹过，从枝叶中探出头来的枣儿，红如玛瑙，青如碧玉，长相喜人。见我一脸喜悦，母亲说："枣都熟了好一阵子了，只是秋风紧，鸟也惹人烦，你不回来，前几天我还摘了些送人呢。"见孩子们那个馋样，我做起了摘枣前的准备工作：先架好梯子，接着在枣树下铺了布。没想到一转身，母亲竟爬上梯子。我胆战心惊地上前扶住梯子，让她下来，她却像个孩子一样冲我一乐："放心，你娘身体还棒着呢，这点小事，还难不倒我。"让人心痛担忧之余又多了份欣慰。

也许是看到孩子们的目光中充满了期待，母亲兴致很高，全然忘了自己已是八十多岁的老人，接过妻子递给她的竹竿就熟练地打起枣来。母亲打枣我扶梯，妻和孩子在地上捡。枣子落下来，雨点一般急，冷不防敲在头上，孩子们喊叫声此起彼伏，母亲开怀朗笑。

仰望梯子上被风吹乱白发、腰驼背弓的母亲，我好一阵心酸。枣熟了一年又一年，我们姐弟也从咿呀学语的幼儿一天天长大了，直至成家走出家门，回家就少了。而陪伴我们成长、给了我们无尽欢乐的枣树，依旧年复一年地开花结果，嫩了春天，熟了秋天。儿时和姐姐在枣树上偷摘或在枣树下争抢枣的场景，回想起来总是充满幸福和温馨。想那每年枣满枝头的时候，母亲等不到儿孙回来吃枣，是多么失落啊。母亲只好把熟透的红枣拣出来，放在簸箕里晾晒，晒成干枣存起来，留着等待回家的儿女品尝，留到冬天做腊八粥。尽管干枣没有鲜枣那样脆嫩、清香爽口，腊八粥也一年才有一次，但我们品着，都会感受到一股浓浓的母爱包含其间。脑海里也总会浮现出母亲翘首以盼的样子，和我们在枣树下嬉戏的场景。

妻子心疼母亲扶母亲下了梯子，母亲见地上还散着很多枣，便蹲下身来捡。一边捡，一边告诉我，被鸟啄过的枣，都是熟得最透的，吃起来清香甜脆。“看，这么大的枣，让鸟儿啄了半边，真可惜!”说着拿起枣往围裙上擦了擦，然后用手抠掉坏了的部分，就津津有味地嚼了起来。只是她一颗枣嚼了半天也没吞下，心里顿时感到内疚！唉，老人的牙也坏了。

临走，母亲除了让我带上枣，还往小车后备厢塞了好些新鲜蔬菜。捧着母亲干枯的手，心里明明知道母亲的不容易，却不知感谢从何说起，只好装作轻松的样子，微笑着对母亲说：“娘，回去吧，有空我们再回来看您!”一转身，泪湿眼眶……

（原载《太行日报·晚报版》2020 年 8 月 27 日）

中秋，陪母亲吃月饼

中秋给在老家的母亲寄月饼，是我每年必做的事。长年在外打工，中秋节虽有三天假，可总因归路遥遥，难得回家。皓月当空，就只有对着异乡的月亮，寄托思乡的心绪。在这象征团圆的中秋，总是平添不少憾意。

去年年底，我与妻儿回家陪母亲过年，遇到一件叫我很心酸的事，现在回想，心里满是愧疚。

都说在外打工，有钱没钱，也要回家过年。腊月二十三我们回家，妻帮母亲整理房间时，无意间发现了母亲的秘密：一个箱子里，塞满了过期的月饼，而且每个月饼都有我们看不懂的记号。望着这些月饼，我心里既疑惑又难过。

母亲已是八十多岁的老人。过去苦日子过怕了，平素又省吃俭用，想必这月饼，老人家舍不得吃，越攒越多了。可过期食品，总还是不安全，就算母亲身板硬朗，可万一吃坏了身子，怎么办？我想和母亲好好唠唠，劝她丢掉这些月饼。

看到一家团圆，母亲高兴得像个孩子，我走过去，把母亲搀进房。母亲看见她的藏品，没等我们开口，就推开我去拿月饼，满脸慈笑。她拿起这个，亲亲，放下；拿起那个，亲亲，放下，像是搂了宝贝一样，嘴里不停地说："这是二妞，这是胖弟，这是幺妹……"

"娘，这月饼过期了！"我说。

"咋？过期？你才过期咧！"母亲用嗔怪的语气回了我一句。

我知道母亲很固执，我是没法撼动她的意志的，但知道母亲很疼她儿媳妇，儿媳妇的话，她还能听进一些。

"还是你来劝劝娘。"我对妻子说。

早些年，母亲和妻子都生活在乡下老家，婆媳相处，情同母女。母亲逢人就夸媳妇孝顺。后来孩子多了，生活压力大，我们夫妻出去打工，但婆媳的关系一直融洽。母亲听媳妇说后，没有再恼我，只是看似平静般地告诉我们，这些月饼的故事。

母亲说原本要藏好这些月饼的，没料到我们回早了，来不及。这些月饼，都是我们兄弟姊妹或孩子们买给她的。那些记号，就是我们的记号。母亲说："都拖儿带女在外打工，村里就剩些老弱病残，你们还算孝顺，逢年过节还打电话，往家寄东西。他们（邻居）的儿，有的一年都没给钱。娘知道你们辛苦，娘想你们，你们也不能回，老远的。娘看看月饼，就像看到你们，娘搂着月饼，咱家就团圆了。"说着说着，母亲流泪了。我和妻也眼一热，落下泪来……

这就是母亲，什么都可以给儿女，却从不需要回报的母亲。母亲不愿丢弃过期的月饼，何尝不是怕丢掉了家的温暖？

又是一年中秋节。我们虽希望母亲健康长寿，快乐开心，但她毕竟是八十多岁的老人，剩日无多。古人云：家有高堂，子不远行。而今我们因为生活，背井离乡，实属无奈，但不可忘了中华民族传统的美德。订好回乡的车票，买好孝敬母亲的月饼。伴着香香甜甜的中秋情，把所有的困苦与欢乐，密密融起，像馅儿，深深地嵌在团圆的饼里。

母亲，中秋节，我们回家陪您吃月饼。月饼可以过期，亲情是万万不能过期的。

（原载《牡丹晚报》2017 年 9 月 29 日）

重阳，陪母亲登高

父亲走后，我们试着把母亲接到身边，可住不了几日，母亲还是习惯一个人回乡下住。说来惭愧，小时候我们姐弟，生怕离开了父母半日，可等我们长大成家后，散居四处，却很少回家陪伴年迈的双亲。

去年重阳，我们回去看母亲。从武汉坐车回家，几个小时的旅途，原本有些晕车的我更觉疲惫。我手里提着大包小包的东西，到家时，母亲却不在家里。七打听八打听，才知道母亲到山地里采菊去了！母亲也真是，都电话约好了回家看她，提这么多的东西，手都酸了，她却不在家！我心急火燎地坐在门口石墩上等了很久，母亲才拎着一大包东西回来。

母亲看到我们回来，很是高兴，对我的愠恼，全然不见。她把我们领进屋，打开袋子说："看，全是新鲜的野菊花，你们姐弟几个，都有吃菊花糕、喝菊花茶的习惯，所以呀，我每年都要采摘的，可你们一年难得回一次，好多都送人了。"

深秋的风，已有凉意。我望着忙碌中身子已有些佝偻的母亲，看她凌乱的白发在风中飘动，先前还抱怨母亲让我们久等，此刻却有些心酸，感觉母亲更老了。

中午的饭菜格外丰盛，摆了满满的一桌，都是母亲亲手做的。不说南瓜饼、菊花糕香甜可口，就连饭后的菊花茶，也是那么沁人心脾。在母亲身边，我们仿佛永远长不大！童心未泯地大声嬉笑，和孩子们争抢着好吃的，理所当然地享受着母亲给我们的慈爱。而母亲，则在一旁幸福地呵呵笑着。

母亲有重阳登高的习惯。早些年，每到重阳季节，父亲总会牵着她爬山。父亲走后，母亲无人做伴，便再也没爬过。

吃罢饭，说起重阳登高，很少回乡下的孩子们，兴奋极了。于是我们陪着母亲去爬山。我牵着母亲的手，走在弯弯窄窄的山道上，母亲步履有些蹒跚，但她努力地挺直自己的脊背。母亲幽幽地对我说：“你爸走后，我都好多年没有在重阳节里爬过山了，身子骨真不行了，以前哪能这么吃力，老啰，真的老啰。”听了母亲的话，我心里难过又愧疚，眼泪无声无息就流下来。

陪母亲登山回来，母亲兴致很高。她说好久没有这么开心过了！作为子女，我竟无言以对，只好默默在心底对母亲说：“母亲啊，是儿女不孝，以后每年的重阳，我们一定会回来看您，陪您爬山。”

是啊，为人子女，孝顺，不能仅仅只是给父母几个钱或带些东西啊。真的孝顺，还应该是多回家看看，多陪伴母亲！

（原载《阿克苏日报》2017 年 10 月 26 日）

坝上夏风凉

小时候住农村，家里没有空调和电扇，晚上躲避暑热的法子，就是去河边的坝上乘凉。记忆中，黄土夯实而成的老坝，像位饱经沧桑的老人，一手牵着村庄，一手抚摸着村南老河的桥头。一到夏天，晴好的晚上，坝上总是坐满了纳凉的人，热闹非凡。

和大多数堤坝不同的是，老坝树木稀少，坝的两侧，长满了一层青色的小草，一眼望去，像极了绿毯。夏天的傍晚，孩子们吃过晚饭，总会争先恐后地去坝上占乘凉的地盘：抬竹床的抬竹床，搬草席的搬草席，遇到家里实在没有什么搬的，席地而卧也成。待大家安营扎寨安顿好后，顽皮的小伙伴们，大多懒得老老实实地坐着或躺在上面。男孩子捉萤火虫，找知了猴；女孩子则三两个围坐在一起，或玩游戏，或窃窃私语，不时抿嘴吃吃地笑。直到忙完家务的大人来了，大家才会安静下来，仰面朝天，无聊地伸着小手数星星。如果这时，突然有谁喊了一声“爱妹嬷来了”，坝上便又一下子热闹起来。

爱妹嬷是村里出名的故事大王，盘着尖尖的小脚，坐在竹床上，摇一把破布包边的蒲扇，给我们讲天上的故事：什么嫦娥奔月，什么牛郎织女的。

除了讲故事，出谜猜谜也是爱妹嬷的拿手好戏。所以，夏夜乘凉，猜谜也是大家常常参与的娱乐项目之一。有一次，爱妹嬷出个谜面：“生在山中叶儿青，流落凡间苦上身，先剥皮，后挖心，开水泡，冷水浸，一日三餐最操心。”打一厨房用品。大家有的说是砧板，有的猜是筷子，爱妹嬷听了直摇头。大家实在猜不出来的时候，我就借给爱妹嬷搔痒的机会，央她告诉我谜底。这时候，爱妹嬷多半会贴在我的耳边，悄悄告诉我是木饭瓢。哎呀，我一激动，马上一坝子的人全知道谜底是啥了。

当夜风裹着摇曳的荷香一次又一次吹来，暑热渐消，我们也不知不觉间渐入梦乡。后半夜，天气变凉，母亲就会喊我们回屋里去睡。遇到有时候睡意正浓的我不愿起来，母亲通常会抱我回去。我趴在母亲结实的肩膀上，皎洁的月光下，睡意蒙眬的脸上，还挂着幸福的笑容……

现如今，随着国家对“三农”扶持的力度加大，奔走在小康路上的乡亲们，生活也富裕了许多。基本上家家都住上了小洋楼，电视、电扇、空调等家用电器也应有尽有，大人孩子再也没有夏夜出门乘凉的习惯。没有外出乘凉的人，赋闲的老坝也就失去了昔日的热闹。不过对于离乡多年的我来说，尽管童年的脚步已经走远，但游子的心湖，老坝，永远是我心头的永恒记忆。

（原载《自学考试报》2020 年 9 月 11 日）

蝉鸣鼎沸的童年

我小时农村是走集体化道路，在那物资匮乏的年代，农村一个壮劳力一天的收入才值一毛三分钱。那时父亲身体不好，吃口又多，家境不好！姐姐几次因不能及时交上学校催缴的学费，险些辍学。为了减轻家里的负担，我们都知道自觉找事做。一到暑假，懂事的姐姐就常带我捡废品，挖野生草药卖。

我小时候顽皮，夏天最喜欢和左邻右舍的小伙伴一起捉蝉。房前屋后，但凡长有一簇簇叶茂枝繁的浓绿，树上知了的鸣叫声就不绝于耳，以至夜深还能不时听到那熟悉的声音此起彼伏地歌唱，热闹有趣。

起初，捉知了纯粹是为了满足贪玩的童心。捉知了最好的法子是用面筋粘！南方不比北方，面粉可是稀罕物。幸得同学中有家里人在国营食堂上班的，我们有时就央求他带些面粉出来。捏好的面，加水稀成又粘又软的一团，然后撕一小块面筋均匀地粘在长长瘦瘦的竹竿末梢。等到了林地，大家蹑手蹑脚地走到树底下，透过枝叶的间隙，将竹竿缓缓地伸向知了栖息的树枝旁，屏住呼吸，一点点靠近。握竹竿不能有太大的抖动，否则“打草惊蛇”，知了就会飞走。将粘有面团的竹尖，对准知了的翅膀，猛地一戳，粘上了，知了多半难逃走。

我八岁那年暑假，村里来了个高价收购知了猴和蝉壳的，这才知道蝉的金贵。当天晚上，隔壁的堂桂哥过来说：“玉姣（姐姐的名字）姐，我和我爹说好了，明天我带你们到橘园，那儿的知了多得不得了呢。”堂桂哥的父亲是帮大队看橘园的三尔伯，是个严肃又老实的人，他守橘园，从不随便让人进出。我们自然很高兴。

大队的橘园在村后的山上，离我家足有四五里路程。绿意盈盈的橘树，在秋天格外显眼。这时橘子还没熟透，但姐姐说，远远地就闻到了一股淡淡的橘香味，堂桂哥和我都说她骗人。进了橘园，三尔伯和我们“约法”多章：要注意安全，不可伤了树枝，不可摇落了橘果，不可跑得太远等等。我们齐声说“嗯!”算是答应。等三尔伯走后，我们就像散养的羊，四处散开。把低处的寻得差不多了，就寻思树上的。蝉壳多在树枝的高处，堂桂哥和我都不敢上树。十岁的姐姐就爬上一两米多高的树丫上捡。捡树上的蝉蜕，看似简单，做起来却没有那么容易。火辣辣的阳光透过橘树刺在姐姐稚嫩的脸上，汗水湿透了衣服。根据树的高低不同，姐姐随时变换姿势，一会儿站着，一会儿弯腰，一会儿又高昂着头还得踮起脚尖儿（也不怕掉下来），摘的时候，还要注意别折断了树枝，伤了树上灯笼一样的橘子。有时树梢处的蝉壳太高，实在摘不到，姐姐就用竹竿伸向树枝，轻轻敲它下来。

和捡蝉壳不同，捉知了猴多在夜里。知了猴是蝉未蜕壳前的幼虫，大多趁天黑从洞里爬到树上蜕壳。晚上，一只只小知了弯着腰，猴似的慢腾腾地向橘树的高处爬，这时手里拿着电筒照着，很容易捉到。更刺激的是雨后抓知了猴，树林里湿漉漉的树底下，有很多的小洞口，有蚂蚁洞也有其他小虫子的洞穴。堂桂哥最有经验，拿根小树枝朝洞口轻轻一戳，如果洞口一下变得拇指般粗，大多有知了猴藏在里面，堂桂哥就伸手进去捉。我可不敢，别说怕蛇，就是洞里突然蹦出一只青蛙也吓死人呢。在橘园捉知了猴，一晚上能捉三五斤，捉回的知了猴要浸在盛有淡盐水的盆或桶里，上面还要用罩子罩着，不然等到第二天早晨，很多知了猴会蜕壳变成会飞会叫的知了。

我那时常常纳闷，蝉又不是蛇，怎么也蜕皮呢？有天晚上乘凉，我问对门的昌瑞叔（他是位老中医）：“蝉又不是蛇，怎么会脱壳呢?”昌瑞叔笑着对我们说：“在蝉的一生中，其实在树上的时间最短，也就在夏天这个把月。它一生主要潜在树根下的泥土里，靠吸食植物根部的汁液生长，经过好几年后，成熟的‘蝉’才爬出土，爬到树上‘金蝉脱壳’，羽化为成虫，这也是蝉的生命规律。蝉蜕下的壳是一味好用的中药，有疏风散热、利咽消肿等功效，还可治小孩疳积（蛔虫）。刚从土洞里爬出来的知了猴，还是一种美味，浅黄浅黄的，躯壳里包满了白色的汁浆，烤熟或油炸，吃起来很香……”我似懂非懂地听着，嘴里口水都咽了好几回。想到一只知了猴可以卖一毛钱，就算嘴再馋，也舍不得吃！不过后来堂桂哥还真的偷偷用油炸过，分给我们尝鲜，真的好吃。

我们辛勤的付出，终于得到丰厚的回报。到9月1日开学时，我们卖知了猴和蝉壳的钱，不但交足姐弟俩的学费，多余的每人还可以买笔和写字的本子。

而今生活条件好了，已不必担心交不上小孩读书的学费了。但借住在城市里，远离乡下的蝉鸣日久，时时还会想起并陶醉于那蝉声鼎沸的童年。前些日子电话里和乡下的堂桂哥聊天，说起捡蝉壳的往事，堂桂哥竟多有感慨，说："村里的橘园早毁了，山上的树木也日渐稀少，知了猴和蝉壳价格年年看涨，眼下还时不时能听得一阵欢快的蝉鸣声，只怕过不了几年，蝉鸣就会稀少得紧。"我听罢，也多有叹息。古人云：春听鸟鸣夏听蝉。如果哪一天我年迈归乡，游走在乡村的夏天，却听不到蝉鸣的声音，那该是多么遗憾的事啊！

（原载《速读》2018年4月）

柳笛·风筝·童年

我的老家，地处鄂东太白湖西岸，是个叫童司牌街的小集。和大多水乡一样，多种植柳树。每到春天，港汊边沐浴着春风的柳树，嫩绿的枝条披散开来，像极了少女飘逸的秀发。树梢儿如蜻蜓点水般泛起涟漪阵阵，让这湖乡的田园，荡漾着春的气息，舒展着春的美丽。

记忆中，河堤最热闹的时候是在清明前后，满是放风筝、折柳、嬉闹的孩子。我第一次看放风筝，就是在河堤上。那年清明，北头永红的姑姑带儿子从九江回童司牌祭祖，给永红带了一只纸扎带线的大公鸡做礼物。红彤彤的鸡冠，五彩的尾羽，威风凛凛，栩栩如生，花花绿绿的很是好看。永红姑姑的孩子年纪和我们差不多，是个好显摆的小老表。在堤上，他摆个先生的架子，拿着纸公鸡说："这不是一只普通的鸡，是只会飞的鸡，叫风筝。"然后边示范边教永红怎么放飞：什么线不能离手，什么注意风向，迎风背风的……末了，他还告诉大家说，九江的城市有多大，他住的楼房有多高，九江还有飞机、火车和轮船……孩子们大多连县城都没去过，几时见过真飞机呢？便是能飞的纸公鸡，也还是头一回见到！一下子，永红和小老表哥俩便成了小伙伴们羡慕的对象，一个个跟在他们屁股后面屁颠屁颠地追着跑。

自永红有了风筝后，不几天的时间，村里陆续又有几个孩子也有了属于自己的风筝。我那时因为家穷，性格内向也有些自卑，常常喜欢一个人玩。他们放风筝时，我都会一个人静静地站在柳林里张望。看风筝飞上天时，我小小的心也会充满好奇：为什么不见公鸡扇动翅膀，却能飞呢？而且还飞得那么高那么远？不会是那小老表传给它什么魔法吧？这么一次又一次地观看，夜里我竟做了回美梦。我梦见自己能像风筝一样飞上天空，飞过了县城，飞到了九江……正当我想要飞到更远的地方看看外面精彩的世界时，被两只在我枕边打架的老鼠吵醒了。天还没亮，但我已经是睡意全无，心里最近最小的心愿，却是想和村里孩子一样拥有一只风筝。我知道，只有县城才有风筝卖，就凭我们家的条件，母亲是绝对不可能给我买的。我只能在心里难过，一连几天，无精打采。躺在病床上的父亲问明缘由，皱着眉头说：“一只风筝两块钱，也不是小数目，够我们家过几天日子呢，等明年春上咱家卖了猪崽，再给你买一只吧。”父亲的话还没说完，我的泪水就禁不住流下来了，说不出反驳的理由，总觉得遭受到莫名的委屈。这一幕让收工回来的母亲看见了，先是沉默了一阵，然后摸着我的头安慰我说：“都是小男子汉了，不哭不哭，娘这就去给你做支会唱歌的柳笛。”我那时小，不知柳笛为何物，但十分相信母亲的话。因此对母亲口中的柳笛，充满了憧憬！大概只有一杯茶的工夫，母亲额头挂着汗珠从外头回来，摊开的手掌里躺着二截绿色的树枝，对我说：“来，你拿支吹下试试。”母亲说着自己先拿起一支放在嘴边吹着给我示范，“对，就是这样，这边朝下，这边放进嘴里，吹。”我按照母亲的指点，用嘴巴含住树枝轻轻吹，果然吹出了“嘀嘀嘀”的声音，见吹出了声音，我高兴极了。

也许是与生俱来与柳笛有缘，接下来，我不但学会了自己动手制作柳笛，而且吹得也得心应手，越吹越有心得。渐渐地我发现，柳笛的声音是可控的。柳管儿细的，吹出的声音清脆嘹亮，似小鸟鸣叫；柳管儿粗的，吹的声音多浑厚低沉，如水牛低哞，底气十足，像男低音；柳管儿短的，则出声高亢，似唢呐；柳管儿略长的，声音沉稳，像绵长的女中音。此外，柳笛的保存方法也很重要，一旦柳管儿因失去水分而干瘪，无论你怎么用力地鼓起腮帮子，也吹不出声来。同样是柳笛，我总能吹出比小伙伴多出几种不同且又婉转动听的声音，让他们惊奇不已！有了柳笛后，我不再羡慕永红他们“忙趁东风放纸鸢”了。

隔年，永红江西的小老表又来了。他见我把一截柳枝捣弄得如此娴熟和动听，对我的柳笛产生了浓厚的兴趣，求我把柳笛给他吹一下，见我不肯都追到我家里来了。母亲开导我说：“做人不能太自私，有人愿与你分享快乐，是一件很幸福的事呀！”我这才把柳笛让给小老表，并教他怎么吐气发声。小老表学会了吹柳笛后，第二天就送了只风筝给我。母亲说得不错，与人分享快乐真的是件很幸福的事！一支小小的柳笛，不仅让我多了朋友，也让我提升了自信，心里充满阳光。此后的春天，童年的我，有柳笛风筝做伴，度过了一天又一天快乐幸福的日子。

岁月匆匆，转眼好多年过去了。每到春天，我总会默默地想起童年的时光。当年河堤上一起吹着柳笛放飞风筝的孩子，如今也到了知天命之年，散居各地。再也难有齐齐全全相聚在一起的机会，但无论我们走到哪里，都是故乡手心里放飞的一只只风筝。柳笛声声中，那根细长细长的乡情之线，永远都会把我们和故乡连在一起。

（原载《大江》2020 年第二期）

牛背上的荷香

在农村长大的孩子，大多都有放牛的经历，跟随岁月的脚步成长，长大后无论走到哪里，忆起童年的往事，满满的是幸福和快乐！

我家住在鄂东名湖太白湖的西岸。方圆百十公里，一眼望不到边际的太白湖，是古华阳河水系上的一块宝玉。湖东南属黄梅，湖西北属广济。太白湖原名太泊湖。相传诗仙李白游江南登黄梅蔡山江心寺，极目吴天楚水，南眺匡庐远山如黛，北望太泊湖如明镜，大呼胜境！或许诗人醉于山水，淡了诗兴，一时竟忘了题诗楼上。李白离开蔡山之后，乘舟北上，夜宿太泊湖。但见碧波千顷，皓月临空，万星低垂，诗兴大发，遂泼墨挥毫，留下了“危楼高百尺，手可摘星辰”的千古名句！诗成，诗仙伫立舟头，仰天长啸，手舞足蹈，一时兴起，竟误掷笔于湖中……有趣的是，第二年湖中遍生野莲。后来湖区人们为纪念这段逸事，想子孙也沾些诗仙的斯文豪放之气，改称“太泊湖”为“太白湖”，都说这野生的荷花，就是诗仙的妙笔。

小时候，每到夏天，太白湖就成了放牛孩子的天堂。那塞满碧绿荷叶的湖汊，像伞一样伸出水面；含苞待放的荷花，更像是一支描云的彩笔；从荷丛中不时探头张望的莲蓬，无论是莲须落尽的青莲，还是咧开了嘴笑的老莲，都散发着醉人的香。对于孩子们，充满了诱惑！

乡下放牛多在每天的下午。吃罢中饭，我们一群小伙伴也顾不得天热，早早骑着脖子下挂着铃铛的水牛去湖畔。到了湖畔，先把长长的牛绳缠在牛角上，或把牛绳系在水草肥美的滩涂中的杨树脚上，任牛儿们自由牧放。大家在草滩上奔跑嬉戏，有在湖水里扎猛子翻摘菱角的；有围住小湖汊，戽干汊凼中的水捉小鱼虾的。当然，最难忘的是在水中享受采莲的快乐。

近岸的莲蓬，我们站在岸边用手就可以采摘；离岸稍远的，只有长篙够得着，或绑上镰刀也行。最让我们犯难的是湖中的莲蓬，这些大小不一的莲蓬千姿百态，散发着馥郁的清香，令人垂涎欲滴！可惜它们长在水深的险处，让人看着心急。

大我几岁的保银哥，是我们这群孩子中水性最好的，也是我们放牛的头儿，点子最多。有一天，保银哥家的牛跑到水边浴水，浴着浴着就游起泳来，并越游越远。保银哥见了，非但不恼，还开窍了似的对我们说："有法子了，明天咱们都把家里能带的绳子都带来，我们骑在牛身上去摘莲蓬啊。"

"骑牛摘莲蓬？"大点的孩童们都拍手说这主意好！小点的孩子却连连摇头，说怕。

主意一定，第二天一到湖边，我们几个大孩子脱下衣服，光着屁股牵来自家的水牛，踩着牛儿弯弯的犄角，顺着牛脖子慢慢地爬到牛背上坐好，像出征的战士一样，单等保银哥一声令下，开始冲锋陷阵。

保银哥先把那些小孩子带来的绳子收集起来，然后就带着我们下水。水深的时候，湖水没过牛背，水都齐颈了，实在让人害怕。待到水浅处，牛可以站起身时，大家都忘记了刚才的惊险，一个个抹去脸上的水，搂着籽实饱满的莲蓬饥不可耐，边吃边眯眯地笑。最有爱心的还是保银哥，他把摘下的莲蓬，从侧边扎个小孔，一个个穿在带来的绳子上，待编满了一串，就骑牛上岸，送给守在湖边草滩上不敢下水的小孩子。

太阳落山时，大家才慌慌张张上岸，穿好衣裤，整理好战利品，骑着牛儿回家。一路上，头戴荷叶帽，脖子上挂着莲蓬做成的"项链"，握着荷花笔，吃着甜甜的莲蓬籽，不光手上和嘴里，就连心中也都弥漫着荷香……

光阴荏苒，岁月如梭。儿时的时光虽已走远，但记忆的脚步，却时时迷失在牛背上荷香浸润的童年里。

（原载《黄冈日报》2019 年 8 月 3 日）

天真无邪的童年

“小知了，忙吹箫；小青蛙，把鼓敲；纺织娘，桥板摇；水上荷跳舞，蝈蝈歌声高……”这首《夏天真热闹》的儿歌，是小时候奶奶教我的。现在哼唱起来，还是那样动听，儿时生活的点点滴滴，回味起来也仍然是那么亲切。

我的童年是在乡下度过的。虽说农村和城里没法比，但乡下孩子的快乐，一点也不比城里孩子差。我童年的经历，就有说不完的趣事。

儿时最快乐的季节，当属夏天。我家住在河边。这里的孩子，最爱玩水。夏天的河里，简直就是孩子们的乐园。每逢星期天，只要阳光暖暖，我总会和几个年岁相仿的小伙伴，趁大人出工，偷偷溜到河边，把衣服裤子往岸上一扔，光着屁股就往水里钻。如同一尾尾小鱼，在水里不停地畅游。一会儿沉入水底，从烂泥里抽出根根鲜嫩的藕带；一会儿浮出水面，撑着荷叶伞，追逐嬉笑……正当大伙儿玩得高兴时，突然有人说，大人来了！听到远处大人的喊叫声逐渐临近河边，大伙儿一个个慌慌张张地上岸，提着裤子就躲进临河的菜地里。从豇豆架里探出头，等大人的声音远了，又转身爬上河边的柳树，折下摇曳的柳枝，插几朵岸边的野花，然后编成花环戴在头上。一路吹着柳笛，村前屋后地追着，闹着。每每这时，平日静谧的村庄，就充满了孩子的欢笑。

说起童年的经历，“丑”事自然也是有的。最让我难忘的是“偷”。儿时的乡下，物资匮乏，商店里没有多少吃的可买。孩子们又多是小馋虫，少不了节假日里在田野里到处跑，干些偷吃的坏事。大家先是在一起小声议论，比如说谁家的桃子红了，谁家种的西瓜熟了，然后趁大人出工或月黑风高夜，去光顾光顾。虽然打空手的时候多，但有时还是会有些收获。只是大伙儿保密意识不强，要不了几天，总会被大人知道。结果每次都会被父母打骂一顿，但打过之后，隔了些时日，又会嘴痒，惦记起那些好吃的东西。

儿时的夏夜，也很有趣。没雨的晚上，老坝头的草地上坐满了乘凉的人。夜空中繁星点点，池塘里蛙声齐鸣。一只只萤火虫从人们头上飞过，像流星一样迷人。捉萤火虫是姐姐儿时的爱好。她常把捉来的萤火虫装进洗净的透明的墨水瓶中，怕萤火虫缺氧，还要在瓶盖上钻个小孔。等捉到足够的萤火虫，姐姐就把瓶子放进蚊帐里。在那个没有电灯的夜晚，姐姐说，萤火虫的光既可以照明，还可以照梦。我自然是似懂非懂！

捉萤火虫是很浪漫的事情，但我是不屑去做的，因为萤火虫不值钱。我喜欢跟隔壁的堂桂哥去秧田里“照黄鳝”。夏夜风轻，月光下的田野有着一种很特殊的美，走在田埂上，还有着一种朦胧的神秘感。不知为什么，田里的黄鳝贼笨，躺在秧苗空行里望星星，陶醉得紧！你用灯照它，它动都懒得动，铁夹子一夹一个准。运气好，一晚上找两三斤不难，第二天早上卖给食品站，最少也值四五毛钱。

不知不觉间，人到中年了。回想起悄悄走远的童年，儿时的快乐留在脸上和心里，满满的还是幸福！

（原载《人才就业社保信息报》《德周刊》2018 年 6 月 1 日）

童年的腊八粥

一年一度的腊八节到了。腊八节俗称“腊八”，古人有祭祀祖先和神灵、祈求丰收吉祥的传统，民间有喝腊八粥的习俗。

俗话说，过了腊八就是年。记忆中，从“腊八”开始，无论平时怎么节俭，这时母亲总会舍得花钱买些年货。不过，我最爱的还是母亲熬的腊八粥。在那个缺粮少米的年代，能喝碗甜香四溢的腊八粥，是一种不可多得的奢侈和幸福。

那时乡下，好多东西是买不来的。每年熬腊八粥所用的食材，都得提前备好。我家熬粥的食材，是父母亲手种的。父亲在离家几里远的山脚下，开垦了一块荒地，挑出碎石和杂物，铺上农家肥，翻耕平整后，种上农作物和蔬菜。除了莲子是父亲秋天在湖中采摘的，小麦、豌豆、花生乃至山药等，都是这地里的产物。

腊八粥里缺少不了枣。老家院子里有一棵枣树，据说是爷爷栽的，长了几十年，也才有大人手臂般粗细。树小，结出的枣儿也不多。每到枣熟的时候，望着在枣树下团团转的孩子们，母亲总是吩咐我们不可偷摘了，说是要留作冬天煮腊八粥用。我们嘴上答应了，可心里又有不平，难免背地里要偷吃。往往等父亲要采摘晾晒贮藏时，树上的小枣，已所剩不多。

腊八的前一天，母亲就开始把剥好的花生、莲子、豌豆洗净，一起放入盘中浸泡，然后把高粱米、大米、糯米掺入，再放进些小枣和山药。母亲说，一定得凑够八样，才算是真正的腊八粥，熬出的粥才好喝，喝了，来年才会不染灾星。

腊八凌晨，通常在鸡叫时母亲就起来了，开始在灶屋熬腊八粥。熬粥最讲究火候，母亲把灶膛的火苗压得特别小，边熬边搅以防煳锅。一大锅粥在翻翻滚滚中，渐渐飘出香味。顺着香味，我和姐姐早已偷偷溜下床围在母亲的身边，用冻得发红的小鼻子嗅着随着粥的热气弥漫过来的香味，馋虫一样吞着口水。

终于等到喝腊八粥的时候了。母亲将第一碗粥用于供奉，然后才开始盛粥给我们吃。稠的山药，甜的枣儿，嫩的花生，红的豌豆，煮开了花的莲子，每一样都是那么鲜美诱人。吃一口含在嘴里，清香溢满舌尖，吞下去，只觉得有一种透心的暖，转过五脏六腑，慢慢传递到四肢。我们一碗一碗地喝，喝得肚子溜圆还不愿停嘴。

如今，不管身在城市还是乡村，种类丰富的超市小店随处可见，不说熬腊八粥的食材是应有尽有，便是熬好的罐装八宝粥，也是伸手可及，想喝天天都可以喝到嘴。只是这粥，怎么也喝不出童年的滋味，喝不出母亲亲手做的腊八粥中饱含的无法割舍的亲情和浓浓的爱意。

也许是因为母亲给了儿女这份滚烫而暖胃的记忆，我们才会如此怀念童年的腊八粥吧。

（原载《承德晚报》2019 年 1 月 11 日）

童年雪趣

童年的冬天，最快乐的事莫过于享受嬉雪带来的乐趣。立春前后，但凡气温突然下降，天又阴沉多日，接下来十之八九会有一场落雪。

说来好笑，小时候不懂事，看到下雪，很奇怪灰蒙蒙的天，怎么会落下这么多美丽的花？心里想着是不是天上也有长雪花的树？于是歪着脑袋问围坐在火盆边翻古书的爷爷。爷爷从鼻梁眼镜框上方露出两只眼睛，笑眯眯地说："傻瓜，雪花不是长在树上的，是落下的时候为了给人们一个惊喜才变成花的。雪是天上派来的天使，最益于农事，既可为农作物保暖，又能冻死地里的害虫。雪下在冬季，是瑞雪丰年之兆，滋润的是春天，收获的是秋天。有雪的冬天，才是庄户人的最爱!"不过我那时小，听了爷爷的话，虽也似懂非懂地点点头，却不明白雪益农事的真正意义。只觉得下雪的日子，之所以让人向往，离不开玩雪带来的诱惑。

元旦休假回老家，有幸邂逅一场故乡雪。"白雪却嫌春色晚，故穿庭树作飞花。"其实离立春还有些时日，看来，雪盼春的心情一点也不输于人们对雪的期盼！雪是早上开始下的，最初的雪小，是"撒盐空中差可拟"，到后来越下越大，颇有"雪花大如手"的气势！漫天飞舞的雪花，千朵万朵结伴而来，穿梭在远山、小河、田野和村庄之间，轻盈飘逸，晶莹淡雅！不到半个时辰，地上已全被白雪覆盖了。

雪天最快乐的事，大都让孩子们占去了。第二天早上起来，早早就听到楼下孩子们的欢笑声。我推开窗子，眼前是一片银白的世界：大地盖上了一件白色的毯子；高矮不一的房屋，戴着一顶白绒帽，像个蹲着的雪人；院树的枝上缀满积雪，仿佛要盛开一树树银花；远处的田野，秋收后留在畈地上的草垛，不甘寂寞地在地上隆起，像一朵朵冬生的白蘑菇……最让人动情的还是眼前这些在雪地打闹的孩子，让人很容易想起玩雪的童年。

我的童年，嬉雪的游戏就有很多，打雪仗是其中之一。村头景华哥，大我两岁，是我们玩雪仗时的头儿。他把我们年龄相仿的十几个孩子，分成两支队伍，各自守着打谷场上几座大小不一的“雪山”，玩抢占山头的游戏。规则是，只要谁被用雪捏的“手雷”击中，就等于受伤，不能再投入战斗。如果有一方，全员受伤，雪山就会被另一方占领，算是输了。打雪仗多是男孩子玩的，大家端着木枪，荷包里装满雪弹，你悄悄地摸过来，我悄悄摸过去，出其不意，攻其不备。一旦短兵相接，则雪弹纷飞，打杀声一片。就算雪球砸在脸上也不知道痛。景华哥是打雪仗的高手，他的队伍总是赢得多。只有一次，他伏在“雪山”后边探出头观察“敌情”，被对方哨兵发现，对手一阵“手雷”狂轰滥炸之后，景华哥壮烈“牺牲”。对方见“斩首”成功后，趁景华哥的队伍群龙无首，一阵猛攻，打得景华哥的手下丢盔弃甲，不一会儿就投降认输。打完仗，晒场上已是乱雪成堆，杂物横陈。为了不让大人们责骂，堆雪人就成了打扫战场的最好方式！往往一场战斗结束，晒场就会堆起许多造型各异的雪人和小动物，栩栩如生。我堆的是一个滑稽的小丑，鼻子是拔地里现成的红萝卜做的，戴着一顶被稻草人遗弃的破草帽，手里还拿着一把用残破的荷叶做的蒲扇。然后大家不论输赢都高兴地回到家，各自围坐在母亲早早地生起的一盆炭火边取暖。

较之于雪仗的惊险刺激，捉麻雀就文雅得多。捉麻雀是堂兄六哥的拿手好戏。他先把院子里的雪地扫出一小块空地，撒上些稻谷，再找来一个筛子扣在谷子上头，一端用小木棍儿斜支起来。然后用长长的细绳儿，一头儿系在小木棍儿下端，另一头儿牵到隐蔽处，便开始等待饥饿中的麻雀光临。不消多时，就有经不住诱惑的麻雀开始在空地的上方盘旋。它们先是警惕地在墙头或院子里的苦楝树上飞来飞去，侦察好久，才敢一点点靠近，啄食紧靠筛边的谷子。待确定没有危险时，便大摇大摆地走进筛子底下啄食。这时，我们将手中的绳子猛然一拉，那几只贪嘴的麻雀便被筛子扣住了。六哥告诉我，捉麻雀不能性急，如果贸然地用手掀开筛口去捉，麻雀会从筛子口的缝隙中逃走的。要先用布片儿遮盖住筛子边，然后用眼睛从筛缝中察看，再从布片下伸手进去捉。麻雀贼精，即便是筛中捉雀，也不是件很容易的事情。轮到我用冻得通红的小手也抓住一只时，捧着麻雀的那个开心劲，现在用语言很难形容……

不知从什么时候开始，下雪这种冬天再平常不过的事，越发稀罕了。偶尔有之，也只是零星半点，淡而无味，让人遗憾！多少年过去了，客居他乡多年，每到冬天，特别是在落雪的冬天，我总会想起童年下雪时发生的趣事和场景，总想把溢满心中的怀念，化作雪花，穿梭在故乡的田野，消融在母亲炉火的怀抱中……

（原载《马湖艺苑》2019 年第五期）

我的启蒙老师

如果说人生的路上，扶你走第一步的是父母，那么求知的路上，扶你走第一步的，一定是启蒙老师。

我是七岁开始上学的，那时乡下没幼儿园和学前班。大队在我们家住的小街设了个教学点，借用的是我的启蒙老师陈老师家堂屋。十几张五花八门的小桌子，分三四组排开，招的三十多个学生都是街坊的孩子。学的课程从一年级到三年级都有，全是陈老师一个人教。那时的陈老师，应该有三十八九岁的年纪。她身材不是很高，语气温和，穿着得体。在我的记忆里，她显然是一个美丽得不能再美丽的女人。

乡下的孩子在湖边畈地跑惯了，野性难驯，一下子被大人塞进教室，关不住是常有的事。遇到逃学旷课的学生，老师总是走家串户，一次又一次上门，把所有属于她的学生，好生安顿在她的教室里，关爱有加。

小孩子天性顽皮。同学之间磕磕碰碰，甚至动手见血的时候都有。有一次，不知是怎么开头的，上街头的银花咒骂我多病的父亲早死，我一生气，就用桌上的砚台磕她的头，头没破，肿了个大包。银花哭哭啼啼告诉老师。我吓坏了，正要逃回家躲起来，让老师逮住了。老师先批评了银花骂人不对，接着又狠狠批评我动手打人更不对。当着银花的面，打了我一板子，末了让我向银花赔不是，说同学也是兄弟姐妹。后来，我和银花便和好如初。

读二年级时，有一次下课我看见读三年级的和平和益治躲在厕所里吃枇杷。那时乡下生活条件差，吃上水果，相当于过年了，馋得我直流口水。我说："两个好吃鬼，躲在这吃东西，不给我吃，我就告诉老师。"和平是个大块头，提起裤子要打我（据说把裤子也弄脏了，还挨了他娘一顿打），让益治拦住了。益治给我几颗枇杷说："你莫告诉别个，等放学我们带你去摘好多。"我一心沉浸在这枇杷果的好味儿中，嗯嗯直点头同意。

谁知这一点头，竟是上了贼船。所谓的摘，原是趁月黑风高夜，去上街头素芳姐家院后的枇杷树上偷……

不知谁走漏了风声，竟让老师知道了。老师这回是真生气了，把我单独招进她房里，板着面孔说："你是班长，要给全班同学树个好的榜样，怎么能偷人家的东西，做坏人才肯做的事呢？把手伸出来！"

我乖乖地把手伸了出来！老师用尺子打我的手，打得快要渗出血来才住手。我痛得流眼泪，但没哭出声来。老师却哭了。我一直是老师和街坊公认的好孩子，也许老师是恨铁不成钢。"我打你，是要你记住做人的原则，任何东西，不管多么想得到，千万不能歪了念头，去偷去抢！"老师说。虽说那时小，不懂事，但现在回想起来，很庆幸也很感激老师的教诲。

读四年级时，我就该到大队小学去上学了，开学时，我还赖在老师身边就是不肯走。母亲至今还笑我，在大队小学读了大半年，还常常在夜梦里嚎着找陈老师。我初中高中都是住校，偶尔回家，还见到过老师几面！再后来参加工作在外，回家极少，有时问及家人，说她进城了。此后，便再也没有老师的消息。每年九月开学，触景生情，更想念老师！

［原载《台湾好报》（原《台湾新闻报》）2017年9月4日］

小人书陪伴的童年

小人书，也叫连环画，虽然现在已经淡出了人们的视野，但二十世纪六七十年代出生的人，几乎人人都有看小人书的经历。我小的时候，就特别喜欢看小人书。在那个信息闭塞的年代，生活在乡下，小人书不仅仅给我的童年带来了视觉上的享受，也为懵懂的我打开一扇认知世界的窗口，让我知道了真善美的评判标准，使我的童年时光，充满了欢乐。

第一次与小人书结缘，是在山里外婆家。表姐带我捉迷藏时，无意间在阁楼上发现有一个没上锁的大木箱，借着透过屋顶上的亮瓦（以前农村老房子，屋顶上常常会安上玻璃材质能透光的瓦，乡下都称之为亮瓦）的光，我们好奇地打开一看，里边是满满一箱书。那时也不懂书的真正意义，只觉得里面大人巴掌一般大小的小人书，比起那些线装的大厚书，更有趣。小人书上面的画儿，线条简洁精致，人物表情栩栩如生，让人翻着翻着就舍不得放下。可惜那时我刚上学，识字不多，小人书图画下边配的文字，我只能自以为是地瞎猜。后来被外公发现了我上楼翻书的秘密，把我吓得要死！但外公没有责备我，说读书是好事，笑着陪我看小人书，为我讲小人书上的故事：精忠报国的是谁？舍身炸碉堡的是谁？谁手执如意金箍棒大闹天宫？……听得我心潮澎湃，心里充满了遐想。

从外婆家回家后，我收了瞎冲的野性子，放学回来，最痴迷的就是坐在门口的青石上，捧着外公送我的小人书静静地翻看，沉浸在小人书的世界里，很少外出。见我天天在家看小人书，不几天，对门隔壁的小伙伴，都来凑热闹，或围着我看小人书，或求我借一本给他们一饱眼福。每每这时，我就学着人称“老先生”的外公，给他们讲书上的故事！要他们都叫我“小先生”，然后借给他们一本，千叮万嘱千万不能损坏了。

看完从外婆家带回的小人书之后，我渴望能有更多属于自己的小人书。可是，在那个物资相对匮乏的年代，一两毛钱一本的小人书，绝大多数孩子是无法拥有的。为了能买小人书，我就私下攒钱。或主动帮大人跑腿到商店买烟酒打酱油，挣个几分钱跑路费；或和姐姐上山挖半夏捡蝉蜕。读小学二年级，我借到花桥大姐家做客的机会，在公社书店买了第一本属于我自己的小人书《小兵张嘎》。我郑重地在扉页上歪歪斜斜地写上自己的名字后，把小人书捧在鼻尖，闻着新鲜的油墨香味，感到特别的幸福！有了自己的小人书，就可以和别的伙伴或同学换着看。通常一本崭新的书，经过无数双小手翻看，物归原主时已是面目全非（封面、封底都掉落下来，有的还有污渍），但我们照样看得津津有味，过足了瘾。

小人书有个规律，一本书上面只讲一个完整的小故事。有古代的也有现代的，有中国的也有外国的，不过多以中国古代文学名著和传统评书、革命故事为主，像精忠报国的岳飞、桃园结义的刘关张、梁山一百单八将、腾云驾雾的孙悟空、八仙过海里的铁拐李和吕洞宾等的故事。小人书上的英雄，个个都很厉害，给我留下了深刻的印象。相较于国外留着两撇胡子的高尔基和挥舞战刀的保尔·柯察金，我更崇拜咱们自己的英雄，像炸碉堡的董存瑞，烈火中牺牲的邱少云，用身体堵枪眼的黄继光，以及做了无数好人好事的雷锋叔叔等。

痴迷小人书，自然少不了吃苦头。比如我十二岁那年放暑假，母亲让我一个人搭车去太平山里的外婆家。父亲把我送到花桥车站，帮我买好票就回去了。我听说车还有一会儿才能到，就借等车的空儿坐在车站旁边的小人书摊上看书。看书也不贵，一本两分钱。我一本又一本地看着，竟误了车次（那时从花桥到太平，一天只有一班车）。误了车怕挨大人责骂，自然不敢回去，只好凭着记忆走到外婆家。三十多里地，双脚磨出了血泡，走到时天都快黑了。母亲知道后，好长一段时间都不允许我碰小人书。尽管小人书让我吃了大苦，但我对它痴爱依旧，至今我还感激它让我爱上了阅读，开阔了眼界，学会了坚强，拥有了正直善良！

岁月匆匆，转眼人到中年。那个有小人书陪伴的童年，虽然清寒，但我依然深情地怀念，回想起来，记忆的酒杯，总能泛出美滋滋的味道来。

（原载《速读》2020 年 7 月上）

人到中年话“七夕”

记得小时候夏夜乘凉，奶奶坐在竹床上，摇着一把破布包边的蒲扇，给我们讲牛郎织女的故事。说心灵手巧的织女是天上玉帝的小女儿，私自下凡遇上了人间善良正直的放牛郎董永，两人彼此爱慕，结为恩爱夫妻，生了一双儿女，日子过得和和美美。后来玉帝知道了，硬说织女犯了天规，派天兵天将捉织女到天庭，牛郎挑着儿女追赶，眼看就要赶上时，狠心的王母娘娘取下头上金钗，划了一道河，把二人分隔在河两岸。从此，夫妻隔河相望，只有等到七夕这天晚上，人间的喜鹊都飞上天，在银河上搭起鹊桥，牛郎织女才能相会。我们听后，恨死了玉帝和王母娘娘。

奶奶还说，七夕夜里，夜深人静的时候，凡人藏在瓜果架下，也能听到牛郎织女说的话。如果他们伤心落泪，泪水就会变成雨从天上掉下来。

孩子总是顽皮的。到了七月初七晚上，趁奶奶教姐姐月下穿针时，我便邀小伙伴到村边爬树，想看看鹊巢的喜鹊在不。可树太瘦，没人敢上，只好各自怏怏不乐地回家。半夜里，我装着起来屙尿，一个人偷偷躲在院子里的丝瓜架底下，想听织女和牛郎说些啥。静静地听了半天，只听到一些蛐蛐儿的叫声，没听到牛郎和织女说话。丝瓜叶上的露水滴在脸上，我还以为是织女哭了。第二天，我问小伙伴听到牛郎和织女说话了吗，小伙伴都摇头说没听到。我就说奶奶骗人，可奶奶笑着说，傻孩子，长大了才能听见呢。

长大后，才知道，跟七夕节（又名乞巧节）有关的牛郎织女的故事，只是一个凄美的传说。

如今人到中年，几乎经历爱情婚姻全过程，但童心未泯。我依旧喜欢和小时候一样在七夕夜仰望星空，想象着牛郎和织女鹊桥相会。不过和小时候不同的是，我已经学会了思考。旧社会牛郎织女式的婚姻悲剧，已经没有生存的土壤，但他们不怕贫穷，纯真圣洁、忠贞不渝的爱情婚姻观，却又是当今社会最为缺乏的。而今，物质生活丰盈，但人们的爱情观在物欲的无情侵蚀下，日渐扭曲，似乎迷失了方向。人们面对爱情、婚姻，考虑得最多的是物质，以致结婚后，因为时间、距离，或者各种各样的磨难和考验而心生退意，婚姻破裂比比皆是。

今天我们过七夕，再一次听牛郎织女的故事，更应该认同他们对婚姻忠贞、执着、信守承诺的解读。明白真正的爱，绝非一时之念，而是终身相守。只有这样，历史节日的传承，才能为时代赋予新的内涵。

（原载《今日平度》2017 年 8 月 25 日）

毕业三十周年同学会感言

尊敬的各位老师、亲爱的同学们：

你们好！

兰幽雅谷，菊盛山乡，稻翻金浪，桂飘花香。在这和风送爽的金秋十月，我们阔别了三十年的梅高八三届毕业的同学们有幸又一次相聚故里，令人激动万分。在这激动人心的时刻，我们用一颗虔诚的心向辛勤培育了我们的老师致以崇高敬意（提议全体同学向老师鞠躬），同时也向为本次聚会倾注了大量心血，付出了极大心力、物力的发起和组织者致以深深的谢意！

光阴荏苒，岁月如梭！三十年了。岁月的风雨，漂白了我们的秀发；生活的年轮，碾碎了我们稚气娇嫩的容颜。当年风华正茂的俊男俏女，而今已是不惑之年。不惑之年，喻示着无关男女，我们都是家的脊梁、社会的中坚。多年来，我们为了生活和工作，长年奔波拼搏在外，有的家安异地他乡，有的身漂五湖四海，有的甚至多年难得回乡一次。而今天，为了一个共同的心愿，一呼百应，为了纯洁的同学情谊，带着对历史的追忆，带着对久别重逢的一种期盼。我们执着放下了手头的工作，虽远离家乡千山万水，却无视山高路远，长途跋涉，不言苦，不叫累，为的就是能早日和同学团聚。在此，我们对远归的同学表示最热烈和最诚挚的欢迎。同时，我们也不忘对那些不能入会的同学送上一句祝福，祝福他们在各自的工作岗位上和生活中幸福、快乐、平安！

雏鸟学飞南山枝，问心灵犀恨墨迟，且借梅浦天外月，逸梦魁阁忆旧诗。想当年，一幕幕旧景，一桩桩往事，历历在目，仿佛就在昨天。我们一个个少不更事的懵懂少年，就像一群离巢的雏鸟，从武穴城乡四处聚来，我们学飞南山岗上，我们受业魁星阁旁。我们吃着五分钱一份的青菜，我们住着三四十人的通铺。不忘寒窗苦，悠然共学情。我们同窗共读，我们朝夕相处，我们胸怀理想，我们团结友爱！梅河岸上，流水记住了我们的青春，流光溢彩；白石山前，玉石见证了我们的友谊，地久天长。感谢母校，感谢母校的老师。正是因为恩师们的教诲让我们胸怀天下，坦荡为人，让我们学有所用，智慧超群。值得欣慰的是我们班的同学，不辱师恩，虽非个个栋梁材，也无半个烂树桩。我们的同学遍布祖国的大江南北，我们的同学从事着祖国的各行各业。为军者，报效祖国，戍守边疆；为政者，情系万民，造福一方；为商者，诚信守法，财达三江；为学者，教书育人，笑傲学堂；为医者，天使心怀，救死扶伤；为民者，躬耕陇亩，稻果飘香……看，祖国建设的宏伟蓝图，有我们的同学在描红着彩；听，“中国梦”崛起的方阵，有我们的同学迈着矫健的步伐。

感谢有这次聚会，它让我们的心贴得更近了。可不，我们随着同一个节拍，从四面八方来，我们同一个节拍起舞，演绎的是以同学情为主旋律的不朽传奇。三十年前，我们有人带着喜悦的心情，充满希望；有人略有沮丧，心怀失落。我们从梅高挥手作别，有的重登求知路，有的再踏返乡程。自此，天各一方，音讯全无。渐渐地，岁月的风雨伤蚀了我们的大脑，我们淡忘了彼此的姓名，模糊了彼此的音容笑貌。但是，我们不曾放下对彼此的牵挂，我们的友谊也没有因岁月的流逝、地位的变迁而褪色与淡漠。这次聚会证明，无论海角天涯，我们的心永远相通。

人生事，不如意者十之八九。这是分别三十年后的首次大团圆，真诚希望这次聚会既能联络同学感情，又能牵线搭桥，为同学们也为我们的下一代构建一个互动的平台。通过交流，让事业有成者锦上添花，让踌躇满志者成功有望，让生活窘迫者前路光明，让心情郁闷者胸怀宽广。希望同学们会后多加联系、共谋发展。

一别匆匆三十年，雪洗青丝墨染颜，往事也曾逢相会，梦眼纷睁盼月圆。多少年来，我们思念，我们牵挂，我们等待，我们期盼。今天，一个个真实的你我就在眼前，我们终于可以梦眼纷睁有月圆了。让我们再一次向尊敬的老师敬礼，让我们更加珍惜同学情，让我们欢呼吧，欢呼我们的同学情万岁！万岁！期待着我们毕业四十周年的时候，所有的同学能再聚故乡！

最后，祝福我们的老师福寿康宁，开心快乐！祝福我们的同学合家欢乐，万事胜意！

人到中年话“落榜”

每年高考结束，总是几家欢喜几家愁。看大街上擦肩而过的莘莘学子，有些人春风得意，有些人愁容满面，让我想起我也是曾经的落榜者。

我家在农村，家境不好。为了供我读书，家里还借了外债。一直到高中，我都在努力学习，总想以考学的方式报答父母。毕竟，想跳出农门，考学是最佳选择。然而事与愿违，1983 年高考过后，经历漫长等待的煎熬后，等来的却是一纸落榜的忧伤。

落榜，意味着十年寒窗之苦付诸东流。那段时间，可以说是我人生中最黑暗的时期。情绪低落的我，常把自己关在房子里，一待就是一天。父亲怕我闷出毛病，开导我说：“考学只是人生的一段经历，并不是人生的全部……只要肚里有墨水，说不定哪一天还能用上。退一万步说，就是种一辈子庄稼，也没有什么不好，劳动能锻炼人的身体和意志，带给人收获的喜悦。”

为了让我从阴影中尽快走出来，父亲除了陪我聊天，讲些我儿时的笑话，还经常带我出去劳动。有一次，还带我到地里锄草。父亲锄地，不漏一锄，既投入又仔细。碰到有紧贴苗根的杂草，不能下锄，他便蹲下身子用手拔，手上沾满了绿色的草汁。我呢，总是跟不上父亲的节奏，老觉得手中的锄头不听使唤，几锄落地，杂草没锄掉多少，苗反被我“锄毙”了几棵。父亲走过来，捧起断苗表情严肃地说：“千万不能小看一棵苗，它从播种到长成苗，要花费庄户人多少心血啊，你一锄就草草判了它死刑，多可惜呀！”锄草这么简单的事也做不好，我顿时觉得自己好没用。正懊恼间，父亲似乎看出了我有心事，走到我跟前拍着我的肩膀说：“别想那些不开心的事了……人就如一粒麦种，只有懂得扎根泥土，耐住黑暗和寂寞，才能生根发芽，才有可能长成一株成熟之后懂得低头的麦穗。”我承认心里是开了小差，还在纠结高考的事！

正应了父亲“没考取不代表读书没用”的话。1985年，县里企业招工，通过考试，我终于成了一名一月可挣四十多块钱的合同制工人。几年后，又因为我表现好，接受知识的能力出众，被厂里派送到省市大企业进修，回来后还得到重用。后来遇到企业改制潮，下岗后，我也没有自暴自弃，始终保持爱学习的习惯，通过函授畜牧专业，又应聘进了一家上市的农牧企业，成了一名猪倌。工余，我还手写我心，记述生活，先后在国内三十多个省市、一百多家报纸杂志上发表了文章，并顺利加入了省作家协会。

很多人都对我的经历很好奇，问我落榜怎么没落志？一个养猪的，为什么还有写作的雅兴？我想说的是：无论多么卑微的工作，都有骄傲自豪的一面；无论看起来多么暗淡的人生，都有值得去追求的未来和希望。落榜不可怕，正确面对落榜后的人生，只要努力和奋斗过，人生未来的路，必然会宽阔美好。

（原载《苏州广播电视报》2020年8月17日）

半晤横岗

碧玉堆空天作屏，山光无限四时新。东风传语匡庐主，君富葱茏我不贫。

今年十月国庆休假，在横岗山脚下舅舅家做客，说起家乡的名山胜迹，提到“横岗耸翠”，不觉心动。况且不上横岗，也有三十多年了，今秋高气爽，若能结伴同游，寄情于山水自然，也是假日的乐事。于是提议横岗一游，大家都赞同，毕竟年将不惑，儿时在一起疯疯癫癫的快乐，遗忘很久了，今日适逢假期，重拾童心，不亦乐乎！

登山的事一定，偏天不作美，下午突然下起大雨，想到不知迟行几日，一颗心忐忑不安，早飞上了山巅。幸得当晚雨歇。次日见晴，一大早，兄弟姊妹几个，挎起大小不一的包，叽叽喳喳像出笼的鸟儿一样，向横岗进发了。

表兄国哥是山里人。年轻时常随舅舅走山打猎，对横岗一带大小山体，最熟不过。他说，从大坝上横岗，大路不必说，小路也多。一是乘船过水库，从青蒿街过刘桥湾往东岳庙，再直上天柱顶。路虽险峻，但依流瀑山涧而行，沿途景色秀美。又言从余冲过大沙港，东往碧云观或北往耸翠峰，途经儿驮娘石、佛手石……沿此路登山，实为览胜大美之途：春有山花烂漫，芳香无比；夏有翠竹松涛，清幽静雅；秋时山枫绿树，色如丹青画卷；冬日虬松冰露，景似玉砌仙境！说得我们个个向往不已时，他却又说这山路险峻，人迹罕至，常有豺狗、野猪等野兽出没。吓得表姐妹连说不敢不敢，高呼错过错过，要从大路上山。

“既是登山，总还须身体力行，走些山路，爬些坡峰，边走边看，才不失‘登’的意义。”我说。

“要不，我们先到桃树岭，既坐了车，又爬了山。”最后国哥出了个折中的主意。大家都说好！

桃树岭在横岗的东侧半山处，桃林也不多见，只是近处一块巨石奇特。国哥说："读过'芹泮几人勤学子，光分夜半照残篇'的诗句吗？"接着一指大石说，"看，这就是作者鲍照当年寄居广济时的读书台。"闻言，自豪感顿生，只觉得历史名人离我竟是如此近。站在台上往下看，雨后初霁，云雾缭绕，湖光山影，阡陌田园，似有若无。向上仰望，则见群峰天上，云如丝带，缠绕其腰，古藤老树，连同栖鸟，竟也似仙中之物。

先前不知，其实过了桃树岭，离山顶就不远了。沿前人旧径，踏石而行，山路崎岖，除了国哥泰然自若，我们这些少运动的都是气喘吁吁，但大家互相扶持，毫不气馁，相信坚持就是胜利。

一路攀爬，在戛云老树间，蓊蔚藤萝枝蔓横生和地上长满不知名的花草的山中穿行。国哥说，这些老藤花草，多半是药草，史载，当年医圣李时珍也曾在此采药。革命年代，因敌人封锁，在山区的游击队员生病负伤，靠的就是这些草药救命。

坚持就是胜利！又行二里左右，可闻钟磬之声。疾步相趋，路口豁然，但见游人如织，真武殿就在眼前，方知上了山顶。

国哥说，我们去看看与广济历史名人四祖道信有关的景点吧！

云盖寺在横岗的南侧，是四祖道信幼年出家修行七年的地方。原寺已毁，今寺是20世纪90年代重建。寺的南边，有一石屋，状势险峻，据说是四祖潜修之地，今还遗有石凳、石椅诸物。复望南行里许，有一石嵌于绝壁之中，四周陡于刀削，这就是四祖当年忘身险境、舍身悟道的舍身崖。而今，崖旁苍松，贴壁而生，绿荫如盖，崖下则为万丈深渊。立身崖上，但见群山如波，浪动眼前，蜿蜒山路，掩映林间，湖如碧玉，松潮阵阵，碧云观、四祖院、药王殿、会仙台时隐时现，人也胸襟开阔，俗念全无。

离开舍身崖，返归玉皇顶，表姐她们一屁股坐在路边岩石上，望着那些卖佛手山药、龙坪油面、美雅酥糖、黄梅挑花等鄂东特产的老乡发呆，半步都挪不动。国哥似看出了我的疲态，说："玉皇顶上看景，可有不一般的收获哦！"

正待体会"一览众山小"的境界时，山间突生大雾。雾浪来得迅疾，明明那峰峦就在眼前，转瞬却隐在烟波之中，还没等你出声感叹，那峰又似在另一处云雾中钻出头来，似云海游鲸，又似浮动的小岛。忽的什么也不见，只有云在眼前！让人身处佛国之山，不得不心生禅意：不知是山动，云动还是心动！

云雾缥缈，你也就不识横岗真面目，就算登上了顶峰，看了绿的山树，看到了历史传承……但总还是有那么多景色没看到，只能算是半晤横岗。

这云雾中，明明什么也看不见，国哥却说：“天无纤云时，你游目四顾，上山时所见或良木矗立，或奇石嶙嶙，竹绿林茂，耸翠如屏的诸峰，似别在腰间，伸手即可触摸揽过。极目吴楚，巍巍庐山遥遥在望，千里平川山壑尽收眼底，江如练舞，荆梅如玉。九江、黄石一览无遗……”馋人呢！

其实，也不必懊恼。你看这山，晴有明的明媚，雾有朦胧的含蓄，左右都是景致。只希望横岗这座风景秀丽的名山，能给百姓带来更大的福报！

（原载《黄冈日报》2016 年 10 月 29 日）

采菱小记

养殖场的西边，有块约莫两三亩大小的池塘，平时人迹罕至。最先发现并告诉大家池塘里菱角熟了的是管基建的老刘。老家是水乡，菱角不是稀罕物，村前屋后的池塘，或家种或野生，都有生长。可在这远离水乡的山高岭峻之地，竟生长菱角，实在让人惊奇。

第二天下午下班，大家跟着老刘一路说笑去采菱角。时值炎夏，路边的杂树上，蝉鸣声不绝于耳。爱唱歌的技术员小邹，也赶热闹地唱起《采红菱》："我们俩划着船儿，采红菱呀采红菱。得呀得妹有心，得呀得郎有情，就好像两角菱，从来不分离呀……"那柔美的曲子一路歌来，惊得鹭鸟纷飞，让人不禁想起古人"采菱歌发鹭鸟惊"的诗境。走近池塘，铺在眼前的是一块由菱叶织成的绿毯。菱叶之间，菱花次第开放，色彩绚丽。性急的三管姐，弯下身就要在塘边茂密的菱叶间捞菱叶。同来的周场长忙说："大家一定要注意安全，这塘水深岸陡，切莫乱采乱摘。"吓得三管姐赶紧起身。大家望着一塘菱叶，七嘴八舌，讨论起采摘的方法来。

"把两根竹子绑在一起，做个大剪子伸入菱叶丛中，一剪一转，再往上拉。"肖大姐刚说完，老吴就接口说："只怕一时也找不到竹子。"

"用根绳子，一端系半截砖头，使劲扔到池塘中间，然后拉动绳子，准行。"精灵古怪的小邹说。

……

"船来啦!"正说着，库房的老罗，挑来用两只充气的汽车内胎做的"船"。老罗心挺细，怕菱角扎了内胎，还特地用木板包了边儿。

有了现成的"船"，小邹争着第一个跳上。没想到平日文静的小邹，划起"船"来有模有样。"采菱女儿新样妆，瓜皮船小水中央"的江南姑娘划船采菱的醉人景致，竟让她演绎得惟妙惟肖。

家乡的菱角有两角菱和四角菱之分，两角菱有大有小，颜色有红、青两种，角上有尖尖的针，不小心会被刺到（小时候，我就常常被刺）。因其形状极像牛头，故又称“牛头菱角”。四角菱要小得多，颜色深，偏紫红，我们那叫“米菱角”。这里的菱角也是两角菱，不过比起家乡的小很多，应该是野生的品种。小邹坐在木“船”里的小凳上，一手小心地抓起菱叶，一手摘取叶下的菱角，摘完又把菱叶轻轻平放在水面。待“船”身周围采摘完了，她便用两个带柄的铲子划水，换个地方继续采。站在岸上的人看了，不禁心里痒痒，都想亲身一试。会水的我嫌她这样摘太慢，于是自告奋勇下塘，捞起塘边的菱叶扔上岸让岸上人摘。

菱叶捞上来，大伙儿迫不及待地采摘菱角，来不及在水里洗净，就剥开来吃，菱叶汁液把衣服染得麻麻点点也不管，一脸馋相，让人忍俊不禁。嫩嫩的菱角，塞进嘴里，开始有点苦涩，不一会苦味尽去，满口甘甜，清脆又解渴。老了的菱角颜色深，得用牙咬开，吃时，嘴上总会漆得黑黑的。

太阳快落山时，我们把收获的几大桶的菱角运回生活区，开始洗菱角。先把浮起的嫩菱角捞起，再把沉入水底的老菱倒入放有水的锅里煮。待煮熟的菱角捞起沥干，就可以掰开或用刀斫开吃菱角了。老菱角粉足又甜，吃起来别有一番风味，又能填饱肚子。介于两者之间的菱角，生吃口感像藕，脆生生的，甜嫩爽口。剥出的菱角可炒肉、烧排骨、炖汤，都是不可多得的佳肴。至今，我还记得小时候在乡下吃母亲用菱角炒肉时的味道。

大家边吃边聊，说起菱角的种种好处：菱角好吃，菱藤也可食用，就是菱叶，以前也是喂猪的上好青饲料。菱角一门心思在水下，静静地成长并充实自己，从不与水上的菱花争艳，是长在水里的君子。其实做人何尝不是如此呢？生活中，只有低调务实、脚踏实地、懂得谦让和奉献的人，才会赢得人们的尊重！

（原载《中国劳动保障报》2018 年 8 月 4 日，有删减）

唱大戏耍龙狮

在农村乡亲的眼里，没过正月十五，年不算过完。老家的元宵节就热闹得紧，唱戏、玩龙、踩高跷、舞狮子、耍龙灯、划旱船等等，都是乡下闹元宵必不可少的节目，让节日弥漫着一股浓郁的乡风俗韵。

玩龙是一村一姓大村庄的传统节目。龙身的长短，由村里壮劳力的多少决定，要娴熟地舞动一条龙，多则数十人，少则十几人。通常从正月初八开始，玩转一个或几个乡镇，到月半才结束，风雨无阻。舞狮子相对简单些，但也是门技术活，艺人们从街头舞到街尾，一路跳跃翻滚，威风八面，活灵活现。最难的是在叠起的五六层方桌上玩狮子，桌子上最高处吊着绣球（里头包着利市红包），两头狮子在锣鼓喧天中向上攀爬，争抢绣球，热闹又刺激。就连平时不怎么出门的老头老太太，这时也会在儿孙的搀扶下颤巍巍地出门观看。

踩高跷和划旱船通常在一起表演。艺高的踩高跷人，最爱在高低不平的土道上“摇曳”而行甚至翻跟斗。划旱船和“蚌壳精”最有情趣，邻村的秀芳姐每年都扮成漂亮的姑娘坐在船舱里，上街头的定芳妹则装扮成蚌壳精，她们像流动的彩云在小街上飘荡，惹得小青年们赶了一场又一场。乡亲们则会在阵阵炮仗和喝彩声中，给演员们分发红包。

地处太白湖畔的乡街，是广济文曲的发源地之一，唱大戏也就理所当然地成了元宵前后的重头戏。戏班多从县城请来，有黄梅戏，也有文曲。遇上县里的戏班子没空来，就请本地的戏班，演员都是本乡本土爱好文曲的乡亲（拿今天的话说，就是些票友）。演出的故事均源于当地民间传说和历史典故，台上演到苦情处，台下看的人都会掉眼泪；若演到欢喜处，震耳的锣鼓声、鞭炮声、人们的笑声就会汇聚在一起，把整条小街渲染得既喜庆又祥和。

吃罢元宵好看灯。正月十五，各家各户都要做元宵。元宵的馅，以自家产的小枣、芝麻、莲子为主。我特别喜欢酥糖作馅的元宵，这种元宵，甜而不腻，风味独特，吃起来唇齿留香，回味无穷。吃完元宵，就会全家出动参加小街一年一度的灯会。其实天还没黑，我们这些小孩子早已拿出自家的灯笼，在门口等候。到晚上十点，灯市渐入高潮，看灯人不分男女老幼，个个一脸喜悦，里三层外三层把灯市围得水泄不通。

如今，那些有关“东风夜放花千树。更吹落、星如雨”的元宵记忆，只能在游子的梦里“蓦然回首”了。

（原载《四川政协报》2019 年 2 月 19 日）

春来武穴看花海

故乡武穴是全国有名的“油菜之乡”，种植油菜历史悠久。小时候在乡下，差不多每家房前屋后的空闲之地，都会种上，贴补家用。春来三四月间，满坡满畈，花团锦簇，蜂飞蝶舞，乡村已是花的世界。可惜那时交通不便，消息闭塞，大片大片好看的花，并不惹外人注意。

近年随着乡村旅游持续升温，政府鼓励油脂公司和种田大户种植油菜。连片种植的面积多达45万亩，营造出了一幅人在花中住、花绕村庄媚的美丽乡村画卷。春来武穴看花海的，莫不啧啧称奇，接待的游客达100万人次以上。油菜花海既是武穴旅游的又一张新名片，也是祖国春天的一道新风景。

三月下旬，种田大户五哥在电话里说，今年油菜花事正盛，景色大胜从前，叮嘱我赶紧回家看看，若是错过季节，只怕想看得等来年了。

游子便在天涯，也最爱家乡美。况寄居武汉，离武穴也不太远。若错过故乡今春的花会，既辜负了五哥一番美意，也失去一次亲近自然、净化心灵的机会，实在是一大憾事。

月末的双休日，我和妻带小女儿回武穴。从黄黄高速大金出口下车，五哥早早在那等着我们。未及寒暄几句，五哥就拉我们上车去大法寺。

沿着梅武路往大法寺方向，路边金灿灿的油菜花开得茂盛，分明就是一望无际的海，我们坐在车中，如同泛舟花的海上。

“好美的花海!”很少回乡的女儿，显然也被这气势磅礴的花景震撼了。

“这只能算是花溪，大法寺那边的花才浩瀚呢。”五哥的话，听得女儿张口结舌。

车行半个多小时后，真的到了花海，才知五哥所言不虚。通往花海的路上，古朴典雅、飞阁流丹的门楼上，大书“花海”二字。门楼下，人来人往，一脸喜气，想必都是赏花人。五哥在停车场停好车，就带我们逐着琴音鼓韵中的蜂蝶，往花的深处游。这里的油菜花比我在路上看到的面积不知要大多少倍，大块大块的油菜花田，像金色的毯子，从脚下铺起，铺向远方，铺进了云天。

“寺门尚远花光来，漫天锦绣连云开。”触景动诗情！不意妻子一听，连呼：“非也非也，大法寺只是个地名，何来寺门呢？应是‘十里流金似画卷，蝶舞蜂回现奇观’才应景的。”

我说：“也不对啊！你看，那黄花，铺天盖地，无边无际。风吹过时，这金色的浪，由远及近，一波连接着一波，金黄挤压着金黄，钱塘潮似的扑向你，扑向你的怀里，扑进你的心里，怕有百里流金呢！”

我们贴近油菜花细看：这花儿千姿百态，一朵挨着一朵。刚开放的，花色黄得清亮；早绽的，花瓣虽落，花蕊留青；那含苞待放的，鼓胀花蕾，任由铆足劲性急的蜜蜂搂着。单株的油菜花，其实并不显眼，少了桃花的艳，缺了梅花的傲，没有郁金香迷人，没有牡丹那样高贵，更不会像玫瑰那样藏情，只是默默地站立在田间地头，你当它是花，它便是花，你不理它，它也是庄稼，从不与人争耀。然而，当一朵朵、一株株、一簇簇的油菜花手挽着手团结在一起时，那种遍地流金的力量，是任何花都比不了的，让你看了，不得不心生震撼和感叹！

我游过江西的婺源，也到过一次汉中，这都是看油菜花的好地方，虽然都很美，却总感觉不及这家乡的菜花亲切。徜徉在家乡的花海之间，目之所及，处处都是一幅幅美丽的油画。站在低处看山间，梯田上堆满的金黄，层次分明，似花海涌上去的浪潮；从山上向下望，那平原处的花田伸进湖里，多像是在玉盘中的流金啊。那些散落四处的村庄，更像是一座座海中的小岛。真是人在花中走，水在画中游。大家不分老少，赏花观景，或疾追蜂蝶，或独留倩影，或三五成群入画，或对花评头论足……花因人美，景衬人俏。正巧又赶上镇上哪家影楼拍婚纱照，女儿童心未泯，和孩子们欢呼雀跃，追着天仙一样的新人笑，少女的心事，醉倒在故乡的花丛里。

我俯身捧着一株油菜，吻它盛开的菜花。轻轻闭上眼睛，闻那淡而浓郁的花香，这带着泥土的芬芳沁入了我的心脾。我那颗回归自然的心，此刻，是如此宁静，何曾有尘世中一丝一毫的喧闹？

“我们把这油菜花带回家，做个盆栽好不好?”女儿想必爱上这花了。

“古人说，看花容易种花难呢，你想盆栽这油菜花，那就多请教你五伯吧。”妻说。

“油菜是不宜盆栽的，别看它长得朴素，开得花美，栽种也要用心的。它也有点特性，土壤、雨水、气候，事事都得细心。初栽的油菜，要注意浇水，喜欢半阴半阳，等站稳了脚跟，越冬又怕霜冻。还有讨厌的虫子，菜蚜虫最坏，专吃油菜叶茎的汁液，严重时，油菜也会死掉的。从秋播到夏收，不知得操多少心呢。”

是啊，要想收获美丽的东西，总是得付出艰辛的。五哥说话时，双手正扶起一株株被踩倒的油菜，神情是那么专注，像扶起跌倒的孩子。这双手沾着泥土和花瓣，长满老茧。他的头发在风中凌乱，额头和眼角都刻着很深很深的皱纹，一看就知饱含沧桑。我的眼都湿润了。如果不是农民，谁能体会五哥对庄稼的感情，谁懂得珍惜草木的生命呢?

应该感谢那些为我们美化生活的人和自然。这油菜花海如此美丽，得力于武穴山川地貌奇特；得力于长江中下游水雨充沛的条件；得力于远离都市喧嚣的古朴宁静；得力于油菜之乡种植传承悠久和政府的大力扶持；更得力于千千万万个像五哥这样平凡的劳动者！正是他们不论白天黑夜，辛勤劳作，像抚育儿女一样抚育着庄稼，才有今日的花海，才有我们可以亲近并享受的自然生活。

黄萼裳裳绿叶稠，
千村欣卜榨新油。
爱他生计资民用，
不是闲花野草流。

听女儿颂着古人的诗，我们欣喜，女儿长大了。

是的，油菜不光花是美的，春花过后，枝条上挂满的沉甸甸的果实更美。

盛世如花啊，油菜如斯，故乡亦是!

此生最爱是书香

周末陪妻子逛街，我收获不少书。双手空空的妻嗔怪地说："看你这爱书的样子，当初咋不和书结婚呢?"我听后，傻傻地冲着她笑。

爱好读书，是从小就养成的习惯。第一次与书结缘，是童年时在外婆家。表姐带我捉迷藏时无意间发现一只没上锁的大木箱，我好奇地打开一看，里边是满满一箱书。那时也不懂书的真正意义，只觉得其中那些印着图画的小人书特别有趣，翻着翻着就舍不得放下。外公发现后，为我讲小人书上的故事。我带着小人书回家时，外公说等我上学识字后，还要送我一些书。从此，我心里爱上了书。

从外婆家回来，我再也不喜欢在外面跑，天天在家看小人书。不几天，对门隔壁的小伙伴，都来我们家看书，我就学着人称"老先生"的外公，给他们讲书上的故事！要他们都叫我"小先生"。

真正的阅读热情是从中学开始的。我那时语文成绩特好，作文常被教语文的老师夸赞。老师鼓励我多读书，开阔视野，增长知识。程老师非常慷慨，总是有求必应，他家的藏书，我基本上一本不落地读了。这种借阅的方式，一直延续到我读高中。直到现在，我还很感激教我的老师。

高考落榜，可以说是我人生最迷茫的时刻。一次偶然的机会，我有幸邂逅了路遥和他的《平凡的世界》。我的人生观和价值观，在阅读《平凡的世界》的过程中逐渐建立起来了。

参加工作后，工作的地方多在僻野偏乡，读书的条件很不好。发了工资，但凡有进城的机会，我都会买几本心仪的书。下班回到宿舍，静下心来读几页书，遇到新知识好段子，我都会记下来。

此生最爱是书香。生活中，有书可读，枕书而眠，应该是世间最快乐的事情！

（原载《锦州晚报》2018 年 5 月 3 日）

打工路上，栽种文花诗草

和文友聊天，说起我长年在外打工，还乐于写作，他感叹于我坚守文字的不易，让我分享一下这其间与文为邻的心路历程。对于师友们的关怀和鼓励，我心尤怯怯，感激又惭愧！毕竟我只是个文字爱好者，耕种属于自己的文学田地，并没有取得好的收成。

我出生在鄂东武穴市太白湖畔一个叫童司牌的农村小集，父母是地地道道守本分的庄稼人。父亲体弱多病，家境贫寒。但母亲并没有放弃培养她的儿子。为了供我读书，姐姐们早早辍学在家劳动，初中毕业，我考上了当时的重点高中广济二中重点班。收到录取通知书，父母和姐姐们都很高兴。毕竟在那个年代，老实巴交的农家孩子，读好书是跳出农门的最佳途径。

读书时，我的语文成绩不错，但真正与文结缘，始于在梅川读高中时的两件事。一是我的作文《我的生日》被教我语文的李棣华老师当范文在班级讲读。二是所作散文《游横岗山记》，被吴文华老师评说可以上报。那时年少，不知天高地厚，自以为很有写作的潜力，作家梦就开始了，全然不知这条路布满荆丛。

因为是好学生，父母常以我为骄傲！但让我愧疚的是，1983 年高考，我亲手打碎了父母望子成龙的美梦。从乡下走出去，又重新回到乡下，我成了真正意义上的农民。但对文学，我痴心难改。甚至幻想某一天，我真的成了作家诗人（据说，当年《湖北日报》东湖副刊编辑曾致信广济文化馆，希望能培养我这文学青年，只可惜万梦雄老师下乡来访，有官差回称：查无此人）。在乡间，我白天在生产队边劳动边构思，晚上挑灯落笔，未知寒暑，吃苦不少。向外投稿，买稿纸和邮票都有开支，可我又没有外来的收入，便瞒着父母，向亲戚朋友借 10 元 20 元，最多的一笔是 50 元。那时我创作了不少于 20 多万字的小说文稿，投出去，退回来，修改再投寄，又遭遇再退。不能发表作品，我就没法在约定的时间还上款，亲戚最终把我借钱的事告诉了母亲。那时一个壮劳力，一天大概也挣不到块把钱。父亲抱病在身，50 元对于家境贫寒的我们家来讲，是笔不小的债务，母亲哭着发了回大脾气，一怒之下，烧毁了我 20 多万字的稿子和众多文学书籍。在幸存不多的物品中，有一张对我具有特殊意义的贺年卡。贺年卡是《湖北日报》副刊编辑给我寄的（现在还珍藏着，并不时提醒我，我曾经是个狂热的文学青年）。望着自己的心血化成灰烬，我的文学梦似乎也到了尽头。

1985 年，我有幸被招工进了广济花桥磷肥厂，开始了我的工人生涯。从拉板车、搬石头、打磷肥到在五金厂做学徒，然后在粮贸公司做木螺钉，我在花桥镇企业待了 20 多年，这期间触及文秘工作时，也有创作的冲动，终归没有写的勇气。再后来企业改制，下岗了。为了生活，奔波的路，由近及远，直至远离故乡。从 1984 年到 2012 年，近 30 年间，我再也没有写过几篇东西。

再次亲近文字，应该感谢网络，感谢我的妻子。2011 年年末，“大衣哥”朱之文因一曲《滚滚长江东逝水》在网上走红，也许我们都是农民的缘故，我和妻子都成了朱之文的粉丝并加入了朱之文吧，因为粉丝间需要互动，少不得唱和。妻玉娇，学历不是很高，却常有顿悟之句，一有好的构思，就喜欢在贴吧中写上几句，并鼓励我重新提笔。我的网名是高僧，她的网名叫雅梦，从此，在网上我们常合用高僧雅梦之名发表文章。

真正意义上的创作，始于 2013 年 10 月同学会后。这一年，同学刘志强组织了一次我们原广济二中高中同学聚会。眼看一别三十年的同学能再次重逢相聚，我很激动，写了几篇抒发感情的文章，同学们特别是当年的学霸孙笑梅、复旦高才生胡大剑以及湖北大学教授等老同学看后，都为我点赞，夸我文笔挺好，鼓励我多写。我这才鼓足勇气用笔记述生活。这笔墨流淌，一发不可收拾，先后在国家级及省市报纸杂志和“人民网”、《人民日报》全国党媒信息平台发表诗文数百篇，并有诗歌、散文、小说获得诗文大赛奖项，作品入选多本诗文集，另与人合作出版几本诗文集。个人也于 2019 年加入了湖北作家协会。

在外奔波多年，让我明白了生活其实不应该有什么过高的祈求与奢望，在这个喧嚣嘈杂、人们在金钱名利面前纷纷迷失自我的社会，不忘初心，与文字结缘，在干枯的打工生活边缘，栽种诗花文草，并与之一路相随，也是一种难得的缘分。因此，我写作的目的很简单，就是在心灵中开辟一片纯净的田园，在散文中放松自我，在自由诗中栖息灵魂。

或许是因为我的农民工身份，远离故乡，有关于故乡的回忆，时时会在月朗星稀的静夜流露。是啊，对于游子，乡愁永远是心头最重的牵挂！忘记故乡，就意味着忘记了自己的根。所以在外漂泊经年，客居在城里生活，心却没有忘怀故土，忘怀故乡的亲人，故乡的一草一木。

这些年，文字伴随着我一路走来，经历着我的生活，关心着我的情感，阐释着我的思悟，净化着我的灵魂，温暖着我历尽人情冷暖、饱经沧桑的心灵。从最初的为娱乐而写，到为乡村、为农民兄弟思考。我的文字，无论轻灵与沉重，浓浓的乡情，一直贯穿其中。如果说作为业余写手，我的文字还承载了一些使命，应该感谢一路上帮助我前行的老师们，他们是我文学上的老师孙本德、素未谋面的各地作家文友，以及家乡文联和作协领导和文友。我还要感谢胡大剑、孙笑梅、朱卫平、岳立群、王玲芳以及刘志强等老同学，感谢他们在文学路上，给予我的无私扶持和鼓励！

因为生活，我们离乡背井。于故乡，我们不能时时亲近，但在奔波的路上，我们可以自由自在地栽种文花诗草，写些有益于家乡的文字，亦可慰心安！

（原载《大江》2017 年第 3 期）

对联是新年的眉毛

大年三十贴春联，是庆新年的一种传统习俗。早在宋代，王安石就写下了“千门万户曈曈日，总把新桃换旧符”的诗句，生动地展现了当时人们辞旧迎新的喜庆场景。

小时候住在乡下，村子里没有会写春联的文化人。乡亲们过年买春联，要到十几里外的镇上，很不方便。我读小学三年级时，学校开了写毛笔字的课，父亲就鼓励我在废报纸上练字，为写春联打基础。第一次写春联，是个腊月二十九。父亲帮我在桌上铺好红纸，我接过姐姐帮我研的墨，就一本正经地站在方桌前，学着镇上写对联的老先生，提笔凝神。阵式摆得老好，丢人的是握笔的手抖个不停，望着红纸半天落不了笔。后来多亏父亲震慑性的鼓励，才满头大汗勉强写完一副。尽管字写得大小不一、歪歪斜斜，父亲却很满意，摸着我的头，竖着大拇指夸我是家里的秀才。

年三十这天，一大早村子里就响起了年味四溢的吃团年饭的鞭炮声。爱管“闲事”的奶奶听到炮声就慌神，迈着小脚碎步连连“唠叨”没完，说：“过年要有过年的样子，年也要好生打扮，对联是年的眉毛，灯笼是年的眼睛……”催着父亲给新年化妆。父亲笑着应承后，手脚麻利地备好糨糊，搭好梯子，先把年的眼睛（灯笼）挂在门头两侧的高处，接着就开始为新年描眉毛。

父亲贴对联格外讲究，说贴对联也有规矩，要遵从古训，上联右，下联左，左右对齐，高低一致。我似懂非懂。父亲贴对联时，我和姐姐在门前负责望高低。难得有一次指挥父亲的机会，高兴得不得了。姐弟俩你一言我一语，“高了高了”“低了低了”，逗得父亲哈哈大笑，直到奶奶来了，眯缝着眼左瞄瞄右望望说声好，才一锤定音。

记忆中，大门春联的内容年年都要换新，比如今年贴了“天增岁月人增寿，春满乾坤福满门”，明年就换“风吹杨柳千门绿，雨润杏桃万户红”等。除了贴大门，后门，侧门，厨房、谷仓、猪栏、鸡窝的门……也要贴。厨房是“柴米油盐此房内，人生百味我心中”；猪圈是“六畜兴旺”；谷仓米瓮是“五谷丰登”“年年有余”等。贴完对联，房前屋后一转，往日破旧的积有灰土的门窗，一片红，变得焕然一新，分外喜庆和耀眼。贴了春联，使春节喜庆的气氛变浓，仿佛来年的生活也会更幸福祥和。

又是一年春来到。现今商店里卖的对联种类繁多，基层政府文化部门也年年组织书法家义务下乡，乡亲们获得春联的渠道也多起来。不过我一直在坚持自己写春联。想起奶奶“对联是年的眉毛”的老话，总觉得自己亲手给新年描眉，新年会更加丰满和真实。是啊，有了这洋溢着喜气的“眉毛”，新年的第一天你走出家门，就会惊喜地发现：乡村的面颊，一片潮红……

（原载《松江报》2020 年 2 月 16 日）

父亲的二胡

我们家有一把古色古香的二胡。紫红色的琴杆连同两个调弦的横轴，虽漆色有些剥落，但雕刻的花纹精致。六角形的琴筒一面花式镂空，一面蒙着野性的蛇皮。琴筒上，琴弓拉动的松香，泛着黄白，依稀可见琴音流淌的痕迹。

父亲留下的这把二胡，有些年头。收旧货的人说，只要我们卖，价格好商量。我们全家没一个同意的，毕竟父亲留给我们的东西，不是很多。

父亲会拉二胡，是早年逃荒要饭谋生的技能。但父亲的二胡真正派上大用场，且又拉出尊严，则是在新中国成立后那段物资和精神生活都相对匮乏的年代。那时住在乡下，每到夏天，街邻老少都喜欢坐在下街头河坝的草坪上纳凉。沐浴河风，闻着荷香，听父亲边拉二胡边唱几句老文辞。也算是小街夏夜多少年不变的风景。

家住下街头又爱戏的玉华伯夫妇，一到晚上，总会把擦得铮明瓦亮的八仙桌，抬到草坪边。摆上几条长凳，然后泡一壶本地的土茶，热情招呼乘凉的乡亲，等父亲出场。母亲这时总会催父亲快点，说坝上人在等。父亲说，不急，还不到八点呢。有喜欢听乡戏的街邻，在门口经过，知道父亲的心思，故意提高了声音："先扬叔，今天拉点啥曲子？大伙在等您呢！"父亲赶忙拉响几声过门，干咳两声后，高声大气地朝街上来人喊道："文曲，苏文表借衣。"问的人得了准信，怕其他的戏迷错过精彩，一股脑儿朝坝上跑，一边跑，一边奔走相告，今晚的曲目：苏文表借衣。

印象中，戏外的曲子父亲拉的不多。只有一次，雨后初霁，观众不多。父亲左手指在琴杆上下爬动，右手拉动琴弓，或轻重缓急，或高低顿挫。晃动的脑袋就像是二胡上起伏的音符，一会儿似山泉从高山上瀑流而下；一会儿又似小溪在幽谷中蜿蜒流淌。让人仿佛身处"明月松间照，清泉石上流"的山间溪畔……

有年街上来了住队干部，想听父亲拉阿炳的《二泉映月》，父亲却没答应。干部不高兴，母亲也惶恐。父亲后来说，阿炳这曲里藏了把刀，听着容易让人受伤。那时我年少，不懂。而今人到中年，经历多了，再静下心听这曲子，这才明白父亲的话中话。

我不会拉二胡。小时候家里没人时，也偷偷地取下父亲的二胡捣弄过。怎么也不明白两根细细的弦，一把长长的琴弓，来回走动，那么好听的声音就出来了。而我，无论怎么学着父亲的样子，晃动脑袋，伸缩着手拉动弓弦，可惜拉出的声音，干涩而僵硬，让人惨不忍闻。

父亲走后，二胡静静地挂在墙上，一挂多年。有年入伏后，一天，街上突然传来久违的二胡声。我从楼窗外望，只见烈日下，一个小女孩牵着一位拉琴的盲人，那背影极其熟悉，让我想起了我的父亲，想起小时候拉二胡乞讨的父亲。

我走下楼，喊住了他们。塞给盲人先生一百元钱，想他为我拉上一曲完整的《二泉映月》。女孩说一曲只能收十块钱，又说他们还没有找零的钱，问我有没有小票面的，实在没有，五块钱也行。我说，不用找了，《二泉映月》就该值这个价！小女孩争不过我，就打开自己带的小马扎，扶她父亲坐下。盲人紧了紧弦轴，就开始起调……

“嘣。”不知盲人先生是否过于紧张，曲调未成，弦却断了。盲人先生一下蒙了，连说好多声对不起后就叫小女孩退钱，小女孩拿着钱给我时，泪如泉涌。

我也忍不住落下泪来。我转身跑回家，取下父亲的二胡，向母亲禀明原委和我的想法，母亲选择支持！

我最终还是把二胡送给了盲人先生！相信父亲的二胡，从此不再孤独。我也相信父亲，不会怪我。

（原载《东昌时讯》2017 年 7 月 31 日）

父亲节给父亲写信

父亲，您在世的时候，总抱怨我不给家里写信，特别是生病的时候，更想见我，或见字如面。其实我牵挂家里及您和母亲的那份心时时都在。只是那时我打工在外，工作不顺心也只有硬扛，心里的甜酸苦辣，不知从何说起！而今，我年近花甲待岗在家，父亲节这阵子，又想您了。想起我成长的日子，您的教诲，声犹在耳。

父亲，还记得我小时候偷队里红苕的事吗？偷红苕明明是张哥的主意，您打我骂我，还要只是个从犯的我代人受过，去队委会自首认错，罚了家里二十多斤谷子的存粮。害得一家人喝清水粥，只能靠野菜度日。面对母亲的抱怨，您说做人要学好，再穷再饿，也不能偷东西！粥掺假了还能喝，良心掺了假人品就没了！还说张哥家八九口人吃，他老子又卧病在床，要是罚了他家粮，一大家子怎么办？

父亲，您还记得我那年高考落榜的事吗？那段时间我情绪低落，对人生充满了迷茫。您为了给我解开心结，耐心开导说："考学只是人生的一段经历，并不是人生的全部。没考取并不能代表读书没用，只要肚里有墨水，说不定哪一天还能用上。退一万步说，就是种一辈子庄稼也没有什么不好，劳动能锻炼人的身体和意志，带给人收获的喜悦。"

正应了您"只要肚里有墨水，说不定哪一天还能用上"的话。落榜后，我参加县里的招工考试，幸运地成为一名工人。又因为受到了良好的家风家教的熏陶，参加工作后，我一心扑在工作上，做事吃苦耐劳，认真负责。入厂不到三年，我就被调进了供销科，接着不久，又因工作出色而被提拔为副科长。俗话说，人逢喜事精神爽，工作出色，我脸上难免有自豪得意之色！记得是个收获的季节，我帮家里割稻子。也许是好久没下地的缘故，割不几行就伸着懒腰想歇息，嘴里还大言不惭地劝父亲来年别种田地了，说种田人累收入低，划不来。您听后，低下身子，捧着几株稻子，板着面孔对我说："做人不能忘了出身，不要有点成绩就骄傲得不得了，成熟的稻子总是弯着腰！"

正当我工作得心应手、自以为前途无量时，我又遇到了一次新挫折。在企业扩张期间，我从一个基层管理者，变成了一名一线工人。我不明白在工作上兢兢业业、任劳任怨，为什么会收获这样的结果，心里很憋屈。想到今后的生活一下子失去了保障，甚至有些绝望，整日借酒消愁。您知道这事后，从乡下赶到镇上，父子同床，用古时塞翁失马的典故开导我，说人的一生不可能一帆风顺的，凡事想开点，看淡一点，最终帮我战胜了心魔。

后来我们夫妻外出务工，您和母亲却在本应颐养天年的时候，又承担起照顾我们孩子生活起居的重任。每每过年回家，望着白发如霜，弓背驼腰忙个不停的您和母亲，心里有说不出的心疼。面对我们的惶恐，您却乐呵呵地鼓励安慰我们：不要牵挂担心家里，好好工作和生活……遗憾的事，是当我们生活稳下来后，有了孝敬您的本钱，您却因积劳成疾永远离开了我们。儿心有愧啊！

父亲，我知道，面对您的如山父爱，再动听的话语都空洞苍白，但我还是要说："父亲，今生让您受累了，如果有来生，千万别做我的父亲！"

不孝儿子：绍斌

2020 年 6 月 21 日

根植故乡的歌者

——读帕男《装在画框里的故乡》

第一次读诗人帕男的作品，是刊在中国力量诗歌联盟公众号“联盟力量”的十首诗歌。每一首都可以看出诗人对社会和人生的责任和担当，顺着诗人沉重的感悟，我不自觉融入诗歌之中。又因为心有感触，情不自禁也想写出些评论文字，苦于生活阅历和文笔粗浅，明知不可为而为之，算是向诗人致敬吧！

“联盟力量”所选帕男的作品，虽说未必是这几年我所读到的诗人最好的诗作，但是肯定是极具个性的优秀诗篇。在这些诗中，也许因为我的农民身份的缘故，犹喜《装在画框里的故乡》。

“就在节骨眼上/撒一坡草/营造故乡的氛围。”诗人一起笔，就是如此沉重。什么是节骨眼？为什么要撒一坡草，营造一个虚拟的有关故乡的氛围呢？且看诗人下文：“然后对我的子孙说/那时候/牛在画框里/会等着我们。”读到此处，我们能够看到他撒草的身影，听到他呐喊而又无奈的声音。是的，社会在进步，在发展。但有些发展的过程，病态超乎我们的想象，越来越多地走向了人类生存和发展的对立面。如果任由这种畸形的发展无限扩张下去，消失的不只是青山绿水，最终会让所有的人失去故乡。于是，诗人用他的独立而理性的思维，朴实无华又饱含深情的文字，彰显出对故乡的热爱，对将失去故乡的忧虑，大声疾呼，故乡的氛围不只能靠营造，人类不能最终和牛在画里相聚。事实证明，一个诗人也只有通过自身去着力表现生命与生存、人类与时代，才能创作出无愧于今天的真正的诗来。

“画一个蓑笠翁/但不画雪/也不画扁舟/更不画鱼。”在帕男的诗中，我不仅感受到了历史的弹唱，也体味着现实的力量，不仅触摸到灵魂的家园，也谛听着诗人对于明天的预言。“孤舟蓑笠翁，独钓寒江雪。”为什么只画蓑笠翁，不画雪，不画扁舟，更不画鱼呢？何处有寒江雪？何处有扁舟行？何处有鱼儿戏？蓑笠翁的景致，只能存在梦里了。面对现实的破败村乡，诗人笔锋一转，一声长叹：“只画我/再画一对酒杯/月会从画框里下来。”诗人瞬间把我们带到了静寂而忧伤的画面中，在无眠的秋夜，聆听诗人独自静立于岁月的荒野，挥毫泼墨，把对故乡怀有的所有的情感，用诗句，尽情倾泻。

“再点缀些狗吠/篱笆疏影/我不敢说/这就是故乡/倒更像败笔。”鸡鸣狗吠，篱笆疏影，这些原本属于故乡的基因，已经被转基因了，无论怎么描摹，又怎能还原一个真实的呢？一句“倒更像败笔”，道出了多少无奈。

是的，拟声实在是太难了！

不是金属相撞的清脆，不是肉体相撞的沉闷，是念想碰念想的风雨之声啊！

从帕男的作品中，我们读得出诗人的良心，读得出他的苦和累，读得出他作为诗人，对社会的责任和担当。是真正的诗人对于创作所持的一种严肃态度。

正所谓一千个读者，就有一千个不一样的感悟。在更专业的人眼里，也许某些诗句和结构尚有拓展的空间，但这也是每个诗人都存在的不可避免的自然现象而已，并不影响我对诗人这篇作品的赞誉。诗中所体现出对人生的认真思考，对理想的不断追求和向上的力量，对生活的热爱以及对发展的反思，足以使我们更深层次地去思考，当前发展的这个节骨眼我们应该如何面对。

感谢帕男，感谢诗人让我们开阔了视野，学会了思考！也祝愿诗人今后的创作，会更准确地把握时代的脉搏，更形象，更具艺术感染力地表现出自我和我们这个时代的精神面貌。

（原载“联盟力量”公众号）

古塔情思

生活的脚步，常把我带到不同的远方。在远方，我见过的风景名胜中，从来没有一处比故乡的古迹更让我牵挂和怀念的！

丙申岁末，群姐从襄阳回乡探亲，邀约同学回乡小聚。见次面不容易，况且时间也还来得及，不如出去走走。餐毕，大家决定去郑公塔。

坐落在武穴市东部太白湖边的郑公塔，号称鄂东第一塔。当地流传建于五代后晋天福年间（936—941 年），为鄂东著名的人文景观之一。清壬申《广济县志》载："因郑公者不知其名，宦居兹地土，舍地建塔，名椿山塔，俗呼郑公塔，不忘所自也。"

出花桥，沿龙莲路东行约十里，就到了郑公塔，因江河改道，小镇虽已没落，然历史辉煌。据《长江图说》和清乾隆《广济县志》记载，自明代成化年间，郑公塔镇作为华阳水系东北端的一个重要港埠，是周围几百里民众水上出入和货运的必经之地。因此，当时商贾云集，港内帆樯林立，灯火彻夜通明，集市繁荣，郑公塔也成了太白湖畔看不尽千帆过往的灯塔。清代诗人王士祯游览太白湖后，留下了著名诗句："浔阳东北白湖滨，雪汊纵横晓问津。何处云中庐岳影，满堤衰柳送行人。"

站在小镇西街口的河边，远远就可以望见东南角楼市中，若隐若现的古塔。群姐说，这河当地人俗称塔河。河的南岸有一座高约数米的土坡，塔就建在它的上面。走过塔河桥，穿过一条青砖铺砌的古道，就到了高大雄伟的塔前。

郑公塔系砖木结构，由石基、砖身、铜顶三部分组成，四周建有围栏。塔基的周围，长有不知名的野草，草色碧翠如毯，在冬日的阳光下，展示出春天的气息。靠西的一侧，有一座庙宇，乡人称为塔庙，又名"禅居寺"。庙宇与塔之间，种有几畦菜地，绿意浓浓。塔身的檐上也长了些小的茅草，塔顶还有一棵胡椒树，枝色葱茏。我像久别亲人的孩子，想仔细端详塔的面容，围着塔身转了几圈。塔的底层是石砌的，非常坚实。每一层的上边，均用青砖拼成八角形的塔檐，每只角上都砌有往上挑的鹤垛，砖有十余种型号，瓦则有九种不同样式。砖与砖，砖与石和瓦之间，均用了一种桐油、糯米和石灰调成的泥料连接，黏结牢固，使塔身整齐美观。

古塔共有七层八面，每层外墙的四周靠近上一层的位置，都有雕刻的花形图案，连同那些密檐翘角的构件，古朴典雅，美丽大方。最上一层翘角的地方，还保留有人工雕琢的石孔，有铜链与三级葫芦型塔尖相连。我不明白这些小孔的作用，就向群姐请教。

“这些小石孔都是用来挂铜铃的。据老人讲，以前上面八个塔角，链接八个铜铃，起风的时候，铜铃就会发出好听的声音。古时湖中远客，移舟就岸，于夜静之时，站在塔下，或金樽赏月，对酒当歌；或抚琴观雪，吟诗作对；或登高望远，恣意胸襟。可惜铜铃已不复存在，那美妙清音，现在听不到了。”群姐是本地人，孩童时就在这塔下玩乐，知之甚广。

“欲穷千里目，更上一层楼。”为了开阔眼界，一览胜景，我们向塔顶攀登。上了塔顶，远山近水，扑面而来，令人心旷神怡。在塔下，我常想，也许只有塔顶的胡椒树，最能感悟太白湖和古塔的心迹。当我做伴胡椒树，也不禁感慨万千！从古至今，太白湖也好，郑公塔也罢，在那缀满记忆的波纹或古老风铃声中，多少朝代来了又走了；无数匆忙的脚步，一次又一次敲响了岁月的钟声；多少樯橹扬帆远去的背影，带走了多少家的守望啊。我是无法聆听那遥远的回音的，世间万物何曾有过永恒？我们追忆过去，探寻事物的过往，何尝不是在找寻一种情感的寄托呢?

也许，也只有在古塔之上，才能感受历史的厚重，才能感受岁月在时空中游走的轻灵。沧海桑田的记忆里，曾经与塔相依的太白湖，离古塔已经很远了。而我站在古塔上，任由湖风毫无缘由地扑面吻来，是那么的亲切，丝毫没有感受到冬天的寒意。我忽然明白，在异乡游历过的那么多风景，之所以不能让我牵挂和怀念，是因为它们只是我精神的驿站，没有我身边这古塔给予我的那份眷恋啊！在这冬的季节，我相信塔河岸边或更远的山树，那凋败的落叶，总会带着绿念重新回到枝头。

眺望南面的太白湖和东北面的匡山，俯视禅居寺、功德桥、古镇，这片神奇的土地上，远的、近的，每一个名字，乃至每一个方向都是一道亮丽的风景。这风景，当然也包括赶上一个好时代，安居乐业、其乐融融的武穴人民！你看，这眼前绿油油的田野，何曾有去年七八月洪水侵蚀的痕迹？那油菜花海的影子，就在走来的路上。是啊，欣逢盛世，随着美丽乡村旅游大热，古塔又连着“禅居寺”，伴着“功德桥”，这“脚踏新月”“塔顶银盘”“寺塔映霞”“斜塔吊月”“顶溢蕉香”等众多的景观，在吸引众多游人远至的同时，必将令无数文人墨客，书写出更多赞美的诗篇。

福地白湖畔，长河绕塔身。诗书郑公志，笔述孽龙呻。秦窑青砖老，胡椒旧叶新。千帆风看尽，美景此间真。

登塔时，群姐让我做首诗，我苦无灵感。下塔时，适逢小朋友放学，望见塔河桥上涌来的花朵样的孩子们，仿佛置身在春天，忽然来了诗兴，虽难入方家法眼，也是我一时感怀，就以这首《古塔情思》为此行作结吧！

（原载《黄冈日报》2017 年 2 月 11 日）

故乡的初夏

“纷纷红紫已成尘，布谷声中夏令新。”随着烟雨蒙蒙和子规声声的远去，立夏一到，乡间夏天最初的萌动就开始了。这时乡里虽落红成泥，但绿柳成行，百物葱茏，生命的色彩还在继续。

轻启故乡初夏的门扉，展现在眼前的是一派明媚可人的田园风光。村前屋后，桑枣红了，枇杷黄了，月季花儿开了，果园梨果成形，油桃渐熟。当初夏的风惬意地掠过耳畔，风光旖旎的荷塘里，荷梗儿打着小荷卷儿，从水里伸出腰肢，如撑着绿纸伞。青蛙踩着鼓点在夜里放声，那一只只从地底醒来的蝉，也忍不住来一声长鸣。

“黄梅时节家家雨，青草池塘处处蛙。”故乡的初夏，正是多雨的季节。阳光灿烂几日，忽地又夹杂着几天蒙蒙细雨，细腻而柔和，朦胧而清新。下雨也有下雨的好处，雨过青山健，大地变得凉爽，空气变得清新。乡间的一切：竹林、原野、湖水、村庄都沐浴在绵绵的雨丝之中。

“农家少闲月，五月人倍忙。”农事的咏叹，永远是夏初乡里的主旋律！“青箬笠，绿蓑衣，斜风细雨不须归。”农人们披风着雨，在农田里、在鱼塘边忙碌着，忙碌着生活的希望。割油菜、收小麦、摘豌豆、栽苕种花生……连放学的孩子们，也跟着大人体验“童孙未解供耕织，也傍桑阴学种瓜”的诗意。乡亲们不失时机地忙碌，辛苦中，收获着去年秋种的希望；辛苦中，又欢喜地为今年的秋收种下希望。

夏初也是个浪漫热情的季节。与父辈在农忙中的体验不同，年轻人更爱追求时髦，行走在田间地头，长裙短袖，衣袂飘飘，青春飞扬。热闹且树荫浓浓的河边湖畔，最受乡人喜爱，农闲时或嬉戏谈天，或吹拉弹唱，都是放松身心的好去处。那清凉的河水，自然更是生机无限，顽皮的孩子开始下河戏水，流水鱼肥，却不知惹恼了多少垂钓的老叟。

夏初也是个尝鲜的好季节。嫩嫩的豌豆熟了，不用剥，连荚炒着吃，夹一筷子往嘴里送，甜甜的荚，糯糯的豆，大人孩子都喜欢。蚕豆也上桌了，灵巧的婶娘们变着花样勾你的胃，煮蚕豆粥，蚕豆蛋花汤，蚕豆米烧小菜，蚕豆米炒韭菜……哪年蚕豆丰收了，一时吃不完的，就晒干存起来，留着做豆酱。我最喜欢母亲用历时一个夏天的豆酱，烧荷塘钓起的青鲫鱼，最是美味！

“初夏可人天，新荷水面圆。榴红燃欲火，叶绿醉流年。”夏初的乡里不仅仅是一幅山水田园绝妙的丹青，更是平仄中洋溢着生活热情，既奔放又婉约的诗行！

（原载《黄冈日报》2018 年 7 月 14 日）

故乡的秋天

入秋后，连下了几场秋雨，除了天格外澄明，人们算是体会了一场秋雨一场寒的秋意。上下班走在江滩边的街道上，踏着地上的落叶，空中又不时还有树叶飘下，真有古人“秋风吹渭水，落叶满长安”的诗境。这么一天又一天地走着，不知不觉间，走进了秋深。

双休日的头天晚上，一家人相约出去秋游。都说郊外的秋色，令人向往，可路对于挤公交的我们，稍有不便。最后决定就近到中山公园逛逛。

汉口的中山公园，是武汉三镇的百年名园。对紧张忙碌的普通市民来讲，无疑是自我减压、调剂生活、携家便游、休闲小憩的好去处。去年春天，我陪老家亲戚去过一次，感受最多的还是园林的绿。无论是森林还是地上的植被，就连那湖水，都绿意盈盈、绿得可爱、绿得俏皮，充满了盎然生机。可这回不同，毕竟是秋天，到处都是秋的气息。

走进园，但见树木茂密。除了人行道旁的法桐，还有很多像银杏、枫树、栾树、槐树等高大的乔木，也有不少低矮的花木。不知是什么原因——或许是园方怕缺少了一园的秋韵吧！这满地的落叶，竟还没有清扫。不过，在我眼里，给脚带来柔软和舒适的秋叶，也是小园另类的美丽。

我们徐步紫微园，刚刚修剪过的紫微树，失了曾经的风采，光秃秃的树干，硬生生地望着天。若不是草坪和地上，散着金黄色的银杏叶和桐叶，翡翠镶金般美丽，这紫微园不知会让多少游人感叹！

滚轴溜冰场边，也有几株又高又挺拔的落羽松。在秋风中，抖落着一片片如羽毛状的红叶，积在地上，宛如铺上了一层厚厚的暗红色地毯。女儿一边忙着用手机摄影，一边大呼小叫着喊美。望着这纷纷扬扬的落叶，色彩斑斓的地面，何其浪漫，何其诗意啊！略有诗人气质的妻子，被她感染了，竟随口颂起诗来：

落叶
轻轻地
轻轻地我走了
留下一树的希望
来年
春暖花开的季节
那笑绽枝头的绿
又是我啊

我不是十分懂诗，听着别离总会伤感。就算落叶与落花一样，化作春泥，换得来年的风物，总还是物是人非！由他们闹去吧，我坐在边边的石凳上，遥望故乡的天，竟莫名感伤起来。白居易诗云：

我有所念人，隔在远远乡。
我有所感事，结在深深肠。
乡远去不得，无日不瞻望。
……

正是我的写照呀！清人归庄诗云：“稻香秫熟暮秋天，阡陌纵横万亩连。”这秋收的画面不正是我故乡的秋天吗？

我想，城里人或许是不懂乡下的秋的。城里的秋，不缺秋色、秋境和秋姿，也有山有水，也有花草虫鱼。可山是低矮的，水是静谧的，花多种养，草多移铺。即便是虫儿，也仄仄地生活在小天地，生存的环境哪及得乡下广袤呢。那鱼儿更不用说，都是家养的，野生的也没住的地方呀！缺少的是一种秋的味道。

老家地处鄂东黄冈，长江北岸冲积地带，少量平原洼地，多丘陵。虽是离家多年，但对故乡的山水田园，春耕秋收，总还是记忆犹新。如果说故乡的春天，像是一幅水墨山水，烟雨朦胧中，流淌着真实又抽象的自然神韵。那么故乡的秋天，则是一幅浓墨重彩的油画。任由大自然的岁月风雨大涂大抹，色彩丰富又写实，充满了生命的律动，蕴含着那种有别于春的活力、生机的秋韵。

那秋山，是层林尽染。站在山下，你远远望去，山头是黛色如玉，那是绿树堆起的一抹翠微；中间又其红如火，那是山枫缀满了红叶；阳光下特别是日薄西山的傍晚，随着光线的明暗，色彩也各不相同。那红霞映过来，山色又变幻了本来的色彩，或深灰，或浅亮，或红或翠，通篇写着诗意。靠近山底，则是老乡们的橘园。翠里藏金。那红中带黄的橘子，结满了枝头。不等你走到园边，你就会闻到一股浓浓的果香。你若是采摘那橘子，剥下那薄薄的一层金色的外衣，掰开那灯笼一样的果肉，只一小瓣入口，便会觉得满嘴生津，甜香如蜜。若遇空山新雨后，还有"明月松间照，清泉石上流"的清幽。

那秋水呢，你也不用望穿。你走近看它，岸柳不独有一丝绿意，还有一丝醉意，没风的时候，垂柳还吻着它。水里的水草，丰美又茂密。据说以前，我们家里养猪，没钱买饲料，又少剩饭剩菜，母亲就下湖去捞草，切碎拌点米糠喂喂猪，那猪虽长势不好，味道却非常鲜美。现在想来，这原生态的猪肉，不会再有了。在暮秋，湖上面也还零星地撑着几伞残荷，花是全谢了。与夏日"接天莲叶无穷碧，映日荷花别样红"没法相比。湖边还有不少苇草，枯黄了叶，风来或鸟动，都会摇起芦花飞絮。对于文人来讲，荷湖也许萧条无趣。可乡下人高兴得紧，春华秋实，这枯荷脚下，烂泥中，那如汉臂粗的莲藕，才是他们丰收的希望。即便是芦苇，也可以用来编织晒席和小用品。

那田野呢，先前是铺了一层金色的毯子，这会儿让乡亲们掀了起来，码在扬场上，圆鼓鼓的，小山——不，金山一样。揭去了毯子的田畈，又成了禽类的乐园，家养的白鹅和鸭子，野生的鹭鸟和雁，都和平相处。虽说现在乡下壮劳力都去了城里打工，留守的都是老人、孩子和妇女，可从那些善良的农妇身上，你如果见了，才明白妇女能顶半边天的含义！

你看那黄澄澄的稻子，多像足月的孕妇，腆着大肚儿，幸福地躺在扬场上，留守的嫂子们，裹着头巾，热火朝天地劳作。天边的云彩，追望着她们忙碌的身影，欣赏艺术品一样欣赏她们丰满的躯体……

回去吧，女儿的叫声打断了我的遐思。祝福吧，我的故乡还有故乡外所有的农人，风调雨顺，五谷丰登。如果还可以，我愿做那黄澄澄的稻子，甜甜的橘子和那白嫩嫩的藕……

对了，秋天，如果说有什么所爱，我爱故乡的秋天。

（原载《大江》2018 年第 3 期）

故乡的油菜花

朋友相约到武穴看花，早早定下的日子。原以为阴雨连绵多日，气温又多有寒意，怕花儿沉郁不语，冷脸相迎。可到了武穴，方知多虑了，不由感叹："这三月的油菜，真是多情!"它们恣意开在湖边、洼地、田野，热情奔放。从村子的房前屋后，到高高的山坡野岭，到处都是油菜花留下的倩影。

我自小在武穴农村长大，对油菜最熟悉不过。小时候陪母亲下地，从播种到移栽，没少经历。只是多年来，一直把油菜当作庄稼看，总以为，那瘦而单薄的油菜秆茎上，开的那些金黄色的小花，和开在畈地里的无名野花相比，并无稀奇特别之处。

油菜是武穴的传统农作物，种植历史悠久。武穴油菜花能有今日的声誉，得益于近几年兴起的乡村旅游，越来越多的城里人来乡下，声名远播。武穴油菜花种植面积40多万亩，景点很多，离我家最近的仙人湖油菜花画廊，有山有水有花有人家，是武穴有名的赏花景点之一。

仙人湖位于余川、花桥两镇毗邻处，面积达26平方公里。湖区重峦叠嶂，谷岭交错，湖汊众多，湖中小岛形态各异，周边村庄错落有致，田野阡陌纵横，远山近水，湖光山色，如人间仙境一般，故名仙人湖。

我们到仙人湖时，游人众多。年长者，或独自逍遥，或携妻带孙，徜徉花海中，心随花漾；情窦初开的少男少女，在花海嬉戏，你追我赶；那些吟游的诗者，慷慨高歌，沉醉其中。为拍些远景，我们登上了仙人湖旁边的龟山。站在山上望去，大片大片的金色四处流淌，爬上美丽乡村杨二岭和砌石的山涧，流金的色彩自湖中岛屿向岸上伸展，热情而奔放。那山的远处，时有不规则的黄色显现，似金色海洋溅落的点点浪花。朋友从没见过这广袤无边的油菜花，欢欣雀跃似儿童，手里的相机一个劲儿地收录城市人眼中的乡风村韵。

正陶醉中，突然有只蜜蜂停在我的手机屏幕上，我以为它恋上了我拍的花儿，细看才知它是只贪心的小蜜蜂！你看它，脚上金粉相缠，圆圆的肚子装满采来的花粉，壮得飞不起身来！看着这辛勤劳作的蜜蜂，我忽然想起了生活，想起了生活中的母亲。母亲多像这蜜蜂啊，几十年来辛辛苦苦地在田地里奔波忙碌，为家庭、为儿女酿造生活的甜蜜。

回家去，我要看看我80多岁的母亲！

我家距仙人湖只有20里的路程，到家时，并没有看见母亲，隔壁表嫂银凤姐告诉我，乡下的孩子淘气不懂事，总喜欢折下老人家菜地的花枝编织花环，母亲应该是去油菜地了。

母亲的油菜地是她一锄一锄在荒坡上开出来的，约莫半亩大小。每年秋后，母亲总会播撒一些油菜种子，来年春天，地里开满了金色的油菜花，好看极了！

我远远看见了风中的母亲，扑上前喊声“娘”时，泪珠在眼窝里打转。“伯母好！您的油菜花真好看！”朋友向母亲问候道。听到夸赞，母亲笑了，“你别看这花儿俏，你可不知道它越冬有多难照护，幸亏去年冬天没下大雪，要是大雪封地，天寒地冻，油菜苗成活率就低了。”

是啊，人人都说武穴的油菜花开得美丽，可哪一朵不是经历风霜修炼出来的呀！回归本质，油菜终归是种农作物，花开得再绚丽，也有凋零的时候。对于乡亲们来说，菜花谢尽，枝头结出一簇簇细小的尖角，渐渐饱满，珠圆玉润，丰收在望时才是最美的风景。

穿过故乡的山岗水畔，欣赏春的模样，聆听自然的声音，在赞美油菜花海美丽的同时，更要讴歌它的果实，更应感激脚下可以播种的土地，感激创造了这美丽故乡的父老乡亲！

（原载《黄冈日报》2018年3月24日）

过冬节

冬天的冷，始于冬至。冬至，又称冬节、长至节、亚岁。一入冬至，连着就是数九寒天。家乡有句俗语：一九二九不出手，三九四九尖刀不入土。说的是过了冬节，一年中最冷的季节才算真的开始。

中国这么大，各地的风俗也不尽相同。少数民族怎么过冬节，我因少出门，所以全然不知。即使同为汉族，南北也有差异。北方人过冬节，必吃饺子，有“冬至不端饺子碗，冻掉耳朵没人管”的俗话。又加上中医宣传说冬天是进补的季节，所以一到冬至，北方人好吃羊肉，好喝羊汤。南方人好汤圆，好吃狗肉。

汤圆是做好的。每年节前几天，大家都忙着轧糯米粉，磨芝麻糊……具体做法是：先把糯米浸湿晾干轧粉，然后兑水揉成砣，取一小块，用大拇指压个小凹，根据个人喜好，在凹中添芝麻糊、白糖、酱菜等作馅，然后捏拢、搓圆，取“团圆”之意。古人诗云：“家家捣米做汤圆，知是明朝冬至天。”生动描绘出了家乡迎冬节的情景。没在北方过冬节，也就不知冬节还备些什么。我们这，一到冬节，都要开始腌些肉品，说是冬至开始腌的东西，才是真正的腊货。来年春季，吃起来才有风味！

冬节的前几天，我们因事从广州回到老家。妻子说，天冷了，给母亲添床新棉絮，让孩子们多穿厚衣啊！记得买腊货哦。接着她又习惯性地问母亲想吃些啥年味儿。母亲很高兴。不过老人家还是不忘叮嘱：鸡鸭鱼肉都要买的，可不许买多哦，想当年怎么怎么的。每逢如此，我总是一脸微笑，说是啊是啊。

我们姐弟四个，我是家里最小和唯一的男孩。那时家穷，父亲有病在身，母亲一个人支撑这个六口之家，个中辛苦，外人难以体会。我的三个姐姐，都没读什么书，二姐是一天学都没上，很小就帮家里干活。她们年纪小不能干队里重活，就捡鸡粪、猪粪交生产队挣工分。遇上年成不好，吃饭都成问题，更别说奢求添多少腊货了。一到冬节，为应节令，家家户户就用红薯粉掺小量糯米粉做汤圆，腌些生产队抽冬塘分的鱼，斫个三五八两肉，加一只家养的鸡，算是很丰盛了。

过年的时候，烧上土炉子，在炉子上的砂锅里装上腌制的腊货，加粉丝、元宝（这时的汤圆要叫元宝的）、山药之类的配菜，热气腾腾地翻着气泡。我们叫炖煤炉，招待亲朋故旧拜年客，算是最敬重的。想来，那便是最初的火锅吧！

如今条件好了，不说城里，在我们乡下，逢年过节，买的东西也不能少。其实节后大家都忙着上班，守巢的总是些老弱妇幼，也真吃不了那么多，浪费还是有的。只是大家一起去买菜，左右隔壁的，你家有的我家也有，好个面子。

而今过冬节，汤圆还是做的，但吃得少了。年轻人打工在外，家里就只有留守老人和孩子，老人冬节时吃的味道多少有点异样，东西再多，总还是少些温馨。总还是会想起孩子小时候，一家人团坐一桌，吃着汤圆，有种团团圆圆的感觉。好在现在通讯和交通发达，平时电话常联系，春节将近，外出的人都快陆续地回了。

过了冬节，冬天就更冷了。其实，只要心里装着家的温暖，也不必太在意天气！

苦楝花香

“小雨轻风落楝花，细红如雪点平沙。”五月，在体验古人诗句意境的同时，不觉想起儿时的往事。

老家的院后，有棵年将古稀的楝树。高约丈许，腰围 2 尺有余，树干盖过老屋的房檐，枝叶茂盛，像一把撑开的伞。“提蒜薹，楝花开。”每年母亲在菜园提蒜薹时，楝树开满了一簇簇淡紫色的小花，轻风吻处，千朵万朵，樱花一样飘落，整个小院都弥漫着浓而奇特的香味，沁人心脾，让人闻过一辈子难忘。

小时候，我很奇怪七叔养的蜜蜂为什么不来我们家看楝花？记得菜园油菜花黄的时候，他的蜜蜂可是常来的。后来我就问七叔，他告诉我说，苦楝苦楝，楝树花苦且有毒，蜜蜂最是聪明，才不采呢！难怪母亲也不让我上楝树。但我心里对楝树总是充满好奇。楝花正盛时，母亲常常将含苞待放的花捆成小捆，挂着凉干，说是留待伏暑天驱蚊虫最好不过。姐姐喜欢楝树上那紫筒的花蕊，常常趁母亲出工在外，央我爬树为她摘下来，用细线串着，一束束扎好，编织成花环，戴在头上或吊在颈上做项链。

我不喜欢楝花。只爱它的籽儿。花落果成，楝果呈圆或椭圆形。初时的果皮见青，上面布满针尖大的白点点。我和小伙伴们喜欢摘青果玩打弹子进洞的游戏。有时因裁判不公闹翻脸，就把楝果当成攻击的武器，最厉害的是用弹弓弹射，一粒粒打在头上，嘣嘣作响，生疼。

楝果熟后呈黄色，皮下的肉软软的，吃不得。我小时候冬天爱冻伤手，每年都会用楝果擦手，擦了楝果肉后的手，抗冻裂要好些。

别看苦楝是乡下杂木，用处却很广。苦楝树材质黄褐，纹理粗而美，质轻软有光泽，耐用，是农村打农具、做家具极好的材料。我结婚时，柜子桌凳就是用楝树做的。苦楝树还有避免蚊虫骚扰的功效，更有着极强的净化空气的能力，现如今，已越来越受到城市绿化的重视，是良好的绿化树。

好些年不归故乡了。我想，只要记忆的田间地头还有楝树的身影，在游子楝树花香的梦里，总还有它说不完的趣事！

（原载《海立报》2018 年 3 月 20 日）

浪动千岛湖

七月江南烟雨中，同学群姐传来一组游千岛湖的照片。我的喜好不多，惟恋自然，倾心山水田园。久闻千岛湖美名，慕之久矣。今赏着千岛湖的美丽，胜境如斯，心焉不动？

出外旅游，也是多年的心愿，却总是因为忙而放弃。面对千岛湖的诱惑，顿生向往之心。遗憾的是，假期难以安排。正彷徨于无奈间，天助我行。工友因事调休，厂里排我八月有假，闲得几天。这可是一个机会哦。况且正遇上七夕，到得千岛湖，晤得山郎水妹，何其浪漫啊！

在杭州火车站东站外转车到汽车西站，坐上去千岛湖的快客，一路心湖涌动。就如一怀春的少女，盼见那久别的情人。心旌摇荡中，我踏上了千岛湖镇。

想象中的千岛湖应该是岛多。之前对它的了解，来源于书中。千岛湖位于浙江西郊的淳安县，湖区面积达五六百平方公里，因湖中有一千多个大小岛屿而得名，是浙江唯一能比肩西湖的美景。

准备下湖时，有幸蹭在一南京来的旅游团后面，导游是位能说会道、长相俊秀的姑娘。她说，千岛湖水面开阔，碧波万顷，大小岛屿星罗棋布。游湖线路有三，风景或文化底蕴也不尽相同，因时间关系，取其精粹，建议走 A 线——梅峰—猴岛—鸵鸟岛—孔雀园……千岛湖梅峰，闻名遐迩，群姐的图片，大多取自梅峰。就算先入为主吧，我已属意 A 线了。

游艇划行在湖面上，游走在一个又一个小岛间。那清澈透明的湖水，在小艇的后面涌着一层层雪样的啤酒浪儿，散着淡淡的醉人的醇香。湖中倒映着蓝天白云，倒悬着一座座翠绿色的小岛。那迎面而来的山与水，瞬息万变，让人如置身 3D 的动画里。

这里原本是陆地，同船的一位七十多岁的长者说，这水底下淹没了有千年历史的狮、贺两城。1959 年，为了建造当时最大的水利枢纽工程新安江水电站，浙江省原淳安县、遂安县两县合并为淳安县，29 万人从此离乡移居，狮城、贺城两座延续千年的古城，连同 27 个乡镇、1000 多座村庄、30 万亩良田和数千间民房，悄然沉入了碧波万顷的千岛湖底。

哦，真的吗？我下意识应了一声。

网上还能搜寻水下古城的照片呢，这位儒雅的老先生，略有激动。

我知道千岛湖也叫新安江水库。只是知识浅陋又寡闻，并不了解它许多内在的东西。我有些羞愧，又无法改变，只好羞红着脸。真应该记住曾经，记住那些成就了这千岛湖美景的建设者和牺牲者。还有那些像狮、贺古城一样的古迹，也是不能忘怀的。

游艇继续在湖面上航行。离岸越远，我们才觉知湖的浩瀚。站在艇上放眼四处，那大小岛儿山形各异，千姿百态。似静龟，似飞鸟，似卧牛，似睡狮，似钟乳，似山笋……这些身着翠装的岛屿，静立湖中，随着水雾的升腾与水波荡起，他们又如醒在天庭瑶池岸边的灵禽仙兽。

忽然，湖面上从东往西涌来一阵雾霭，炊烟一般四处飘散。雾模糊了我的视野，刹那间让人分不清湖光山色，就是那天，也和眼前的水融在一起。我这才体会到什么是水天一色。你看，天连着水，水连着天，青山与碧水，碧水与蓝天，真真切切地在一起了。就这么随舟荡漾在风光旖旎的湖中，藏身在一幅幅天笔彩绘、水墨丹青的动态画中，我是醉得一塌糊涂。

如果不是导游的提醒，我还恍在梦中。

游客赞曰：不上梅峰观群岛，不识千岛真面目。梅峰岛在千岛湖中心湖区的状元半岛上，是千岛湖最佳观湖赏岛之去处。

踏上梅峰，在蜿蜒的石板小径上，拾级而上。不时有亭台楼榭，隐身林涛之间，古朴典雅，寓意幽远。不时有松柏翠竹，与花草相间。这些无名野花，淡洒其香；这些无名小草，漫舞其绿。他们怡然自得，随遇而安，淡泊又逍遥。上得峰顶，回身望，峰峦叠嶂，林深竹密。据说梅峰秀色，四季多变。春日鲜花遍野，夏日绿荫蔽日，秋日山果飘香，冬日踏雪观梅。虽不能四季登临，单凭夏日这绿，自是所言非虚。

站在梅峰的观景台上，向下探视，有一龟形小岛。岛背上植被浓郁，绿意盎然。中有一松，虬枝如龙，翠盖如伞。这就是著名的龟背松景点。现在看时，龟裙小露，隐隐红褐色。有人说，若逢梅雨季看它，则龟沉水中，单松独泊，时长日，竟两月有余。这不由得人们不感叹龟有千年寿，松含万古春了。

站在梅峰观景台上，远远望去，湖中岛屿如星，远色青黛，近色翠碧。大或如山，小或如船，湖水围之，柔如飘带。风云起时，连同东南远湖，朦胧在雾中，时隐时现，就如仙境。平风静浪，这千岛湖又碧绿如翡翠，绿得醉眼，翠得迷心。

逐水而居，与山岛为邻，不求多大的富贵，但谋一方宁静。这样远离尘嚣浮市，淡却灯红酒绿，与青山绿水相厮守，是多么快乐的事啊。

我痴痴地望着这千岛湖，我痴痴地把他当成有情郎，我望着他的明媚与俊朗，竟生出恨不相逢未嫁时的憾思。

我想，若能结庐千岛湖畔，守着他的如水明眸——生生世世，多好啊。

我的心湖浪动，浪动千岛湖上。

老港垂钓

我老家位于鄂东太白湖西岸，河湖港汊众多，是典型的江南水乡。水乡的孩子，从小见惯了大人垂钓，没人教也能无师自通。“蓬头稚子学垂纶，侧坐莓苔草映身。路人借问遥招手，怕得鱼惊不应人。”唐人胡令能这首《小儿垂钓》，大概最能体现我们儿时钓鱼时天真烂漫的模样。

儿时钓具很简陋，鱼竿是自家竹园瘦长的小青竹，鱼钩是用大头针改做的，漂子是用鸡毛梗剪的，鱼饵清一色是房前屋后潮地挖出的蚯蚓。那会儿河里鱼多，只要肯钓，没有打空手的道理，再怎么不济，一次也能钓上个半斤八两杂鱼上岸。只是后来读书务工在外，为生活奔波，少了些钓鱼的闲情。

今年春节前夕，我回老家过年，没想到年后因新冠肺炎疫情被困家中。宅家几个月，日子很无趣。幸运的是，钓鱼达人泉叔的出现，给我带来了福音。泉叔，是个退休返乡的官员，乐居乡下有些年头。平日无事，“却把鱼竿寻小径，闲梳鹤发对斜晖”去野钓。那日，泉叔给我家送鱼，我问泉叔，哪来的鱼？泉叔说，在老港钓的。我要泉叔下次钓鱼带我去，泉叔欣然答应。

第二天一大早，泉叔来叫我，说今天去老港钓鱼。我赶忙拿着钓具，高高兴兴地跟着泉叔一路说笑着去了港边。老港有些历史，是华阳河水系的重要组成部分，一头连着武山湖，一头连着太白湖，绵延数十里。初夏的老港，景色宜人：数不清的荷叶拼成了一块硕大的绿毯，一直铺向远方。姿态优美的荷花，亭亭玉立，微风吹过，清香扑鼻。

随泉叔在港汊边找好位置，荡开菱叶，往水里打好喂子（也称打窝），泉叔开始手把手教我上饵（其实这饵，我小时候没少上啊）。边上边说，鱼饵上不好，钩再锋利也白搭；鱼漂的高度也很重要，要根据水的深浅来设置，太高钩就沉底了，太低饵就悬浮太高，沉到水底鱼吃不到……准备就绪，安好凳子，整好手竿，装好尾钩开钓了。

看鱼漂浮在水面，我心生涟漪，好生期盼，巴不得鱼儿快来沾钩。没料到十分钟、二十分钟过去了，鱼儿貌似外出旅游了，都不咬我的钩。泉叔离我不远，到底还是行家，不服不行。我这边静寂无声，他那儿却是热闹非凡，频频得手。“坐观垂钓者，徒有羡鱼情”，心里好不是滋味。叹息懊恼之余，我开始怀疑自己的垂钓位置不好。

正准备起身去挨近泉叔，不意泉叔摇头晃脑颂起古诗来：“钓竿何珊珊，鱼尾何簁簁。行路之好者，芳饵欲何为?”却是魏曹丕的《钓竿行》。想来是眼观六路的泉叔，察觉到我的心浮气躁，警示我凡事不必强求，钓鱼要有耐心。闻鼓听声，我自然不好再去蹭他的热度，只好坐下来静心等着鱼儿上钩。好在不一会儿，漂子终于动起来，我急忙提钩，是条大鲫鱼，可惜在出水的半空中脱了钩，害得我连呼可惜可惜，遗憾了好一阵子。泉叔隔空传话说：“性急吃不了热豆腐，不能一见漂动就提，提早了，鱼上钩浅，出水易掉，晚了，鱼把诱饵吃完跑了。提钩火候掌握很重要，不早不晚最好。但凡遇到鱼拉漂入水再送漂的刹那提钩，基本十拿九稳。不过，钓到大鱼一是不能用力过猛，防鱼钩把挂着的鱼肉拉掉；二是要懂得收放，鱼游累才便于近岸。”看来，鱼也学会了与时俱进，比之童年，现在的鱼儿可是个狡黠的主，想钓它还有不少学问呢。

记着泉叔的话，我双眼像翠鸟一样死盯水面。没多久，鱼漂总算又有了小动静。小鸡啄米似的，忽深忽浅，忽左忽右，我知道这是鱼儿在慢慢地吃饵……窃喜中，突然水下一阵水泡涌起，只见鱼漂箭似的往深水里沉，鱼线拉得笔直，就在送漂的刹那，我使劲一提，明显感到了重量，出水一看，哈哈，是条大鳊鱼。被稳稳钩住了还不停地在钩上扇着尾巴。我努力控制心跳，赶紧用抄网兜住卸下钩放进网袋里。

俗话说，三年不开张，开张一箩筐。接着，后面钓鱼顺利多了，一条接一条。中午时分，我还钓了条约莫有十来斤重的青鱼。那鱼儿是个贪心又冒失的家伙，咬钩咬得挺实，缠斗好久，才好不容易让我拉到岸边。见是大货，泉叔过来帮忙，抄起网兜弯下身就去兜，惊得鱼儿横冲直撞，险些跑了。吓得我小心脏怦怦直跳。这过程，紧张又刺激，现在想来，还心跳得起劲。

时间过得好快，不知不觉间临近傍晚。我俩兴致都高，丝毫没有感觉到疲惫。不巧的是，天突然下起雨来。我和泉叔赶紧摘下几片大荷叶，顶在头上。唐代烟波钓叟张志和的《渔父》云："青箬笠，绿蓑衣，斜风细雨不须归。"我算是第一次实实在在地体验了这诗境。

不一会，雨停了，我们准备收竿回家。清点一下我们的收获，约莫有几十斤。留了几条大的，其余都放生了。望着那些鱼儿摇头摆尾地游向荷花深处，我感受到了久违的自由和畅快，这或许就是钓鱼人独有的乐趣吧！

（原载《中国劳动保障报》2020年7月8日）

老街水事

“浔阳东北白湖滨，雪汉纵横晓问津。何处云中庐岳影，满堤衰柳送行人。”这是清代诗人王士祯冬游湖北太白湖时，所留的名句。

我的家乡是个叫童司牌的小集。位于鄂东太白湖畔西边，是条古旧的街道，也是古华阳河水系（从黄梅到武穴内河）水上出入和货运的小码头，又是老广济县城梅川到龙坪乃至去对河江西的必经之地。因此，当时商贾云集，港内帆樯林立，灯火彻夜通明。流过街南的河，一头连着武山湖，一头连着太白湖。光滑的青石板，铺满了窄小的巷弄。街道两旁，高矮宽窄不一的铺子，一间连着一间，古朴又恬静。不过，随着内河水运的没落，贵为“鱼米之乡”的小街怡静依旧，却繁华不再。

我们家自祖上从黄梅逃荒而来，世代生活在这条小街，足有一百五六十年的历史。在我的记忆里，这条历史悠久的老街，住着几百户人家，却没有一口像模像样的水井。全街人的生活用水都来自街边那条大河。

挑水吃用，大多选在每天清晨。那时洗衣的妇女还没下河，鱼儿尚在梦中，水质最为干净。各家各户的人，或肩挑，或手提，总要把一天生活所需的水，塞满大小不一的水缸。

从桥边挑水回家，要爬上高陡的石砌斜坡。大人还好，对妇女和小孩子们来讲，却是件辛苦事。下街头临水近，上街头离水远，路也长。街北有座低矮的小山，山脚下偶有山泉渗出，水质甜美，经街坊挖掘，成了口简便的井。有厌烦河边路远的或赶时间的居民，也常在此取水。

集体经济年代，父母忙于生产队的劳动，星期天或放假。挑水的事，几乎成了二姐的任务！二姐带着细姐用小木桶抬水，来回往返，填满水缸为止（其实，那时她们也只是十来岁的孩子）。我有时也跟着姐姐去，她们不让我到河边，只能远远地站在坝上望，遇上姐姐们不小心摔跤，把装好的水洒了，我也会搂着一身泥水的她们哭。现在想来，那哭声还响在耳畔，酸在心里。

20 世纪 80 年代初，清澈见底的河水，突然一夜间变得混浊且有味道。有人说，是上头药厂的水偷偷排进内河了。话虽如此，也没个确切的说法。直到老刘家的“儿种”（地方方言，指家里唯一的男孩）和老队长老郭家的小女儿，突然上吐下泻住院，医生说是喝了河里的脏水，才引起街人恐慌。

年长的五爷说：“吃水的事，不能耽搁，还得早想法子。”

有人建议，把上街头那口山井挖深加宽。

又有人说，山浸水小，光供上街头人吃都不够，再怎么加深，水量总还有限，况且雨水多的时候，地表水流入，水质也差。单靠这口浅井吃用，终非长久之计！

“还是挖口井吧！”新队长七女叔最后说。大家都同意，并决定在街西挽澜哥的田边挖口井。

那时本地并没有会打井的师傅。请来挖井的孙师傅，是江苏人。他和儿子是从江苏来湖北的，以专门帮村庄打井讨生活。井开挖的时候，我正高考落榜在家。生产队农活繁忙，抽不出更多人手。七女叔就安排文弱的我和永红及刚从外地回乡的兰芳，专门负责做小工。生产队歇息或收工后，井边总聚满了街邻，大家到工地既帮忙，又看新鲜，看外乡人打井的模样。孙师傅那时五十多岁年纪，是个矮壮汉子，在井下光着膀子，嘿嗬嘿嗬地挥动着铁镐。看他那股子劲，似乎要把江苏的水，从地下扯到湖北来。

大约挖了月余。井挖好了，水质清亮甘洌。孙师傅用红砖从井底一层一层砌至井沿，最后抽干水，在井底放上响沙，用水泥修好井架。安好提水用的辘轳和围栏后，等到井水再渐渐满起来时，街坊就开始吃新井的水了。

吃了两年新井的水后，我到镇上的企业上班，后来妻子和母亲也跟着借住在镇上。有一年，因堂侄结婚我回乡，第一次见到摇水井。堂兄说，现在农民生活好了，人也懒惰多了，不大愿去街西井里挑水。时兴花钱请人打摇水井，一口井一天就能钻好。用水泥在井上安装一个摇水泵，待水泥凝固后，轻轻摇动把手，要不到三五分钟，一股清凉的地下水便哗哗地流了出来。比起在井里吊水、担水，方便多了。来做客的二姐，也说方便。

去年清明回乡，不巧在井边的水泥路上碰见兰芳。彼此都显老态。想起我们情窦初开的青葱岁月，感叹时光易老，禁不住双双来到井边。想不到，曾经喧闹非常、为整条街提供饮水的老井，已是杂草丛生。出于安全考虑，井口已经被封了。有几根塑料管线从井里牵出，连到了挽澜哥和兴伢哥他们几家的屋里。那幽深的井水，算是还可以为街人略尽绵力。

前些时日，又听说老街家家户户在安自来水。随着社会的发展进步，南街边的河现在都叫丰收大港，港上由政府主导新修了调水节制闸，负责汛期水控和旱期农田用水灌溉。老街已有扩展，分新街、横街、河街、老街！街上的人们，生活已越来越好！

美不美，家乡水。一路走来，老街的饮用水，不断变化，从河水山泉浅井，到街西深井，到几乎家家都有的摇水井，再到自来水。一个个关于水的故事，虽尘封在游子记忆的深处，然而有时，总会在心灵的泉眼，冒出几股活水来。

（原载《雪莲》2018 年第二期）

麻城赏杜鹃散记

去年四月十八日。接到武汉才姐孙笑梅的信息，说黄州王玲芳同学欲组织一次去麻城的春游，并告诉我属意此行的同学有：京城剑兄、荆州王洪柱、武昌兰院、东湖保兰姐、襄阳岳立群、黄石肖琳、雷池正凯兄和武穴平姐……问我可有雅兴一会。

“人间四月天，麻城看杜鹃。”早有龟峰览胜，沐于花海之心，却因俗事缠身，于故乡山水，少有亲近。心中之感念，每季临暮春，犹盛！今有此良机，焉肯错过?!

十九日，我和平姐出门时，天降大雨，好在去意已决，无半点退畏之心。在麻阳高速武穴入口与我凯兄贤伉俪会合后，一路北行。

车到麻城，天色渐晚。丝雨未停，冷风又起，让刚下车的我们，平添一缕凉意。在麻城天吉大酒店大厅坐不到片刻，剑兄、才姐他们陆续抵达。大家好久不见，高兴又激动，热情相拥，喜笑连连，之前冷意，一扫而空。当夜，酒酣面热，宿住店中。

二十日早，天似放晴。七点半，我们的车从酒店出发，出城后，沿杜鹃大道东行。行不多久，就进入了龟峰山区。汽车在盘山的柏油路上龟行，从车窗内放眼窗外，远处云烟缭绕，雾气蒸腾。近处的山居房子，掩映在青山翠绿之中，远远望去，就如一朵朵雨后的蘑菇。

我小开车窗，一股湿漉漉的山风，穿窗而入，裹着那清新、自然的空气。“哟，快看快看，龟峰龟峰!”坐在我身边的平姐，突然兴奋地大声叫起来。我顺着她的指向看时，只看到一片雾，以及雾连着的天。正疑惑间，我看见那神龟突然现身在我窗前的天边。我也忍不住，激动得要喊起来，可惜，它转身又隐入云天。这忽左忽右，忽南忽北的龟峰，一时东，一时西，一时眉目清秀，一时面目全非。想来，该会是山随路转吧!

正沉浸在对龟峰的臆测中，还不及缓过神来，车子已到景区门口。不意早等在门口的，有一位是剑兄的朋友，姓罗，麻城人。

才姐笑说："这下好了，我们有了免费的导游啰。"大家附和着笑："是撒，就叫小罗罗导了。"才姐还不忘打趣："不是领导的导，是导游的导啊！"

怎么上山呢？走路慢，坐车险……大家七嘴八舌，规划着上山的路线。

罗导说："连日多雨，山路不好走的，车呢，也转不到山上，还是走索道，坐缆车。"

于是，我们便把车开往索道处。贴着车身的山岩边，不时浅露几丛杜鹃，有的半开，有的待放。

"我们来早了吧？"看那初开之花，平姐快人快语。罗导听后，朗朗一笑："不早的。这几天阴雨连绵，杜鹃花是迟开了些。不过，我想这会儿，龟峰背上那红红的杜鹃，正咧着红红的嘴唇，冲着你们笑咧！"听了罗导的话，我半信半疑，只因初到龟峰，不敢多言，但心里还是赞同平姐所忧虑的。

听罗导说，龟峰山是大别山的主峰之一，海拔1300米左右。我们坐上缆车，初升时，车子四周的花草树木，清晰可辨，随着车子爬升到高处，但见身下，千山万壑，缀满了红色。又见远处，山崇岭峻，松虬石怪，古木参天。缆车再升，便入云端。车外不时涌起的雾气弥漫着，朦胧了双眼，听那曼妙的声乐从半空传来，雾中徐行的我们，仿佛车行在天街上。"任是丹青描不就，恍疑身世九霄宫。"唐太宗李世民的《题龟峰山》句，正合我们眼前所见。下得缆车，我是摸不着北了。

"这是龟峰的龟头吗？"我问。

"这是系马桩，在龟背上呢。据说是当年唐天子乘马游山时所留。"罗导接着又说，"那直插云天的龟头，三面凌空，终日白云缥缈。须晴日，站在上面观日出，但见那红波荡漾在云海中，霞光四溢。那如盘旭日，喷薄而出，气象万千，不亚在东岳呢。此时极目，江汉吴楚，长江如练，黛山滴墨，水光山色，尽收眼底。"

站在系马桩上，不远处有一抹红，我近前一看，有一丛浅开的杜鹃花树。枝头上站满了花骨朵儿，三个一枝，有的浅绿，有的深紫，全然没有盛开的样子。想起平姐的话，心里有些惋惜：莫不是真的来早了吗？见我们略有沮丧，罗导说："前头就有花海，九岭十八坡，连天接地，够你们看的！"

"那花海在前头什么地方？远吗？"我问。

“跟我来呀!”罗导笑着，那笑，也如花开一样。从系马桩往山下走，罗导说，龟峰山有个传说：相传远古时，天有十日扰民，有神龟不忍苍生受苦，遂施展神功，连吞九日，由此触犯天条，被雷公电母打死。神龟死后，身化作龟峰山，昂首不屈。血洒丛林，化成杜鹃花，生生不息。龟峰山的杜鹃，上了吉尼斯世界纪录。花丛连片达10多万亩，生长周期百万年以上，现存树龄均在200年左右，是中国面积最大的古杜鹃群落。

花间小径，俱用枕木相连，或平铺直叙，或依弯就巧，或拾级而上。木径中，游人如织，木径旁，花枝招展。看那花，五彩缤纷，令人目不暇接。

“这就是花海吧?”凯兄问罗导。罗导笑答：“不是，这只能算是花溪。”闻言，我惊得张口伸舌。

行至一转角处，见一平台，平台前有一株硕大的花树，高丈余，茎有五六十根的样子，花冠足有三四十平方米。我细看说明，才知这就是传说中的杜鹃花王，都五百多岁了。花王就是花王，沉稳内敛，骨朵满枝头，就是羞答答地不绽放。为了不虚此行，我们决定在花树下留影。

京城剑兄，素好花色，同行的琳妹妹的老公光头兄，笑称剑兄花痴。我们的一帮女同学，围着让剑兄居前，却不知剑兄是闻得花香过敏还是醉在群花中，竟迷迷糊糊，醉步连连，跌倒在地上。亏得立群姐玉手相牵，不然，只怕看不得后边的花海了。那窘态，让人忍俊不禁，笑得直不起腰来。

别过花王，又行花径，且行且看，不尽流连。你东行是花，你西行还是花，你转过去遇的是花，你转过身来还是那花。一环，二环，三环……真是满山皆是胭红色，遍是粉面玉人腮。最臭美的丫头是立群姐，她童真地乐着，这儿留影，那儿照相。凯兄都成了她的御用摄影师，苦了诗人烧饼哥，为她提水拿衣，鞍前马后。

才姐总是有一个大姐的样子，领队一样照顾大家，微微地笑，用柔情温暖着大家。玲芳和保兰姐，心无旁骛，只好山水，沐浴花海，怡然自乐！不知不觉中，脚随人流，流进了花海。

罗导说：“累了吗？到花海了。”说真的，有点累的。但一听说到了花海，神清气爽，感觉不到累了。哟，漫山遍野的红，热闹而喧腾。铺天盖地，像一面面红色的毯子铺向山上，铺向山下，铺向远方，铺向天边，也铺在我心里。这毯花，从这座山漫向那道岭，一丛丛，一簇簇，好像各自成画，等你走到近处，才知道他们是连在一起的。那花儿，红红火火，开在峰，艳在谷，笑在松边，乐在云巅。若遇风来，枝掀红浪，远远望去，如绸舞，如霞飘！望着这怒放的火焰，这才知道什么是姹紫嫣红，这才知道什么是浩瀚，这才知道什么是花的海洋！大凡是花儿，都是很美的，白居易把杜鹃比作花中西施，可见杜鹃花是何等的美艳！赏着杜鹃花的美，怎不叫人感叹自然的神奇呢！鬼斧神工，雕岩为龟；泼红如雨，染地成锦。火红的杜鹃花，是怒放的生命，也唤起了人们对生活的热爱！

试想：如果不是一种积极向上的精神支撑，如果不是一种团结力量的体现，怎么会有这么壮观的红色的美呢？如果没有前仆后继，舍身成仁的精神，怎么会有红潮翻滚，一浪接一浪的红花绽放呢？

“闲折两枝持在手，细看不似人间有。”望着这恍似天宫才有的美，我动心了！我走上花间，贴上花颜，依偎在花丛中，幻听花的心事！我伸手抚过花的脸，想折下一枝花，带她回家，可转念又想，身有慕花心，当作惜花人。我怎可伤她？于是，我放下了那如屠的手。还是把这杜鹃花栽在心底吧，让她，美在我的心田。

是的！这杜鹃花是美的。她的美，属于春天，属于龟峰山，也属于祖国大地。从山上下来，借着麻城第四届中国麻城杜鹃文化旅游节的喜庆，我们又参观了山下的杜鹃花博物园。园中杜鹃花品种繁多，五颜六色，美不胜收，产地遍布世界三十多个国家。我徜徉其间，体会着异域的山香。这些盆栽的杜鹃，造型各异，或如松伞盖，或如梅疏影，或团花簇锦，或慵意梳容。花色千千，鹅黄、梨白、梅红……还有一些是紫的，真乃生平仅见。盘花堆在一起，争奇斗艳；散放一处，清雅娴静。如果把山上的杜鹃比作淳朴热情的村姑，那么这里的杜鹃花儿就是贵妇人。不过，于我，总还是喜欢山里的花儿，她不娇气，不做作，天然亮丽，总是充满一种如火的阳光之美。

感谢大自然的神奇造化，如果不是大自然的馈赠，我们怎么能享用这丰厚、独特、兼有热情与浪漫的红色之礼呢！

感激麻城，它不仅给我们留下了光辉、悠久的诸如黄麻起义的红色情结，也留给我们尊重历史、享受自然的新快乐！

（原载《依安文苑》2019 年季刊）

梅晴暑正祥

“五月杨梅已满林，初疑一颗值千金。”杨梅，别名龙睛、珠红，又名白蒂梅、树梅。李时珍《本草纲目》载，因其形如水杨，而味似梅，故称杨梅。入夏日暖，每年农历五月，即阳历六七月，成熟的杨梅，细刺变得柔软绵滑，肉丰质糯，汁多核小，酸甜可口，味带清香，最适宜采摘。

杨梅自古与荔枝齐名，有“果中玛瑙”之誉，历代文人多有赞叹。宋代诗人余萼舒《杨梅》诗云：“摘来鹤顶珠犹湿，点出龙睛泪未乾。若使太真知此味，荔支应不到长安。”美食大家苏东坡赞之：“闽广荔枝，西凉葡萄，未若吴越杨梅。”让人于吴越杨梅好生向往！至于宋代方岳“筠笼带雨摘初残，粟粟生寒鹤项殷”摹画杨梅色艳如丹顶鹤鲜红之逼真；杨万里“故人解寄吾家果，未变蓬莱阁下香”赠诗谢友；明孙陛之“旧里杨梅绚紫霞，烛湖佳品更堪夸”之诗说乡愁；都是令人拍案叫绝的佳句，为杨梅增色不少。

今年六月，我到浙江参加笔会，有幸在仙居文友老杨家，享受了一次与杨梅互动的自然之趣。老杨家的梅园，位于他祖屋后的矮山上。我去的那天，雨后初晴。站在屋后门口远远望去，满目的杨梅林，云烟起伏，在浅蓝色的天幕下，呈现出一种山水朦胧的质感，如同一幅浑然天成的油画。待到近前，方知自己浅薄。我一直以为杨梅树是类似枇杷的矮木，没想到杨梅树竟是如此的伟岸，枝干虬曲，树姿孤高峻挺。翠绿之间，阳光映照下，一颗颗小刺环身或紫或红晶莹透亮的杨梅，形似枇杷，或单生，或簇长，高低有序，色次分明，玛瑙般诱人。轻风拂过，酸甜的杨梅味扑鼻而来，更让人陶醉！轻轻摘下一颗杨梅，让其端坐掌心。凝视这让人垂涎欲滴的小东西，我如同审视一件超写真的艺术品，许久舍不得入口。待到抿嘴轻嚼，鲜美甜润的果肉，顷刻化作酽酽汁水，那甘甜又酸涩的味道在舌齿间弥漫着，让味蕾陷入美味的沼泽，沦陷而不能自拔。酸甜转换的滋味，回味是如此绵软而悠长。

徜徉梅园，看杨梅红艳透亮，气质清雅，满心欢欣。陶醉中，忽听老杨在前头喊我，走近一看，他正在杨梅树下铺油纸。这个我懂，小时候摘桑葚，也是这么干的。只是那时铺的多是衣服或剪开的尼龙。看此画面，我童心难泯。征得老杨同意，我爬上树端，用力撼动树枝，“扑通扑通”，随着阵阵杨梅果雨滴落，不一会儿工夫，树下油纸全成了一张张涂满紫红的“毯子”。看树下老杨手忙脚乱忙碌的样子，我的成就感瞬间爆棚！

累了，我们席地而坐，倚风谈笑。说到杨梅的吃法，老杨通古博今。他告诉我，梁实秋《雅舍谈吃》中有：“冰糖多，梅汁稠，水少，所以味浓而酽。上口冰凉，甜酸适度，含在嘴里如品纯醪，舍不得下咽。”制作杨梅汤，此法最真。由近及远，清代的杨芳灿曾写过《摸鱼儿·杨梅》当中提道：“记冰厨、吴盐如雪，满盘鹤顶初破。”试想，下面铺着冰，摆上杨梅，上面撒上吴盐，那满盘的杨梅流淌出鲜红的汁水来，品之，是何等的美味啊。我说：“听说杨梅除了鲜吃、冰镇，还可腌制成酸甜可口的杨梅干。可有此事?”老杨说：“有的有的。把鲜摘杨梅洗净，曝晒数日，配以白糖后蒸透晾干，便成杨梅干。这种杨梅干味道甜美，食之会有一种醉心乡愁的滋味，是他乡游子的最爱。另外，杨梅浸于白酒，兑少量红糖，可消暑、御寒。夏日喝上几口，令人气舒神爽，暑气全消。冬日品之，嚼腊肉，佐食炒花生米，最是暖心。”

听罢，我不胜感慨！

想这杨梅亮艳于庸常生活里，荣辱不惊，倚风自笑，是何等的温婉安然！品读陆游：“隔岁租园不计钱，杨梅海里过年年。痴人只竞闲名利，那信三山是地仙。”便会感觉到天地之间，尘世的喧嚣渐远；乡野生活，是如此雅致。

难忘童年的“苕”味

五块钱一小捆的藕带，三块钱一把的红苕梗，还有残花未尽的丝瓜……桥头的菜摊，家园菜都很新鲜，看着都暖胃。买把红苕梗回家炒熟后，扑鼻而来的那一股淡淡的清香味，一下子撞开了我记忆的闸门。让我想起了小时候经常吃的红苕，想起了那个物资匮乏的年代。

大集体时，农作物产量偏低，队里所生产的粮食，除去上交的公粮外，留给自己的口粮非常少。那时，我家有六口人吃饭。父亲体弱多病，大姐在亲戚家借住（按月送粮过去），只有母亲和二姐两个人共顶一个半劳力。又因为母亲常要照护父亲，缺工不少。年底按工分分口粮，家里常常是寅吃卯粮。往往上顿还能吃碗照见人影的清水粥，下顿有没有，母亲还得犯愁。

或许是因为红苕便于栽种，易管理且产量高的缘故吧，生产队为使社员主粮有些补充，开荒挖了几垄山地，种的都是红苕。有天下午，我跟邻居二德哥他们上山放牛。二德哥先说饿得慌，然后鼓动并带我去偷队里的红苕。因距中秋还有好些时日，偷来的红苕还没成熟，个头小。但伙伴们饥不择食，生吃一些后，又捡些柴火，继续烤着吃。天快黑了，竟忘了回家，后来让找来的父亲逮了个正着，挨了一回好打！父亲说：“做人要学好，再穷再饿，也要守本分。无论怎样，就是不能偷东西。”后来，父亲领着我到队委会，说偷红苕是我的主意（父亲私下说，二德哥家比我们更穷，赔不起的），自愿让队里少分了我们家十斤口粮作为处罚。听说我代人受过，奶奶骂我是个“苕货”（傻瓜的意思），和母亲好久没搭理父亲。

隔年，父亲在三四里外的鲤鱼山脚也开垦了一块荒地。以后每年入夏，选阴天或落雨天，母亲从街上买来一小捆红苕藤，用剪刀剪成小段小段的，尺来远一棵，插在早先整好的荒地里。只要水分适宜，不几天的工夫，插栽下去的藤就分叉长出了一两片嫩芽，然后长成一条条郁郁葱葱的新藤往前延伸。不久，整块地就都绿了。到中秋就可以吃上自己家的新苕。如果收成好的话，还会给穷亲戚送些，余下的拣没破损的红苕下窖，留着冬春吃。

说起来，红苕全身都是宝，做法吃法都多。嫩梗和叶尖都可以入菜，即使是老的藤蔓，也是极好的青贮饲料，喂出的猪，肉质鲜美。我喜欢吃烧烤和放在锅里蒸熟的红苕，让人尴尬的是，吃多了红苕，爱放屁，成了十足的“小屁孩”。

红苕除了晒生苕干和熟苕果，还有一种做法。就是先将红薯打碎，像打豆腐一样用纱布滤尽红苕汁。苕渣可喂猪，也可以酿酒。滤下的苕汁，用缸装和桶装，放置几天，慢慢地沉淀，最后倒去上面的水，沉到底的就是苕粉。每年新苕粉出来，母亲总要先送些给没有种苕的乡亲。逢年过节，母亲把苕粉加上豆腐丁、炒熟的花生米和少量肉丁，就做成一道美味可口的苕粉糊。那味道，直到现在，我还记忆犹新！以至年底回家，总是缠着母亲做。虽说现在，自己是乡下人住城里，生活条件大有提高，苕粉很容易买到，但总吃不出母亲做的味道。

自奶奶骂我“苕货”后，我似乎就真“苕”了。其实我不傻，只是人老实，容易相信人，少变通而已。而今叫我“苕”的人，只有母亲和妻子。想起来也是，无论做菜或是做粮，“苕”还真的实在。无论人们怎么看，在那个粮食短缺的年代，它可是默默尽力地帮助过我们那一代人。

人到中年，静心一想，做人也一样。“苕”一点也好！处世为人，像红苕一样实在，朴实无华，对人们只有付出而不求回报，这未必不是一件好事。

（原载《粮油市场报》2017 年 11 月 18 日）

念师恩

尊师重教，历来是中华民族的传统美德。在一年一度的教师节来临之际，品读线装册里古人有关尊师的记述，更让人感慨师恩难忘。

“仰之弥高，钻之弥坚。”《论语·子罕》中，记载了颜渊对老师孔子表达的敬仰，赞誉老师孔子的学问，越仰望越觉得其崇高，越钻研越觉得其艰深！

“师者，所以传道授业解惑也。”韩愈的《师说》，特别强调了老师“教”的责任，这大概是最早讲明老师职业特点的文章。若说把老师育人过程中言传身教、诲人不倦，将知识在潜移默化中传递给学生，形象生动地表现出来，当属杜甫的“随风潜入夜，润物细无声”。如果说杜甫的诗体现的是知识传递的一部分，那么李商隐“春蚕到死丝方尽，蜡炬成灰泪始干”，则体现了老师教书育人甘愿牺牲自己蜡炬成灰的悲壮一生！不是吗？纵观老师的一生，从青春到老迈，无怨无悔地奉献，不正是一只吐丝的春蚕，一支予学生以光明的蜡烛吗？

“新竹高于旧竹枝，全凭老干为扶持。”郑板桥的《新竹》，在肯定长江后浪推前浪，一代新人胜旧人是自然规律的同时，又道出了新生力量的成长需要得到老一辈的积极扶持与关爱的事实。新生的竹子能成长得比旧竹更高，是因为在成长过程中，有老枝干为它遮风挡雨。竹如此，人亦如此。试想：如果没有老师的支持、鼓励、关怀和引导，如何有学生的成长与进步呢？

“令公桃李满天下，何用堂前更种花。”如今，我们虽然告别校园生活已经很久，桃李满天下的老师，也不一定记得他教过的每一位学生，但我们谁又会忘记老师的培育之恩呢。感恩老师，我们虽做不到关汉卿对待老师“一日为师，终身为父”那样极致，但我们要敬重并学习古人感恩老师的态度。

十年树木，百年树人。只有传承尊师重教的传统，民族才有希望。

（原载《今日平度》2020 年 9 月 10 日）

清明的思念

每当梨花飘雪，雨落成丝的时候，清明总会悄然而至。《论语·学而》中曾子曰："慎终追远，民德归厚矣。"清明节是人们缅怀追思逝去先人的节日。清明扫墓也是中华民族传承千年的习俗。在这个追思缅怀的季节，最容易让人心湖泛起阵阵涟漪。那些扎根在人们心底的思念，总会在清明的节点复苏，疯长。许多零乱又飘远的往事，仿佛瞬间又回到眼前，历历在目。

小时候上山扫墓，通常是由父亲或叔伯大人带着，祭拜故去的先人。在祖坟地，父亲总会年复一年地告诉我们，地下长眠的人是谁。待清理完坟墓旁边的杂草，为坟墓培上新土，放完鞭炮后，父亲便跪在一座座旧坟前，神情凝重地摆好祭品，点好香烛，倒上一杯酒，口中念念有词。这时，年幼的我们总会不约而同地静下来，跟在父亲的后面，按长幼秩序磕头。尽管我从没见过父亲的先辈，但幼小的心灵还能理解在黄土里面住着的是我的亲人。

扫完墓，大家一改刚才的严肃，又可以说笑。父亲总会教我们识别地上的一些植物，告诉我们它们的名字，哪些野菜能吃，哪些有毒，哪些是可以治病的草药，父亲边说边顺便扯一些带回家。而我们这些小孩子，喜欢采摘山地的野花，如白的地菜花，黄的油菜花和蒲公英花等。此后经年，每到清明，我都会因思念父亲而心痛不已！

"梨花风起正清明，游子寻春半出城。"如今乡下，男人多在城里打工，清明回乡扫墓，是他乡游子最牵挂的事。清明节前，大姐从海南回来，邀约散居四处的二姐细姐一道回乡为父亲扫墓。在去坟山的路上，说到家里的往事，大姐叹息道："那个时候，我们家穷得一天才吃两顿稀饭，弟弟是宝贝，吃好饭好菜，读的书也最多。"二姐也对我说："为了带你，我才上三天学就辍学了，那时你又调皮，害我和你细姐挨了不少母亲的打骂。”细姐说：“一晃几十年过去了，咱们一家人也算苦尽甘来，弟儿夫妻都当上了‘作家’，大家的孩子们，都能脚踏实地做人，日子也过得红红火火，父亲在天堂里也会为我们感到高兴。”我说：“只是可惜，他老人家一生劳苦，没有享到福。”

我们家的祖坟山在离村庄几里远的涂山。我们到时，坟地很清静，也有些荒芜。我们扯去父亲坟上的杂草，插上清明鲜花，刚摆上供品，天又落起了丝丝的细雨。却不知这落下的是谁人泪滴。我跪在坟前，想起长眠地下的父亲，泪流不止……

父亲虽离世多年，但我对他的思念，无时不在。父亲自小失去双亲，跟着哥哥姐姐长大。十二岁到江西学烧窑，因体力不支，只好返乡跟着姑父学唱文曲戏。在旧社会，唱戏的社会地位很低，居无定所，吃上顿愁下顿也是常有的事，少年奔波漂泊的生活，让父亲落下病根。直到新中国成立后，父亲的身体，一直不好，走的时候，还不足花甲之岁。

父亲是一个勤劳本分的农民。为了支撑家，养育儿女，吃尽了苦头！20 世纪 60 年代连续几年遭受自然灾害，粮食歉收，一家六口填肚子的事情，像大山一样压在父母身上。每年秋天，为了给我挣学费，父亲常常天黑就动身翻山越岭到我外婆住的山里，砍些柴火回来卖。从横岗山海子地到童司牌要走 50 多里弯弯曲曲的山路，父亲拉着柴车回，想想都艰难。每次回来，父亲的双脚，都会被磨得血淋淋。为补口粮不足，父亲还在村西鲤湖的滩头，开了块荒地，种上油菜、红苕、洋芋等作物，帮助家里渡难关。侍弄开荒地，不能影响队里出工，父亲每天都要起早贪黑。

父亲还是个有爱心、热爱生活的人。尽管家里困难，他总还是愿意帮助比我们更难的亲戚和乡邻，鲤鱼湖边地里的收成，红苕、花生、洋芋、菜籽油，每年他都要送些给人家。父亲常说：“做人不能太自私，帮助别人，也是帮助自己。”父亲用他的言行举止，给儿女树立做人的榜样，也赢得了乡亲的尊重。那年父亲在武汉医院开刀回来，乡亲们都提着鸡蛋水果来家里看望他。病好些后，父亲还努力丰富乡亲们的文化生活。每到夏夜，乡亲们在坝头草坪上乘凉时，父亲总会端一把椅子坐下，自告奋勇地拉上二胡，唱文曲给乡亲听。

记忆中，父亲从不打骂孩子，也从来没为我们姐弟定下远大的理想，儿女错了，他会用戏文里的故事教育我们。那年我高考落榜，心里很内疚。可父亲没有过多地责备我。见我情绪低落，参加队里劳动不肯戴眼镜，却又因近视闹出不少笑话，父亲开导我说："戴眼镜怕什么，有文化的人才戴呢，行行出状元，干一行爱一行就好，也不全是考上大学才有出息的……"

光阴荏苒，一晃三十多年过去了，可我总有一种思念，在清明愈发浓烈。小时候对父亲追思先人的情怀不太理解，总觉得是个形式，随着年龄的增长，才懂得追思缅怀的意义，才知道血脉亲情的内涵！清明节，我们放飞的思念，相信在天堂的亲人们一定会感知并收到。虽然我们阴阳两隔，但是我们骨肉相连。

（原载"武穴文联"公众号）

秋满花桥

在城市生活，想念和向往乡下，特别是秋天。虽然在秋天城市路边的树或公园乔木的落叶，也有几片秋的金黄或橙红，但总觉得秋意有些腼腆。缺少乡秋粗犷而浓烈的滋味。中秋回乡，有幸又一次欣赏和体会了故乡满满的秋色。

故乡花桥，地处鄂东太白湖畔。始建于东汉，原名花官桥，至今已有一千多年的历史。新中国成立后，行政区划虽几经变化，但花桥人民在党和政府的领导下，齐心同德，奋发图强的创新精神不变。至目前，身为武穴市副中心的花桥，已逐步形成城东工业园区、北部仙人湖山水园林休闲和瓜果观光农业、西部黄黄高铁小镇以及南部滨湖养殖四大板块。古镇的发展，也谱写下一曲曲美丽的新篇章。

从黄黄高速出口处，俯瞰团山脚下。新河东岸，石松路与龙莲路交会处，厂房成排，鳞次栉比，车水马龙，处处生机勃勃，一片繁忙景象。这里是新兴的花桥城东工业区。镇委根据“以农业为基础、工业为主导”的方针，因地制宜内引外联，招商引资。先后引入以麒麟五金、智轩科技、广菱制冷、龙腾服饰、德信化纤为龙头的一批在省市乃至全国都叫得响的企业入驻。既壮大了花桥经济，又提升了花桥品位。基本满足了城乡居民在家门口上班的愿望。

极目北望，层峦起伏。聆听戴文义河潺潺流水之声，仿佛仙人湖也近在咫尺。

“胡总，生意好哇!”去仙人湖的路上，在花桥农业开发公司门口，我偶遇指挥装运蜜橘车辆的老朋友，公司胡老板和夫人。

“绍斌好！欢迎远客回乡！今年客商两旺，生意是好!”胡总笑眯眯地说。

“还得谢谢你当初的建议呢。我们把公司五百亩地的橘园，一分为二，一半供人游乐采摘，一半供应武汉、黄石、九江、安庆等地商贩，寓乐于商，效益显著。”胡总夫人陈女士接着说，边说边邀请我入园秋游。

我因时间趋紧，难得成行，只好婉言谢绝他们的好意。

湖边山上，当年为大家而舍弃小家的库区移民，和迁入地居民一道，把山果镶嵌在山腰，在岗上，像珍珠，像玛瑙，像红的小灯笼。果树在阳光下，变换色彩，或青绿，或橙红，倒影在湖里，是五彩的云，是亮丽的景。

仙人湖原名仙人坝水库，始建于20世纪五六十年代。那时，全县数万名群众，怀着主人翁的精神，树雄心，立壮志，在荒山野岭中安营扎寨，通过多年的努力，终于建成了水域面积30平方公里的山峡平湖。站在雄伟的大坝上远望，近水清可见底，远水清幽碧透。环湖的山上，树木茂盛，常有珍禽异兽出没，整个库区，天蓝水碧，空气清新。库内港汊交错，小岛缀湖。在仙人湖水岸沿线，政府打造了一条具有非物质文化遗产价值的乡村文化风情长廊。整合当地西游文化资源，通过生态环境建设和旅游互动发展，引资构建了以滨水休闲度假、风俗文化体验、古迹探秘、养老养生等旅游度假为主要功能的水世界乐园。

当地朋友告诉我：仙人湖风景休闲区建成后，仙人湖也诚如其名，成了一处可供休闲旅游的清幽仙境。每逢节假日，一批批城里人，扶着父母，携妻带子，全家出行，来这里游览、休闲。临近的农人和居民，建起农家乐，兼卖些山货湖鲜特产，也增加了不少收入。生活质量，大有提高。

沿着戴文义河南下不足十里，过佛教高僧慧远大师曾经卓锡地黄牙寺，再登临鄂东名胜郑公塔，在古塔顶南眺，黄冈最大的自然湖——鄂东明珠太白湖一览无余。这个由长江“江北古道”冲刷沉积而形成的天然湖泊，横跨黄梅、武穴两个县市，方圆百里，比之仙人湖，要大气浩瀚得多。但见湖上，碧波荡漾，鸥鹭翔集，锦鳞欢跃。晨有晓荷亲露，暮有渔舟唱晚，分明是一幅幅无时不在变化同时又溢彩流光的油画。

不说湖上的秋荷，是如何娇妍，那倒悬的莲蓬是多么壮硕。只看湖边那一望无际的绿色里，金黄色的稻田，仿佛色彩鲜艳的锦毯，你就醉了。谁会想到，这里曾是十年五淹的烂泥窝呢？当地曾流传过这样一首歌谣：有女莫嫁湖边来，一年四季穿湿鞋，十年难得三年好，水灾年年哭声哀……发源于太白湖区的文曲戏，采茶调，就是当时乡人的讨米戏。

旧社会，人们靠天吃饭。新中国成立后，湖区人民依靠集体的力量，改造了原有的水系，在丰收大港上修了童司牌节制闸，终于可以人为控制了。自由调节的武山和太白两湖水位，服务沿湖农业区，旱涝保收。乡亲们还充分利用太白湖沿湖水资源优势，发展多种经营，已形成丰收围名优鱼基地，赤矶湖河蟹基地，大洋围鱼藕基地等大规模的种养基地，年产值达5000多万元。今年夏季，洪水猖獗，郑公塔河和赤湖桥西河溃口，河水泛滥，农民损失惨重。幸得有人民子弟兵奋战抗洪一线，堵住了决口。随之，在上级政府帮扶指导下，灾区乡亲们积极开展生产自救，才有眼前这壮硕的莲籽，油菜花海一样的稻浪，横行的河蟹和跳跃的湖鱼……

折身石松路西行至郭德元村，黄黄高铁武穴北站建设工地上，车来人往，热火朝天。周边高铁小镇的建设，也变得越来越清晰可见。可以想象的是，高铁建成之后，武穴人民北上南下，通江达海，出行变得更加便捷。花桥的经济，必将又一次插上腾飞的翅膀。

在秋天，家乡秋天的美，无处不在！只是我们行色匆匆，无暇回眸，一次次擦肩而过！朋友，你在哪里？此刻你若在鄂东，到武穴去，到花桥去。无论在山在水或农乡，那里为你预留的美丽，都在这个季节，在色彩斑斓、丰满殷实的秋里……

（原载《黄冈文学》2016年9月25日）

秋　念

闲暇去郊外看秋，是每个秋天必做的事。在霞光染红天际的黄昏，行走在蜿蜒的小径，与删繁就简的秋树做伴，在一朵朵无名野菊的微笑中，俯拾一片落叶，采食一枚野柿，远离城市喧嚣的暮色，欢悦又苍凉。让我这个在城市借宿的农民，于秋的恬静安谧之中，思念沸腾。

“我有所念人，隔在远远乡。”想念不在身旁的故人，尤其是柿叶翻红、秋意翩然的季节，一片叶子都能燃起思念之火。远离亲人独自在异地打拼，他乡游子的滋味，不是每个人都能懂的。每每遇上力不能及快要坚持不下去时，脑海中总会浮现出亲人们期盼的目光，孩子们向往幸福的笑脸，以及朋友们鼓励的神情。虽别后不知远近，但想到这些，落寞的心里，就瞬间亮起了明灯，多了温暖和慰藉，多了战胜困难的希望和勇气。

“乡远去不得，无日不瞻望。”想念远在千里之外的故乡，想念它秋的景致和油画般的色彩。层林尽染的山，明媚如眸的水。村庄原野，所有的颜色，黄得彻底，红得透明，绿得苍郁，色彩从四面八方流淌过来，塞满了你的眼，涂满了你的心尖。忙碌的乡亲、堆在晒场的稻谷、高挂枝头的橘柿、路边嫩绿与枯黄的野草、盛开的野菊花以及半眠半醒的秋虫，都是这油画里的风景。乡秋的美，被这大自然的色彩渲染得淋漓尽致，美不胜收!

“我有所感事，结在深深肠。”想念曾经经历过的秋天的故事。“长碓捣珠照地光，大甑炊玉连村香。”多少年过去了，回想在家秋收的场景，秋天的故事咀嚼起来，幸福又感伤。我曾和父母一起在泥田收割稻谷，沐着稻香，拥抱秋的丰腴；我曾在绿如翡翠的果林里，轻轻褪下红中带黄的柿子那金色的外衣，品尝秋的味道；我曾年少无知，和姐姐争抢父亲在乡湖采摘的菱角，害姐姐饱受父母的责骂；我曾少不更事，不知心疼体弱的父亲，让他拖着病体挑百多斤稻谷，摔断了腿落下暗疾，给自己留下一生的遗憾……这些如烟往事，是壶陈年老酒，品一口，甜香又苦涩，弥漫心头。

秋晚临窗独坐，秋绪颇多。“人有悲欢离合，月有阴晴圆缺。”人生大抵如此。悲观的人悲观一生，乐观的人乐观一生。宋代无门慧开禅师偈云：“春有百花秋有月，夏有凉风冬有雪。若无闲事挂心头，便是人间好时节。”是啊！秋念虽有感伤，更多的当是释怀。这么想着，突然觉得这寒凉的秋夜，竟被城市的灯光蒙上了一层暖意，异乡之秋，也多了故乡秋鲜活灵动的影子……

（原载《新传奇》2020 年第 34 期）

秋天的果实

秋日回乡，傍晚村边散步，随处可见果满枝头的果树，旁枝斜出，触手可及。有石榴，有金橘，有柿子，也有枣儿。树上，鸟儿枝间忙进忙出，树下，孩童嬉闹。屋檐挂着金黄的苞米，眼下家乡的秋天，果香弥漫，好一派丰收景象。

小时候住乡下，秋天的果实，总会是孩子们嘴里咀嚼不尽的话题。先说孩子们喜欢吃的一种水果石榴吧。大伯家的后院，有棵石榴树。“微雨过，小荷翻。榴花开欲燃。”火红的石榴花，挂在石榴树的枝头，闪烁于翠绿之间，像极了一团团燃烧着的火苗。红红的花，清香四溢。凑近用鼻子闻闻，闭上眼睛，似乎能看到花里面藏着一个甜甜的大石榴。那时大伯家的孩子多，刚入秋，泛青的石榴还没成熟，性急的堂兄们早就等不及，趁大人出工，一天要光顾几次。有了“馋虫”侵蚀，等到石榴上市季节，往往是所剩无几。

那时候村东头还有一片橘园。大一点的孩子常常领着我们，趁看园的三尔伯中午鼾声如雷时，探头探脑溜进橘园。望风的望风，摘果的摘果，装袋的装袋，分工明确。摘得差不多了，就溜出果园，找一处偏僻的畈地，坐下来分食偷来的橘子。未熟透的橘子，酸得要命。若吃得太多，几天过后吃东西还牙痛。

我家有棵老枣树。可我喜欢用枣子跟上头同年的兰芳换柿子吃。她家那棵柿树，每年都结不少柿子。秋深，柿叶落净，小灯笼似的柿子挂满柿树，远远望去，梅花一样开在枝头。好看。惬意的是大人出工了的星期天。我和兰芳搬个小板凳坐在柿树下，一个吃枣，一个啃柿，边吃边说悄悄话，一坐半天。两小无猜的画面，快乐又温馨。

吃葡萄得去凤香家，她爹是公社干部，全村就她家有棵葡萄树。仗着和凤香是同桌，葡萄我可没少吃。凤香娘人好，说葡萄是易活的果木。春三月，只需剪下一根带着叶芽的枝条，轻轻地插在泥土里就能存活。插活的葡萄枝，经阳光照射和雨水滋润，能快速成长为婀娜多姿的葡萄藤。夏天，葡萄宽大的枝叶中间，仿佛一夜间能变出一串串米粒大的葡萄。小葡萄一天天长大，到了夏秋之交，果实成型，绿的像翡翠，紫的如宝石，诱人。秋天，熟透了的葡萄，汁多味美，特别好吃。可惜后来凤香爹调到区里，家里多了条大黑狗，怪凶的，吓得我再也不敢去她家。

散步回家，和母亲说起秋天的果实。我说好久没有吃兰芳家的柿子，怪想的。母亲扫了我一眼，怪怪地说："兰芳嫁到新疆几十年都没回过。你怕不是嘴贱，是心贱吧。"说得我脸都红了。

春华秋实。秋天的果实，是大自然的馈赠，也是生命自身历练走向成熟的结果。它们从一朵花儿开始，最终成长为秋天的果实，靠的是一天天收集阳光能量的勤奋；靠的是扎根泥土吸收营养的努力。人生何尝不是如此？一个人只有通过自身的努力和拼搏，才能拥有成熟稳重，才能像秋天的果实一样丰满殷实。

秋夜遐思

——写在同学会之前的思忆

过中秋节，场里的工人都放了夜假回家。工作职责的缘故，我不能回家。吃过晚饭，依例查巡一周，做完该做的事，就上了宿舍的阳台。

一个人坐在这里喝茶，头顶一轮刚刚升起的明月，耳边不时响起江船的笛鸣。看远处飘起的孔明灯，在这中秋的夜晚，备感清冷和落寞。

忽然想起唐代诗人王建的诗：“中庭地白树栖鸦，冷露无声湿桂花。今夜月明人尽望，不知秋思落谁家。”想想除了那实在是极为少见的栖鸦，这清幽复感伤的诗境，正是我的写照啊！

莲心做馅的月饼，此刻不见香甜，福州的铁观音，此刻也泡不出茗香。一个人就这么坐着，冷冷清清，没人答话儿。节日的气氛竟是这般沉闷！我无聊地掏出手机想找人聊天，日前还热闹极了的群，已似这里的月夜静悄悄。也许，此刻的他或她，在陪家人赏月，共享天伦之乐吧。可是我呢？除了思念，还是那思念！

很感激张庚同学。前几天，我因手机不翼而飞，很多天没有和家里联系。直到张庚托相熟的人找上门来，劈头问道：你咋突然没了音讯呢？才知道，那阵子找我的人挺多，而且找得颇为辛苦。

从张庚那里知道同学会的消息，有些突然，待到组委会秘书长刘志强同学电话再证，就非常激动了。心湖就如连着钱塘江的潮儿，一浪接一浪，久久不能平息！

其实，我对同学会是很期待的。只是个人发展欠佳，平素也极少与外界联络，有时在想，也许同学们早就聚过，只是忘了诸如乡下的我。

时间是握在手里的沙子，不由得我们不放手，它总是在我们不经意松懈间失落。三十年了！三十年的风雨岁月，足够改变世间的一切。这么久没见的同学，现在一个个人到中年，为人父母，久无音讯的他们，现在该是一副什么模样呢?

当初接到梅高的入学通知书，说是重点高中重点班，家人都很高兴。从送我上学的父亲口里得知，梅川是广济县的老县城。而真正认识梅川和母校，是入学以后。知道了古镇梅川，文化昌盛，首领鄂东；历史悠久，直溯隋唐。在校日久后，我又领略了古镇群山如画、泉清林翠、白石胜玉、梅浦淙淙等秀美风姿。叫人不能忘怀且又催人奋进的还有母校的历史。光绪二十七年（1901 年），引据沧浪之水，沐首、洁身、濯足以省吾身意，命名沧浪书院。至 1902 年，又名为广济普通中学堂，成为当时全国公立中学其中之一。原追随孙中山创办同盟会的国民党元老居正先生早年即就读于斯。此后终年，历经战乱，但母校文风不改，德操不易。先后培育了文有郭超人、武有郭锡章等许多国之栋梁。这些先贤的品德和成就，一直激励我们后学者，奋发拼搏。

记忆中的梅高，处处雕梁画栋，飞阁琉檐，花香鸟语，隽秀一方。就如一位饱学的妇人，腹有诗书气自华！一颦一笑，顾盼生辉。那股知性女子成熟的韵味，古朴、典雅、端庄、秀丽，充满了迷人的魅力。

记忆中的老师，都是和蔼可亲的。他们教我们遨游知识的海洋，点燃我们智慧的火花，呵护我们健康成长，助我们放飞心中的梦想。我最敬畏的是班主任陈森老师。那时的陈老师风华正茂，三十多岁的年纪，中等身材，精明干练。他是教我们班数学的。陈老师讲课，很有特色，无论多么复杂的难题，他总能找出规律，深入浅出、娓娓道来。多层次、多角度地剖析原理，总结多种解题技巧，让成绩好的同学入迷，让成绩一般的同学提高了兴趣。作为班主任，陈老师教育我们是多面的，他在教好我们功课的同时，总不忘叮嘱我们做人之道。现在想起来，受益良多!

印象特深的还有李棣华老师。他是我刚进梅高的语文老师。李老师那时五六十岁的样子，面容清瘦，戴一副不知近视还是老花的眼镜。第一次见他上课，老师挟着书和讲义，穿着一件像袄子样的夹衣，旧而干净。老师讲课，很投入，讲得生动活泼，讲得绘声绘色，极富感染力。讲到动情处，老师热得解开衣扣。不知哪个同学突然笑了。这一笑，又引来了附笑声。老师显然以为穿单衣的同学笑他的夹衣厚，他推了推鼻梁上的眼镜，用温和的目光扫了大家一眼，那柔和的目光，如和煦的风拂过，柔和又温馨。老师笑着说：“开春不问路，二四八月乱穿衣咧。”风趣幽默的乡村俚语，藏着哲理，一下拉近了师生的距离。有人说，语文是干枯的文字游戏，但听李老师的课，是一种穿越轮回的享受。那种情景交融的描述，让人置身文中，妙不可言！我的语文成绩优异，很大程度得益于那时。遗憾并让人悲痛的是，李老师长期带病给我们上课，在一次给我们上课后的第二天，终因积劳成疾，与世长辞。先生虽久去，精神当永存！相信我们的同学对李老师的教导之恩，此生难忘！

不忘寒窗苦，悠悠共学情。记忆中最多的还是同学们。想当年，我们从老广济山乡水畔的城镇和农村来，相聚二中梅高，绝大多数是农家子弟。我们这群稚气未消的无知少年，就像一只只刚离巢的雏鸟，在南山岗上，在魁星阁旁，振翅飞翔。吃的是盐水萝卜，喝的是少油清汤，串门南斋北斋，行走天井两旁。大家同窗共读，大家互助友爱。操场上，音符一样跳跃着我们青春的旋律；教室里，交响乐一般奏着我们追梦的乐章。我们濯足梅河水，我们赏景白石山，我们虔诚观佛井，我们惬意横岗山……

夜深人静，月明依旧。一阵江风吹来，带着一丝丝凉意。可我，没有一点困意，满脑子里都是甲乙丙丁诸同学。班级也是一个小社会，同学也是有层次的。我们有张荷香、孙笑梅、龚新年、吕建新、舒奇荣、肖超胜等教师子弟，有胡大剑、方小兵、陈俊佳、朱卫平等梅川老同学，像少志、志雄等我们乡下来的最多。对班上那些知名和不知名的同学，是没理由忘怀的。如果说孙笑梅同学是校花级偶像型才女，方小兵则是典型的机灵捣蛋鬼。不过，他们俩成绩优异，都是陈老师的骄傲，让我们这些旁系的同学，仰慕不已！我还把银先说成是班级中最散漫的同学，他天资聪颖，义薄云天，却又调皮贪玩。在同学中，从毕业至今，我们兄弟情深，不可言表。

俗话说，物以类聚，人以群分。每个人都有几个死党的。当初我在学校，除了张庚、王映琪、陈自雄等几个花桥老乡，有兄弟之情的还有少志、银先、文礼、江平、志雄、周俊。又因为回乡同路，我与向才斗、陈俊佳、汤卫国、岳立群、朱英诸同学也相处甚好。毕业后最初的那几年，曾与少志、文礼、志雄、江平等同学书信不绝。至今，我虽家迁几次，遗失的东西多不胜数，但他们的书信，犹自珍藏！都说同学情是壶老酒，越陈越香，无论何时开启都会让人沉醉，是真的啊！

有时，我们也会一声感叹，叹风华易逝，叹雪月无藏，叹人生苦短，叹梦想难扬！人生的际遇啊，有如在电影院看戏，人生的舞台上，哪能没有坎坷波澜呢？这个同学会，让我记起了所有的同学，我为生者乐，也为逝者悲！古人云，出阵三十六，归来十八双。可天妒英才，我们的夏松青同学英年早逝，实在叫人心痛莫名！松青同学，你听得见我们喊你吗？奈何桥上夜风寒，不忍观星独凭栏，此去泉城遥路远，思君无处一梦残。松青兄，一路走好！

想念周俊，记得那时我家有一棵金橘树，那不同橙、不同柑、不同市面上橘子的橘子，成熟后的果实，色金黄、味甜中带酸。据说可以入药治胀气。周俊同学串门时带走了一些，算是家乡特产吧。后来，知他在鄂州，再后来不知所踪了。而今，橘正黄，斯人却远去了。不知这次聚会能不能见他！

想念少志、文礼、银先。刚毕业那阵子，我们四位轮流串门，少志的家在刘元，银先家住宋春，文礼家居砌石，我的家则在水乡太白湖畔。寂寞三更雨正浓，温柔一梦采莲蓬。素手还把纤手握，翠裙舞起映日红。不知三位还记得采莲的事不，那刚出水鲜嫩的莲子心，吃到嘴里，真是甜甜的美味，可惜现在错过了季节，不然，那荷花正盛呢！

感谢江平，龙感湖的盛情款待，此生难忘！

感谢文礼，黄石港的浓情厚谊，常萦在心！

非常感谢这次聚会的组织者刘志强同学，为同学们提供了一次重逢的机会。想当年，我们都是十七八岁的少年，从梅高挥手作别，自此天各一方。我们像珍珠一样散落在五湖四海，让岁月的浪花消磨、侵蚀，失去了昔日的光泽。却又感谢这种磨砺，正因为这磨砺，我们的同学才可以笑傲江湖。还没到聚会的那天，也没能更详尽地了解同学们，但我深信，我们的同学，忙碌的身影，成就了城市的繁华，把田野打扮成了金黄。

人非风月长依旧，破镜尘筝，一梦经年瘦。瑶琴凭谁弄，红尘独我痴！又逢满月照心池，夜赋长相思。

同学们，我的兄弟姐妹，十月二日，武月酒店，等你们！

书香蟹味

中华美食，源远流长。螃蟹作为一种食材，自古有之。东汉郑玄注《周礼·天官·庖人》中，就有“青州之蟹胥”的记载。翻开线装书册，品读文人饕客笔下蟹味，浓郁的书香气息中，更能让人体会到美食文化的博大精深。

南朝宋刘义庆《世说新语·任诞》中载晋人毕卓爱蟹，“一手持蟹螯，一手持酒杯，拍浮酒池中，便足了一生。”把名士毕卓食蟹之状，写得风流洒脱。以致后来，毕卓醉酒吃蟹放荡不羁之态，成了后世文人墨客竞相模仿的对象。文艺圈中吃蟹饮酒为乐，蔚然成风。唐代大诗人李白有诗云：“蟹螯即金液，糟丘是蓬莱。且须饮美酒，乘月醉高台。”正是，把酒持螯，快乐逍遥。隋朝谢讽在《食经》中记载了“成美公藏蟹”一肴。我曾对“藏蟹”一肴，大为不解。当时曾参阅不少古籍，直到后来看了北魏农学家贾思勰《齐民要术》，才了解到“藏蟹”一肴的做法。至于隋炀帝那种专用菜叫“镂金龙凤蟹”的，只是在糖醉蟹上面盖一张镂刻龙凤图形装饰的工艺菜。这大概是最早的雕花菜了。

案头有本《东坡七集》，内有苏东坡《丁公默送蝤蛑》一诗：“溪边石蟹小如钱，喜见轮囷赤玉盘。半壳含黄宜点酒，两螯斫雪劝加餐。蛮珍海错闻名久，怪雨腥风入座寒。堪笑吴兴馋太守，一诗换得两尖团。”面对蝤蛑之大、之美的蟹味诱惑，苏东坡自嘲是“馋”太守，“以诗换蟹”欲罢不能。寥察数语，吃货顽皮之状，跃然纸上。苏东坡在谪居海南儋州时，还写过《老饕赋》，云：“尝项上之一脔，嚼霜前之两螯。烂樱珠之煎蜜，滃杏酪之蒸羔。蛤半熟而含酒，蟹微生而带糟。盖聚物之夭美，以养吾之老饕。”文中六道美味，就有两样跟蟹有关，“霜前之两螯”“蟹微生而带糟”。看来，在美食面前，吃货眼里没仕途失意一说，尽情享用方是眼下最要紧的。

苏门四学士之一的黄庭坚，也好食蟹。一日朋友送来了饱满丰实的扬州贡蟹，诗人抑制不住内心的喜悦，烹后食之，赞其物美绝伦，赋诗云："鼎司费万钱，玉食常罗珍，吾评扬州贡，此物真绝伦。"谙熟烹蟹之法的诗人知蟹性寒，宜拌一点姜，故不忘在蟹诗中留下"解缚华堂一座倾，忍堪支解见姜橙"之句。以示他人。

古人食蟹，还有雅俗之分。具体表现在蟹的食用过程和方法，即吃相。明刘若愚《明宫史》中，有当时宫中蟹宴的记载："始造新酒，蟹始肥。凡宫眷内臣吃蟹，活洗净，用蒲包蒸熟，五六成群，攒坐共食，嬉嬉笑笑。自揭脐盖，细细用指甲挑剔，蘸醋蒜以佐酒。或剔蟹胸骨，八路完整如蝴蝶式者，以示巧焉。"螃蟹蟹壳坚硬、蟹脚紧实，剥蟹不免要费上一番工夫。但要吃出优雅的感觉，壳中之肉只能是细细挑出，自然粗鲁不得。精致的吃法当然要配上精巧的餐具。袁枚《随园食单》中说："美食不如美器，斯语是也。"这话用在吃蟹上，诚"斯话是也"。前些年在《考吃》中看到有食蟹工具"蟹八件"的介绍，是一套小巧玲珑的工具，有铜制锤、镦、钳、匙、叉、铲、刮、针八件。据说后来在此基础上又发展为十二件，我没考证过，不知真伪。梁实秋先生在《雅舍说吃》中，写有在北平正阳楼的食蟹经历："食客每人一份小木槌小木垫，黄杨木制，旋床子定制的，小巧合用，敲敲打打，可免牙咬手剥之劳。"老舍先生《四世同堂》里也有类似吃蟹："高粱红的河蟹，用席篓装着，沿街叫卖，而会享受的人们会到正阳楼去用小小的木槌，轻轻敲裂那毛茸茸的蟹脚。"梁、舒老两位先生食蟹之法，大概是蟹八件之外的又一种雅吃之法。不过普通百姓吃蟹，还是大快朵颐，恣意为之来得痛快。

文人笔下，赠蟹及食蟹会也有趣。明四大才子之一的文徵明，曾写过《以可饷蟹，书至而蟹不达，戏谢此诗》，又云：明日见家兄，乃知误送其家。且笑云，"若非误送，安得此诗"，说的就是朋友赠蟹却错送至哥哥家中的趣事。明张岱在《陶庵梦忆》里，对自己年轻时举行的"蟹会"，有过这样的描绘："食品不加盐醋而五味全者，为蚶、为河蟹……一到十月，余与友人兄弟辈立蟹会，期于午后至，煮蟹食之，人六只，恐冷腥，迭番煮之。从以肥腊鸭、牛乳酪。醉蚶如琥珀，以鸭汁煮白菜如玉版。果瓜以谢橘、以风栗、以风菱。饮以玉壶冰，蔬以兵坑笋，饭以新余杭白，漱以兰雪茶……"从记述中，足可见宴会上水陆杂陈之盛、友人间的情深义厚。一次经历，则成一生的记忆。

清李渔在《闲情偶寄》中写道："予于饮食之美，无一物不能言之，且无一物不穷其想象，竭其幽渺而言之；独于蟹螯一物，心能嗜之，口能甘之，无论终身一日皆不能忘之，至其可嗜可甘与不可忘之故，则绝口不能形容之。"以李渔之才，说不能形容蟹之味，自是谦虚的托词。这不，一转眼又大方起来："蟹之鲜而肥，甘而腻，白似玉而黄似金，已造色香味三者之至极，更无一物可以上之。"看来李渔美食家身份之"能"。不容置疑，不然的话，他也不会得出"世间好物，利在孤行"的高论；烹调螃蟹，要达到"饮食之三昧"，摒弃加入其他食材的真知灼见。

蟹文化，不仅仅只存在文人雅士的笔墨之中，野史闲书中也有。"持蟹更喜桂阴凉，泼醋擂姜兴欲狂""眼前道路无经纬，皮里春秋空黑黄……"曹雪芹笔下的贾宝玉和一众姐妹赏花吃蟹赋诗的场景也生动有趣。

当然，食蟹不只为文人墨客或富商及子弟独有，普通人也能享受食蟹带来的味觉盛宴。秋日食蟹，邀约亲朋故旧团坐在桌边，分食一只只饱满透红的蟹，小碟里倒上各自喜好的香醋姜末等佐料。持螯把酒，聊些古人食蟹的典故，那书香蟹味就更浓了。

（原载《乌鲁木齐晚报》2020 年 10 月 3 日，有删减）

太白湖的夏雨

生在多雨的江南水乡，没有不喜欢雨水的道理。尤其喜欢在雷鸣电闪中孕育出来的夏雨，爱它瓢泼时热烈奔放、荡涤尘埃的坦荡，恋它潇潇洒洒雨后初霁时，碧空澄明、远山如黛的清新。然而，凡事都有例外。今年家乡鄂东，自六月以来，大雨下个不停，全然不是初心喜欢的模样。雨水充沛竟至成灾，滨湖临河的乡镇，多处溃堤。据气象台报告，武穴市一个月的降雨量，竟是常年平均雨量的几倍有余。作为太白湖湖区的土著，没有不为家乡担忧的道理。让人难过的是，从外地赶回的路上，还是听到老家武穴市花桥西河溃堤的消息。

回到家放下行李，我要赶去西河。80多岁的母亲知道后，放心不下她嫁到西河的女儿，也放不下曾经耕种的田地（改革开放前，赤湖桥和我们是一个村），硬要同行。望着母亲乞求的眼神，我不忍拒绝。临行，母亲还不忘嘱我带上家里全部的土鸡蛋。从童司牌街沿丰收大港北岸前行，一路上遇到不少运送抗灾物资的车辆和巡堤的抗洪突击队。我们到了黑凹姐家，大门却锁了。一位路过的年近古稀的婆婆告诉我们，说村里能动的人都上堤了，姐姐他们应该还在堤上。于是我又搀扶着母亲，高一脚低一脚走在满是泥泞的路上。到了堤坝，站在河堤高处远望，赤湖桥村曾经的千顷良田，此刻一片汪洋。在这原本属于收获的七月，没了以前稻穗低垂、瓜果飘香的景象。母亲拄着拐杖，盯着眼前的洪水痴痴地看着，嘴里模模糊糊叫喊着："稻子，稻子……"险些跌倒，我上前扶住母亲，眼一热，落下泪来。

正感伤时，遇上姐夫一行人巡堤。母亲和姐夫来不及寒暄，打头穿迷彩服的那位，关心母亲，说堤上危险，就嘱我赶紧带老人回去。随后攀谈得知他是镇上杨姓领导。正说着，一旁的母亲，突然一把抓住领导的手，"感谢解放军，感谢解放军"地说个不停。想必是母亲把穿迷彩服的，都当成亲人解放军了。当听到解放军已撤离时，母亲很是失落，懊恼不已，说她的土鸡蛋还没送上。后来从领导口里得知，面对这次突如其来的洪灾，庆幸的是上级党委政府心系花桥。在百姓遭受洪灾威胁的关键时刻，赤湖桥村不是孤岛，市镇两级政府，送物派人，全力组织村组开展抗灾救灾工作。镇政府还利用镇上地势高的闲置厂房和小学，设置了多个灾民安置点，及时转移受灾群众3000余人。更令人感动的是，解放军中部战区某舟桥旅的三百多名官兵，也在第一时间赶赴灾区。和我们当地干部和人民群众一道抗洪，军民携手，挖土扛沙袋，饿了吃点方便面，渴了喝雨水，困了就地倒在河堤上，风餐露宿，风雨无阻。终于在最短的时间内堵住了溃口，为尽最大可能地保护乡亲的利益，赢得了时间。说完，他指着不远处排水的机器，对我们说，看，西河决口堵上后，市里一些爱心企业，第一时间捐赠并送来了一批大功率抽水机，如果近几天不下雨，抢排之后，还能挽回一些损失！母亲听了，颤抖地竖起大拇指，孩子似的笑了。

回家路上，母亲紧绷着的心，似乎有所放松，又跟我念叨起她经历的水灾往事：说新中国成立前，太白湖区一发大水，几乎家家都有人外出讨米，淹死人更是常有的事。说新中国成立后1954年发大水，也是夏天。我们家的两间茅屋，在一次暴风雨袭来的半夜轰然坍塌。养的小猪崽和几只老母鸡都跑了，奶奶和有了身孕的她吓得瘫坐水中，幸亏父亲和防汛巡查队员及时赶到，扒去坍塌下来的屋面茅草梁椽，才救出她们。还说起大姐兰花名字的来历，是那年她到山里躲水灾，在亲戚家牛栏里生下了大姐，才取名兰花。说现如今水灾之年，不用讨米有吃有喝，全是托共产党的福，一个劲地夸共产党好。说起党和政府的好，我也有亲身经历。记得1998年那年，也是个夏天，雨下得大，下的时间长，最终导致河堤溃口。好在我们住的地方地势稍高，房屋没淹，但田地都淹了，村口的路也进了水，出进只能乘船或涉水。后来也是来了抗洪救灾的解放军，乡亲的庄稼才不致有太大的损失。灾后重建，政府加固了河堤，硬化了路面，并在河上重修了节制闸，水患才得到很大的控制。据说今年溃堤，就是及时关了闸门，才不致河水倒灌加快，决口增大。

俗话说水火无情，生活在湖区，水患在所难免，好在灾难只是暂时的。这个七月，想起自己在河堤上的所见所闻，那些抗洪的画面，总会让我把感动和祝福塞满了心房。是的，水灾是冷酷无情的，骄傲的是祖祖辈辈生活在湖区的人们，总是能够用积极向上的热情去焐热被大雨淋湿的生活。相信在党和政府的坚强领导下，湖乡人民的生活定会越来越美好。

（原载《中山日报》2020 年 8 月 13 日）

外甥圆我军营梦

童年是个充满梦想的时期，我小时候也怀有梦想。那年头生产队隔三岔五都会放电影，影片绝大多数是像《南征北战》《闪闪红星》《上甘岭》之类的战争片，潘冬子和王成为革命不怕流血牺牲的英雄事迹，在我幼小的心灵上烙下了深深的印记。

我读小学时，有一年大姐经人介绍相亲，对象是当海军的。第一次见到准姐夫上门，我便深深地被他迷住了：长相俊朗的他，上身着蓝白相间的海军衫，下身穿海军蓝裤子。身材挺拔，举手投足，威武有形，英气逼人。从此，他那个军人形象，一直藏在我的心里，让人好生崇拜，也让我萌生了长大当兵的梦想。

高考落榜那年冬天，我跟队里几个劳力到十多里外的太白湖挑河堤。下午天快黑的时候，邻村一同落榜的同学映旗过来说，县武装部来征兵了，我们去参军吧，还说第二天是报名最后一天。我一听，脑海顿时全是军人的形象。当即赶忙跟带队的四哥告了假，把锹往工棚一撂，穿上棉衣就随映旗同学往回赶。夜里，我还做了个穿军装的美梦。

第二天一早，我们到大队找民兵连长报名。映旗报名后，轮到我时，连长看了我一眼说："不说你有点矮，就凭近视这一条你也通不过。"三言两语就把我撵了出来。后来映旗穿着没帽徽和领章的军装来我家串门，我羡慕得不得了。没人的时候，我总想试穿他的军装，可惜他不肯。

一晃20多年过去了，正当我以为此生已与军人无缘时，2000年，大姐的儿子考上了驻在海南的海军。父子两代接力参军保卫祖国，一下子又激发了我的军人情结，少不了在方便的时候与外甥互动。外甥入伍后的第五年回家探亲，还给我带了一件真正的海军衫。虽然那件海军衫是中号的，但小个子的我穿上还是有些大。我经常偷偷地穿在身上，对着镜子练站军姿、练敬礼、练军人的步伐……一下子感受到了军人的威严，心里充满了快乐和自豪。海军衫穿了几次后，细心的妻子怕我把它损坏了，洗净后珍藏进了箱子里。

光阴似箭，岁月如梭。如今外甥已在海南扎根，当年的帅小伙，如今成了黑汉子。值得庆贺的是，外甥现在已成长为人民军队中的一名中校军官。这些年来，我打工在外，他守疆有责，我们舅甥鲜有见面的机会。去年5月去海南旅游，我试着给外甥打电话，想去他军营看看，外甥回说须请示上级再作决定。我当时以为没戏，没想到第二天一早外甥为我网约了车。到了军营门口，经过严格检查后，我有幸走进了外甥所在的军营。威严的岗哨，整洁的营院，庄重的办公楼，两人成行三人成列的军人队列，缓慢行驶的车辆，都令我感到新奇。待看到训练场上战士们在亚热带毒辣的阳光下练射击、格斗、匍匐、攀越、越野，望着年轻战士黑红的脸庞，我一个男人，心里也顿时升起一种怜惜与柔情。养兵千日，用在一时。让我突然明白了为什么和平年代我们的子弟兵也要流血流汗的原因，那是因为作为军人，保家卫国是他们的使命，和平年代也必须时刻准备着。

“八一”建军节快到了，今天，我从箱子里找出外甥当年送我的海军衫，凝视并抚摸，激动不已。生在一个伟大的时代，感恩党和军人，是他们为我们营造了一个安宁的生活环境；感谢外甥，在我年过半百的时候，帮我圆了渴望多年走进军营的梦想。

（原载《郑州日报》2020年7月30日）

魏高邑的橘子

“新霜彻晓报秋深，染尽青林作缬林。惟有橘园风景异，碧丛丛里万黄金。”这是宋代诗人范成大《秋日田园杂兴》中咏橘的佳句，用来描绘魏高邑村秋深的橘园，最为贴切！

前几天，我在朋友圈发了篇橘树的回忆文章，为没吃上老家院子里的金橘而感伤。在武穴工作的同学志强看后，宽慰我说：“好橘子，武穴有的是，哪日有空，带你去吃个够！”一打听，才知是武穴市水果第一村魏高邑的橘子。还说这时候，魏高邑村那高高低低的橘园，橘子个个橙红，挂满了枝头，正是吃看两便的好时机。

早就听说魏高邑橘子有名，只是长年在外，少了品尝的机会。月初，市作协曾组织市属文艺家下乡采风活动，第一站便是魏高邑村。我因打工在外，所谓人在江湖，身不由己，遗憾又一次错过体验生活、亲近品尝自然的机会。今故人邀约，又逢单位可以调休，我自然很高兴！不过，说到橘子，市面上多以南丰蜜橘和宜昌薄皮橘名气最大，至于魏高邑的橘子是否真的好吃，我心存疑惑。

11 月 9 日，周末。头天就赶回鄂东港城武穴的我，和志强早早从城区坐上开往魏高邑的班车。车上，志强介绍说，魏高邑村位于武穴北郊石佛寺镇，武山湖国家湿地公园的西岸。属武山环湖“漫生活”生态圈中的一部分。东傍武石大道，南距市区不足八公里。到了魏高邑，才想起十年前我曾因事路过，只是站在门楼外匆匆一瞥，印象不深。

进村路上，志强又开始为我“补课”，说魏高邑属典型的丘陵地貌，也是传统的农业村。按理说，在地理位置和资源配置上，魏高邑和武穴其他村比，没有优势。之所以有今天的成绩，始于 20 世纪 90 年代初，魏高邑村在村党支部王水桃书记为班长的村两委带领下，大力发展林果业。经过几十年的发展，已实现全村家家栽果，户户有林，林果面积达 1780 亩，年水果产量超千万斤，主要品种有柑橘、桃子、葡萄、胡柚、椪柑、脐橙、甘蔗等，其中以橘子栽种面积最广，名气最大。到底是在食品药监部门上班的人，介绍个情况也如数家珍，听得我张口结舌，不禁对基层干部的务实精神，大为赞叹！

边走边聊，不知不觉走进了橘林长廊。站在长廊远望，“树树笼烟疑带火，山山照日似悬金”。山坡上千株万株的橘树，橘子缀满枝头，像一只只小红灯笼，又像极藏在绿叶丛中顽皮孩子的脸，红彤彤时隐时现。近看，橘树像撑开的伞，叶片如玉，果如红玛瑙。它们在晨风中轻轻地摆动着，横枝伸出，好似欢迎我们的到来。

临近橘园，志强把我带进了一户人家（据说他家的橘子是整个魏高邑村品质最好的）。主人姓魏，是志强的亲戚，个头不高，年长我们几岁，我称之为哥。魏哥给我们每人发了把果钳和一只提篮，就领我们进橘园。橘园里很是热闹，有不少带着家人、朋友先我而入的采橘人。大家提着篮子，站在橘树前，望着一树金黄，看看这，摸摸那，欲剪还休。有的先尝为快一饱口福，摘下就剥开橘瓣大嚼；有的“行看采掇方盈手，暗觉馨香已满襟”，提篮装满了，还不忘往口袋塞几个；有享受自然意境的，他们不忙着收获，端着自拍杆在橘园里穿梭，或留影，或品尝，或漫步于清香的橘园内，欣赏着“翠羽流苏出天仗，黄金戏球相荡摩”的美景；好吃贪玩的自然是小孩们，他们吃着橘子，在林间戏耍打闹，累得满头满脸汗也乐此不疲！我呢，面对这橘子的诱惑，早已是口舌生津，把持不住。伸手剪摘一个下来，置于鼻尖，一股淡淡的清香便飘进了鼻子，吸进了肺里。剥开橘子那橙红性感的外衣，果肉体态丰腴又水灵，咬一口，浓浓的香扑鼻而来，通身舒坦，回味无穷！

我很惊讶这橘子怎么这么好吃？就向魏哥讨教缘由。魏哥笑着告诉我：他家橘子好吃，有三个原因。一是地理位置好，光照充分；二是土壤结构奇特，橘林地下的红土，富含矿物质硒，结出的果子天然含硒量高，营养丰富；三是合理施肥，他家里种了30亩橘子，橘林里散养了不少鸡、鹅、鸭等禽类，粪便是橘树上好的有机肥料。有了这几点作保证，橘子品质就有了保障，价格是其他人家的两倍以上，且购买的人流车辆趋之若鹜。

“朱老板放心，我们都多年的老交情了，你要的一万斤富硒橘，明天下午就可以装车发货!”正说着，魏哥的电话来了。志强一问，才知是南昌老板打来的催货电话。

“魏哥，生意做得好呀，都闯入人家南丰蜜橘的地盘了!”我笑着打趣。

“现在商人都贼精，再说消费者也不傻，货好卖，东西好吃，价格也不贵，没有不俏的理。”志强插话说，“不光是南昌老板，据统计，合肥、安庆、武汉、黄石等地的老板，也都特别青睐魏高邑的橘子。”

“都是一家一户，各卖各的吗?”树立个品牌不容易，我有些担心。毕竟橘农个人素质有高低，种的面积也不尽相同，口感也略有差异，这对商品品质保证，增加了难度。

“早在2009年，我们村举办了首届金橘节，没想到当时就引得四面八方的客商云集魏高邑。这么多客商的到来，是对魏高邑人的信任，是对魏高邑橘子的认可。连着几年，我们这些橘农都收成不错。”魏哥说着说着，叹了口气，“咱们武穴有句俗话，叫好货不怕猪娘肉。货俏了，问题还真的来了，有些人就膨胀了，虽无坐地要价的行为，但没少干以次充好的勾当。到第三、四年橘子上市，来的客商突然少了好多，果农们损失不小。”

“武穴人称橘子叫金橘。橘子滞销，村领导也着急上火。痛定思痛，他们组织橘农开反思会，让每一个魏高邑人都深深懂得了‘金’字的内涵：金橘金橘，先‘金’后橘。一个‘金’字，既包含橘子自身的颜色和食用品质，也包含了果农种果卖果的德行。从事果品种植，一定要注重品质，种纯天然的绿色食品，不能投机取巧。为了帮助果农走出困境，重振魏高邑橘子的声誉，镇政府果断牵头，由市食品药监局监控品质，以魏高邑全体果农为成员的邑园春水果合作社，应运而生。合作社成立后，橘子上市的季节，各家交给合作社的橘子，由食品药监部门派人专门协助品控把关，根据外观大小，口感以及农药残留检测，评定等级，公平公正定价，力求让果农个个心服口服。通过努力，魏高邑的橘子，再一次凭品质挽回了市场。随着社会的发展，电商平台出现后，魏高邑人又不甘落后，涌现了一批电商大咖，开辟了网上销售的新模式。有了品质保证，邑园春的果蔬足不出户就能卖出好价钱，且有供不应求之势。村民的收入，已是芝麻开花节节高。”

提着一篮沉重的橘子，听志强的话，我深有感触。市场经济下，各行各业竞争激烈，但高品质的商品总会得到行业和消费者的认可。想到先前志强提到的武山湖慢生活圈，眼前又浮现出那碧波荡漾、果木葱茏、鸟语花香、有山有水有人家的胜景。套改明代诗人廖纪《橘》，正是：未成生计千头绿，漫说怀归两袖红。最忆金橘高邑上，武湖一夕起秋风。相信作为全国文明村镇、省美丽乡村建设的典型示范，魏高邑的橘子，必将会吸引更多的商贾光顾，必将会吸引更多的游人前来游玩。

在此行结束之际，满载而归的我，除了感谢魏哥慷慨相授，感谢老同学热情陪伴！更要祝福魏高邑人的明天，更美好！祝福邑园春橘子的名气，更响亮！

（获2019年武穴市文联主办的“魏高邑杯”采风征文三等奖）

问禅灵山

大凡名山，总有奇特之处：或雄奇峻险，或烟云幽胜，或文化底蕴深厚，或历史传承悠久。

武穴灵山，就因佛文化闻名。每当工作繁忙，身心疲惫，常生问禅灵山之心，却因生活忙碌，时时错过。日前从新洲回武穴，车过梅川，忽听得有人激动喊叫：“快看，快看，佛光，好美好美！”透过车窗，只见山色远黛的灵山，驼峰中二道彩虹一大一小，前后相扣，环环辉映，禅意横生，妙不可言。上灵山的兴致一下浓满心头，当即电话联系家住灵山的同学，邀约明天拜山。

次日早出发时，同学嗔怪遇上阴天。幸喜灵山的云，并不恼我，无雨。我们从古镇梅川东行至土桥，风一会儿就安静下来，云淡淡散开后，太阳露出了笑脸。沐着和煦的阳光，我想，是可以从容尽情地体味灵山的禅意美了。

路上，但见村庄闲悠旁坐，阡陌纵横，山野茶花开绽，田间油菜苗绿意盈盈，一派田园风光。我庆幸约伴而来，有了现成的导游，不致迷途。行走在矮山的松林道时，不时有松鼠在枝间跳跃，好像欢迎我第一次到来。虽说现在是初冬，但一些山树上的红叶正盛，又有些野草荣枯相间，醉意潦倒。还有一些叫不出名的小草，仿佛在努力地装饰冬日的春天！蜿蜒曲折的小径，路上的沙石，藏满了岁月的沧桑。丛中的野菊，或群居，或独居，开着清一色金黄的小花，在风中微笑，向着行人招手，让人觉得，即便入了冬，深秋并未走远！我们不由童心大盛，对着山呼喊，侧耳倾听山的回声，吃吃地笑。

靠近灵山山麓，有一干枯的河床，一块船形巨石，闲卧其中。

“莫非这就是石船?”我指着石头问。

“是呀，这干涸的便是浮渡河，”同学说，“先前这河可是一湾碧水，流水声潺潺，清澈见底的。那溪中如船巨石，重约千斤，既非人力运至，又与溪中山体石质不同，无根无底，不知从何处而来，乡人传说系由溪水浮来，故名‘石船’。又因经此河过水库方可上灵山，又名‘浮渡石’。行人抵此，无不摩挲叹异。实为广济十景之一。

“有诗赞灵山浮渡曰：‘何处浮来海上槎，疑团不解说喧哗。石船料是移仙侣，胜会灵山礼释迦。’

“不过石船水库建成后，河床干涸，石船泊在沙地之上。只有雨水多的时候，河中积水稍深，才有石船浮水的景观。”同学不无感慨地说。

近前，我们抚摸巨石，但见一侧刻着“浮渡石”三个大字，铁划银钩，力透石背，却不知是古时何人所书。历经千年，依然雄浑苍劲。

石船水库在灵山脚下，水色清幽碧透，松风竹韵，山光水色宜人。我们到时，有不少人垂钓水边，或是石船村民闲中，怡然自乐！过水库不久，拐过小山，同学说：“到了，灵山到了！”踏上了灵山，感觉山势并不高，山形柔和似含苞的莲花，绿荫如伞，植被茂密，海拔高约300米。

“这就是灵山?”我问。

“是的，这就是灵山!”同学见我疑惑中多有失落，接着说，“你知道灵山的历史吗?据《广济县志》（武穴建市前县名广济）载：隋唐时，禅宗四祖道信曾在此传经讲法，当时全国各地佛教界名人纷纷追随而来，卓锡设坛弘扬佛法。一时间，山上庙宇林立，有雷音寺、林隐寺、大雄宝殿、灵霄殿、天王殿、昙云寺、玉真观等大小庙宇道观多达36座。晨钟暮鼓中，佛经偈语声不断。法会高峰时，外来求取佛法及游方挂单僧人达数千之众。整座山，香生瑞气，佛伴祥光。崖边古木参天，谷中灵鹫飞翔，地生奇花异草，多有灵禽异兽相伴。善男信女，拜佛其间，恍若在虚幻缥缈的仙境，俨然西天灵鹫山一般模样。尊佛的太宗皇帝闻之大喜，遂御封此山为灵山。据有关学者考证，明吴承恩在蕲州任上创作《西游记》一书时，灵感可能源于包括灵山在内的今武穴匡山一带。

“只可惜，后来历经几朝灭佛，战祸连连，兵荒马乱中，灵山小西天未能幸免，寺庙道观，毁之殆尽。”

我听罢，不胜唏嘘。

虽然灵山上现存古迹不多，然站在前贤曾经生活过的土地上，且行且听且看，沉浸于灵山及周边的那些诸如石牛、木鱼石、洗耳泉等胜迹的传说之中，并能在其中寻找到历史的烙痕！

在灵山秀峰，我们游览了刚刚开始接待游客的白云禅院，有幸见到为恢复灵山小西天圣景，而奔走呼号的白云居士张国成先生，老人精神矍铄。我们随着热心老人，感悟白云禅院白色空灵的禅境，并游览了翠竹园、白梅圃、银杏林、油茶岭……

作别白云禅院，我们登上灵山顶峰蜡烛峰，举目四望，灵山附近风景尽收眼底。东北面的太平、横岗二山，山峰高耸入云，满眼碧翠；东南山峦起伏，瀑布悬空，通天河近在咫尺；灵山脚下的荆梅二水，如玉镜眸前。

徜徉于蕴藏佛禅文化的灵山秀水之间，心旷神怡中，让人有太多的感悟：在喧嚣纷扰的世界，体会一下佛教文化，与人为善，平息躁动的心绪，摒弃心中俗念尘埃，领悟禅意，就会感觉到心空，将更辽阔与深邃。

佛教灵山，带给人们的不只是山中清新的禅境，也不只是水的明媚。也许，我们在崇尚或膜拜禅文化的同时，守住在心灵之隅的虔诚的真善美，这才是永恒的禅念吧。

随着鄂东匡山西游景点开发，作为传说中的取经“终点站”小西天，相信灵山的明天，更美好！

问禅灵山。禅，在佛，在灵山，也在人的心中！

（原载《梅川》2017 年第 3 期，获山东日照“卧佛寺”杯全国诗书画大赛优秀奖）

我的 2017

时光荏苒，岁月如梭。不经意间 2017 年的日历只剩下最后一页，站在新年的门口，我想对自己的 2017 年做一个总结。

2017 年，是我工作值得书写的一年。这一年，是我被公司分派到武汉一猪场做驻场服务的第四个年头。远离家乡，我从初来人生猪不熟，到融入猪场，成为猪场众多员工中的一员，得益于我对工作热情和认真踏实充满上进的态度。2017 年，通过猪场全体员工努力，生产成绩有了可喜的提升，个人也完成了公司下达的销售任务。一年的猪场工作，赢得了领导的表扬，得到了物质和精神上的双丰收，同时也让我明白一个道理：世间没有卑微的职业！只要胸怀坦荡，爱岗敬业，养猪也大有作为。

2017 年，是我家庭和睦幸福的一年。在这一年里，我 80 多岁的老母亲，身康体健。我的妻子，宽厚待人，持家有方，上对老人关心孝顺；下对儿孙，呵护有加；我们夫妻更是相敬如宾，为儿女们做出了好的榜样。两个小孙子，大的五岁，小的快满两岁了，小家伙们童真可爱，虽然有时候调皮捣蛋让人烦恼，但一家人和和睦睦，温馨多多，日子过得充实并快乐。

2017 年，是我业余创作丰收的一年，先后在《中国劳动保障报》《中国国土资源报》《华商报》《国际日报》等中外报刊发表文章 50 多篇。

2017 年，最是我应该感恩的一年。回首自己一年的旅程，有收获秀美风光的喜悦，也遭遇暴雨泥泞的困惑。在这里我要感恩公司和猪场领导对我的关怀和帮助；感恩能与充满仁爱力量的团队一起拼搏奋斗，笑着战胜了一个又一个困难；感恩家人对我的理解和支持！

2017 年，我虽然收获多多，但也有不少失落，对于家庭我心里更是多有愧疚。因为工作，我无法抽出更多的时间陪伴家人；因为工作，我没能兑现陪母亲杭州西湖看景、武汉东湖赏月的承诺。写到这里，我要在这异乡的冬夜，向家的方向遥遥鞠躬：母亲，请您老原谅儿子的不孝，祝您老健康长寿！老婆，辛苦你了，愿你开心快乐！

总之，我的2017，得失都已成过去式，展望2018，我会更加努力地工作，用我的实际行动回报爱我和关心我的所有人。

（原载《五台山》2018年1月29日）

我的小榄生活

第一次从湖北来小榄，是在世纪之交的2000年。我那时正经历下岗的阵痛，如同一条被码头抛弃的小船，来不及做好漂泊的准备，就要独自漂流。漂泊的日子，我到过福建，去过山东，在江苏和浙江也有过短暂的停留，遗憾的是都没有找到想留下的理由。困惑中，有朋友提到中山小榄，说有“菊城”之称，别号“小柴桑”的小榄镇，是闻名全国的五金之城，很多厂家都需要懂五金的人，有大把机会。“采菊东篱下，悠然见南山。”老家武穴与柴桑九江隔江相望，作为九江的邻居，自然对“小柴桑”感到特别亲切。

千里奔波到中山，万万没想到的是在我到小榄的前一天，朋友却毫无征兆地离开了小榄。初到一个陌生的地方，举目无亲，夜深人静，备感孤独寂寞。心里总是堆满了不可言说的沉重。为了梦想，我租了一间临河的旧房暂住。我是水乡长大的孩子，但我不知道为什么当地人要称河流为涌。河水缓缓流淌，默默地浸润着古镇，离闹市的喧嚣与繁华似乎还有些距离。河涌上每隔不太远的地方，都有拱形桥跨河而过，斑驳的桥梁上，旧日的时光，还依稀可见。月满西楼的时候桥边独坐，河涌的两岸，随处可见类似于鄂东老家的破败：旧瓦盖顶的房子，墙皮脱落斑驳的墙体，杂乱无章的街巷村落，以及这污染得不成样子的涌水。这一切似乎都喻示着眼前的小榄，并非初心想象中的那么美好。

在小榄，我结识的第一个人是我的房东阿信，一个五十多岁的半老男人。听说我来自湖北，特别热情。说他送女儿到武汉大学念书，去过湖北。阿信哥年长我一轮，是土生土长的小榄人。有一头类似香港影星成龙一样的发型，黝黑的脸上，透着一股精明能干，操一口广式普通话，待人和蔼可亲。我在小榄锁厂上班的工作，就是他引荐的。上班手续办好后，我决定退掉租房。搬行李时，阿信哥全程都在帮忙，脸上堆满了微笑，半点都没有为房子即将闲置而懊悔，一直像亲人样分享我的快乐，为我高兴。实在令人感动。正式上班后，虽说初来乍到不懂广东话，但得益于常和阿信哥聊天，沟通也不是太困难。更幸运的是我下岗前是在五金设备厂上班，对五金制造的设备和工艺流程比较熟悉，让我对新的挑战，充满自信。

我是一个能吃苦耐劳的人（下岗前在单位上获得的无数奖状就是证明）。在小榄，我对待工作同样兢兢业业。面对新的设备、新的工艺，我能不断地去适应，不断地学习，增添新知识，掌握新技能。我最出彩的一次表现，是2001年春节前夕，公司临时接单外贸的生意，交货时间偏紧。就在离交货不足一个星期的时候，我所在总装车间的设备出了故障，要命的是负责维护设备的技工一个因事回了河北老家，一个出差在新疆，一时半会儿都赶不回来。负责跟单的经理和车间主管，望着仓库那些成堆摆放的半成品，急得不行。做外贸生意，最注重品质和信誉。如果公司不能及时交货，给公司声誉和经济都将会造成重大损失。都说厂兴我荣，厂衰我耻。眼看着公司有难，我不忍袖手旁观。我自告奋勇地和主管说出我想修设备的理由和想法。也许是入职几个月来我的专业给了主管比较好的印象，他最终还是答应了我。经过一天一夜的摸排检测，我终于找出了设备故障的靶点，更换配件修好了设备。为此，公司为我调了工资级别，还特地给我发了2000元奖金，让我带薪休假三天。要知道，那时我每月的保底工资才780元，2000元绝对是一笔巨款。

发了奖金有了假，我第一个想法就是请阿信哥吃顿饭。吃饭的地方是阿信哥选的，在双美桥边靠小榄一侧的一家小酒馆。双美桥建于明代，属中山市文物保护单位，位于小榄镇北街。是座长约十米的单孔石桥，南北走向，南有8级台阶，北有10级台阶，是小榄地标式建筑，保存尚好。那天我喝的酒是小榄特产荼薇酒，醇香可口，余味悠长。阿信哥说，小榄荼薇花是本土花卉中最珍贵的品种之一，花期在每年3月底，只能维持20天左右。制作荼薇花酒，为能在酿酒时保持最大的香气，必须在每朵花开后的数小时之内摘下。说时的那个表情，一脸自豪，仿佛这花这酒，全是他家的。我点了一份石岐的乳鸽，一份东升的脆鱼鲩，外加几个小菜就开始喝酒吃肉，谈天说地。酒酣面热，阿信哥说："老弟的胆还贼肥呢，明明与自己无关的事也敢揽，也不怕修不好让人笑话？"我笑着回说："阿信哥，当初我来小榄，你说进了小榄门，就是小榄人。后来我进厂，你又嘱咐我要以厂为家，一门心思待它。如今厂里有事，我能不管吗?”阿信哥听罢，竖起大拇指说：“来，好兄弟，干杯!”

我后来在厂里最终做到了主管的位置。遗憾的是，2005 年我因为个人身体的原因，不得不辞工回故乡。近六年的小榄生活，不仅证明我当初选择小榄的正确，也让我见证了小榄的发展。记得那次别离，阿信哥开车把我送到中山。临别，我们哥俩相拥，泣不成声。当客车发动时，听窗外阿信哥嘶哑着喉咙喊：兄弟，记住小榄，记得回来啊。我泪湿眼眶，莫名心痛。

我第二次到小榄，是今年暑假。在中山工作了多年的侄儿，在小榄买了新房，接他父亲和我到菊城小住。离开小榄 15 年，我已经是 50 多岁的半百老人，每每回想足迹经过的地方，才发现自己还深深地爱着小榄。这次重回故地，正是亲近它的好机会。等到了小榄，我大为惊讶，以为走错了地方。小榄的变化实在太大了，变得我几乎都认不出来，变得让你称它为镇，感觉委屈了它那都市的繁华。

到小榄的第一件事，是去见阿信哥，看看当年曾经工作和生活的地方。让人伤感的是，阿信哥当年住的地方已经变成了一处豪华的商贸中心，任由我多方打探，阿信哥就是没有消息。我当年工作的地方，则被改造成了一处菊文化公园，公园内除了菊，还有多彩的月季、缤纷的紫荆、玫红色的鸡冠花。侄儿见我凝望着花儿不说话，走过来说，小榄菊文化历史悠久，早在宋代人们就爱菊种菊，菊展亦成了今天小榄镇的一大盛事。

如果说菊文化延续了小榄的历史，那么水文化则是古镇千年不变的灵魂。没想到离开小榄这么多年，河涌已得到拓宽整治。曾经绕小榄一周的“水色匝”又回来了，小榄人进行的水上民俗活动（如水上飘色、龙舟竞渡、五人飞艇赛等)，最具人文风物、最富自然景观，是小榄水乡秀色的体现。这湾湾涌水，蜿蜒曲折，清波荡漾，小桥横枕，扁舟穿行，充满了南国水乡风情。

晚上去双美府游玩。但见双美桥上，游人如织，那些玩抖音、拍婚纱、穿旗袍、秀汉服的人，以宏阔的古镇作为背板、作为舞台，自在地放飞自我，自在地展示自我。双美府前，华灯初上，夜小榄如花绽放，古镇仿佛穿上了一袭宝蓝色晚礼服，更加美丽迷人。远处高楼亮起来了，双美府亮起来了，涌河里的水面上星光灿灿，夜空中灯影摇曳，红的、蓝的、绿的、紫的各色彩灯，把古镇装饰成一幅童话的世界。徜徉在夜生活中的市民和游客，品尝诱人的小吃，选购琳琅的商品，唱着欢快的歌儿，这小康的自在，在夜的洒脱中陶醉。

小榄，这个充满浪漫诗情和古韵的小镇，静立于岭南的灵山秀水之间，不管你是外来客，还是本地土著，她都以包容开放的胸怀拥抱你，为你提供诗意的栖居，为你奉呈一份复古又现代的生活。朋友，来小榄吧！在这个历史悠久的古老水乡村落，在这个发展日新月异的现代之城，你来了，你就可以尽情享受它小康生活的美好！

（原载《中山日报》2020 年 9 月 8 日）

我家有棵金橘树

我出生在20世纪60年代的鄂东农村，那时乡下生活条件很差，绝大部分的孩子是无法品尝香蕉、苹果滋味的。如果谁家有棵果树，那家的孩子在小伙伴面前就很风光了。引人为傲的是，我家那时有棵金橘树。

我家的金橘树是有些来历的。母亲小时候有胀肚子的毛病。人称半个郎中的外公，知道金橘有消肠刮气的功效，可治胃胀，便栽了几棵。后来母亲出嫁，外公心疼女儿，又陪嫁了两棵橘树苗。父亲欢天喜地地把橘树苗栽在院子里，让母亲推开窗子就可以看到。可惜的是第二年大旱，其中一棵枯死了。剩下的那棵，生命力顽强，开枝散叶，长势喜人。三两年的工夫，便枝繁叶茂，绿意盎然。

金橘树在家乡少见。熟的果子，比南丰蜜橘略大，比市面上的橘子要小，且瓣瓣带籽。长大后，我曾翻阅不少书籍，竟不能确切地知道它的学名。《晏子使楚》载："橘生淮南则为橘，生于淮北则为枳，叶徒相似，其实味不同。所以然者何？水土异也。"这金橘，大概也是如此。

"月半夜里敲葫芦瓢，老鼠下儿不长毛。"老家有不少传承久远的风俗。小时候，每年正月月半，吃过晚饭，年长的姐姐都会带我们敲打用葫芦做的水瓢，咒骂偷粮毁物的老鼠。然后接着给橘树拴红绳，我和姐姐们手里拿着一根小木棍，轻敲树干，说些期望橘子丰收的话。比如，"结吗？"我问。"结呀！"姐姐们回答。"结什么？""结金橘！""结几多？""一满树！"虽然那时不懂这风俗包含的真正意义，但还是乐此不疲。

橘树和大多数的果树一样，春天开花，花谢现果。初谢花的小果，最怕风雨和毛毛虫，耐过风雨，虫口余生的小金橘，一般不会再脱枝。这些橘树的孩子，沐浴着阳光，吮吸着橘树乳汁，茁壮成长，小脸儿鼓鼓的。金橘挂果，有独笑枝头的，有三五成群长成一簇的。我放学回来，第一件事就是站在树下数橘子，巴不得它们一天长大。

采食金橘的最佳季节是中秋节后，橘子先前青色的皮肤，渐至青白，至淡黄，至节后金黄。这时的橘子成熟得最好，红灯笼样缀满一树，散发阵阵诱人的果香。只是小孩子天性嘴馋，往往等不到金橘成熟就偷吃。小时候不懂事，常被大一点的孩子怂恿，回家偷摘还没成熟的青橘子。等到了中秋，树上的橘子除了挂在高枝的，所剩无多。母亲说，橘子没长脚，不会爬高的，底下的都让小馋猫偷吃了。我默不作声，一脸傻笑。不过相较于偷食的青橘子，熟透的橘子才是真正的金橘，吃起来满嘴生津，回味悠长，就连剥橘子的手，也是“吴姬三日手犹香”。

摘下的金橘，母亲总会送些给对门、隔壁的乡亲尝尝。听了大家的夸赞，母亲特别开心。有件事我印象特深。隔壁大牛家里最穷，村里人都说他爹手脚不大干净，看不起他们一家。后来大牛妈怀了四牛，害恶肚（妊娠反应太强烈），吃啥吐啥，唯独吃了我们家的青橘子，才吃得下饭。大牛爹自然偷摘不少。有人告诉母亲，母亲竟不闻不问，说没看见。偏偏大牛妈犯这橘瘾，不知不觉间我们家的橘子，半壁江山都不见了。大牛爷爷是个读书的老先生，虽盼孙心切，但也知道儿子偷橘子不对而心有不安，带儿子上门赔了不是，顺道又央求母亲给些橘子，说买也行。远亲不如近邻，母亲大方地给了不少（当然没收他们家的钱）。

我上学后，金橘就成了我的交际果，收获不少迷兄迷弟。一旦橘子勉强能吃了（橘皮半黄，果肉甜中带酸时），我在同学跟前就特别神气！邀同学来家，或带些到学校，物以稀为贵，大家都很喜欢，追在我身后屁颠屁颠地乐！

再后来我参加工作，娶妻生子，回家就少了。九十年代初，父亲走后不久，我们夫妻也下岗了。为生存，只好外出打拼，母亲便带着孩子留守故园。多年后，邻里小楼一幢接一幢地建，而我们的低矮老屋像只破船，漏着水，顽强地挤在一堆洋船中。眼看孩子们也大了，老屋实在没法子住人。一家人开始谈及翻修房子的事，说到屋后的橘树要挪一挪，又让人为难。

“我们把她移到地里吧！”女儿说。“你们这么多年不住家了，哪还有地，地都被征了。”母亲说。“那在田里堆块土坡，把她移栽田里吧。”儿子说。“也别提田，一亩五分田，分在三里外，像吗？”母亲又说。“菜园呢？”我问。“你忘了？村主任建水泥砖厂，咱们菜园被石屑压了。”母亲说。我心里很不是滋味。没想到在农村，一棵橘树竟没有安放的地方。

秋天，母亲突然来电话说，隔壁四牛的儿子攀爬我们家的橘树，扭伤了脚。四牛娘虽没扯皮，但现时谁家的孩子都金贵，孩子嘴馋受了伤，祸根总还是这橘树。母亲不愿两家伤和气，只说，这橘树，砍吧！我没应声。那年国庆回家，母亲砍了橘树的头刀后，橘树不久就成了堆柴火。我知道母亲心里难过，其实我心里也不好受。毕竟树是母亲娘家的嫁树，在我们家经风沐雨几十年中，见证了我们姐弟的成长，陪伴我们度过了开心快乐的童年。

房子建成后，我们试着买棵金橘树苗种，可惜多年未能如愿。多少年过去了，如今，我们为孩子教育，早已在城里安家，只有母亲还坚持一个人住在乡下。今年中秋回家，我走进母亲住的那间屋子，我又忍不住用脚来回丈量，喃喃自语，说橘树的根，应该就在这间房基底下，亏得母亲还守着。爱人走过来握住我的手，宽慰我说，也别太在意过去，人总得往前看，这窗明几净的房子，母亲住着就是风景。再说，任何一种新的美好诞生，难免有些故旧要舍弃。想想也是，或许是我人到中年易生感慨吧。譬如今夜，在这橘果飘香的季节，秋月临窗，心树难免会挂满一个个灯笼般的金橘！

（原载《速读》2019 年 11 月刊）

武汉的秋天

在江南的城市中，武汉的秋天似乎来得要晚一些，天气也经常反复，今天刚察觉有点秋意，说不定明天气温就回升了。尤其是初秋，气温高时，仿佛还在夏天，丝毫看不到秋天的影子。

武汉正式进入秋天，大多要到阳历 9 月底 10 月初。俗话说，“一场秋雨一场寒”，落了几场秋雨，气温才会慢慢降下来，秋用的毛衣或者外套，才能真正派上用场。不过，武汉秋天的天气，向来阴晴不定。若遇上毫无征兆的降温，早晚的温差就非常大。有人吐槽说，秋天的武汉，能让你在一天里经历春夏秋冬四个季节。话虽夸张，不过现实中在秋天的武汉，大街上与穿棉袄和穿短袖的擦肩而过，不足为奇。刚从北方或南方来的人，会有些不适，难免对这武汉淘气的秋天有些抱怨。但是，这时若选择逃离，那真是件令人遗憾的事情！或许，正是因为武汉秋天另类的淘气，才造就了这色彩缤纷的秋天，才会给人留下深刻难忘的印象。

在秋天，最打动人心的自然是风景。武汉的秋天，赏心悦目的景点数不胜数。像东湖泛舟、武大枫红、黄鹤楼赏月、木兰天池的“高山草原”……既有城之秋的静谧清雅，也有乡之秋的热烈狂放。

我爱武汉的秋天。于她秋的景致中，独爱她秋天色彩斑斓、无风自落、静美从容的秋叶。初来武汉，客居在武汉新洲。宿舍外的路边有一棵银杏树。每到秋天，树上就缀满晃眼的金黄，透过金色的叶子，天空高远澄明，阳光从叶子缝隙漏下来，仿佛还沾有秋叶的清香。俯拾一片落叶，宽大的黄叶子上面，隐隐还残留着淡绿色的痕迹。不禁让人感慨！叶子从春的稚嫩，到浓绿，再到秋天的凋落，展现的是生命的厚重。比之于一季花开，叶子的生命阅历更为深沉、醇厚且饱满，就如这秋天。

都说秋天是一场视觉的盛宴，此言不虚。落叶作为秋天的主要象征，在武汉，只要你想看，全部让你看个够。秋高气爽的日子，就近去公园，无论是中山公园还是解放公园，小径都铺满了落叶，在铺着叶毯子的道路上行走，感受到银杏叶落的华丽和震撼，是那样的绝美。在美丽的武大校园，如果你看过她春天的樱花，那你可别错过她的秋色。这里不但有弥漫的桂香，还有色彩丰富、层次分明的银杏、红枫、梧桐等树木。站在樱园的高处远望，珞珈山上，不说“万山红遍”，但绝对可以说是“层林尽染”。到木兰天池去造访秋枫的美景吧，把这有着海拔400米“高山草原”的秋天的浪漫和美丽收藏！这一带地势比较空旷，树木更容易接受阳光的照射，所以这里的枫叶，是武汉枫叶红得最早的地方，红得耀眼，红得迷人。站在山巅，再向四周看看，漫山遍野的红枫，彩叶层层叠叠，将千山万壑描摹成一幅绚烂的油画。

东湖作为武汉最大的城中湖，是全国非常有名的一个风景区，一年四季风情万种，无论是什么季节，都有其独特的美丽存在。到武汉不逛东湖，就如到北京没去故宫，到山东没去泰山，留下了此行最大的遗憾！秋天的东湖，绝对可以称得上是武汉秋天最美的地方，这里有武汉最烂漫的秋色。你看东湖，湖山秀美、岸线曲折，岛渚星罗，磨山、枫多山、吹笛山，山峰紧紧环绕一湖碧水。漫步东湖，登上东湖之南的枫多山。山上种有枫树、乌桕等红叶树种。漫山遍野，红红火火，溢彩流光。整个景区满目鲜红，层林尽染，红枫最为艳目，远看像一幅烂漫的油画，进林内近观，又将游人置于图画之中。这里还有阔叶林，在深秋季节泛着浓浓的绿意。这是一片色彩斑斓的世界，明净的天空，诗意的花草，引人入胜，目不暇接。“三黄两翠五分红”，正是这个季节东湖山境的真实写照。

东湖看秋，惬意的当是约上三五个故旧同游。或带一些露营工具，在湖边找一块空地坐下来，欣赏满山红叶的秋景，看红叶在晚凉的风中轻扬，感受“霜叶红于二月花”的意境；或泛舟湖上，碧水轻柔中，坐看斜阳铺在水面上，静静体验秋水如眸的美好。待到“湖光秋月两相和”时，把玩一枝秋叶，那就是更好地享受了！

武汉的秋天是美的。这个诗意的秋天，虽为武汉独有，但同时为天南地北的中国人共有。借用老舍先生的一句话，朋友，“请你在秋天来。那城、那河、那古路、那山影，是终年给你预备着的”。

（原载《武汉印象·2019年》散文卷）

乡村年事

乡下最热闹的事，莫过于过年。小时候那种在腊月扳着指头盼年，享受过年好吃好玩又有压岁钱的滋味，现在想起来，仍然会感到满满的幸福。

闻到年味，是喝了腊八粥之后，通常在这个时候，在外打工、上学的人们陆续回家过年。家家都要蒸米酒，做鱼面，腌制腊鱼腊肉，四乡八邻买年货的人，塞满了街道，街市一下子热闹起来。就连平时寂静的村巷，也多了孩子放鞭炮的声音，整个村子笼罩在一片祥和喜庆的氛围中，年味也就浓了。

“二十三，糖瓜粘；二十四，把尘[illegible]；二十五，打豆腐；二十六，斫年肉；二十七，圆宝齐；二十八，杀鸡鸭。”二十三过小年，各家各户必做的功课是敬灶神，恭送他上天多说好话，叫作“祭灶”。打扫卫生也是小年前后必做的事，屋内从屋顶到墙壁、地面、桌椅、盆碗，每个角落都彻底清理一遍，清扫灰尘，叫作“扫灰”，祈望扫除旧的霉气，清爽爽地走进新一年。

到了二十八九，备足厨用油盐酱醋和待客的糖果烟茶，一家人就要张罗吃年饭。吃年饭也叫“还年福”“团年”。贴春联是年饭前的热身工作之一，春联内容大多是迎接新春，祝福新年之类。那时乡下不兴买春联，多请村里的老先生写。我上小学三年级时，父亲为节省给老先生的烟钱，开始让我照着书写，怕我胆怯，还在一旁说些“写字不怕丑，只要笔笔有”来鼓励我。等我写完，父亲用皮干肉糙的手抚摸春联，带着自豪的笑意说：“我们家也有秀才啰。”然后贴好对联，带我们上山祭祖，接祖人回家过年。待一切安排妥当，关门放过鞭炮，早等着我们的母亲就扯着嗓子喊：“吃年饭喽!”我们就会兴高采烈地围坐在桌边。年饭的菜最是丰盛，盆盆碗碗里装的都是家里平时很难吃上的鱼肉鸡鸭。母亲一边叙说过去的苦，一边往我们碗里夹菜，让我们备感浓浓亲情的温暖。

三十晚上，一家人围着火盆守岁。除夕守岁，俗名“熬年”。那时家里还没有电视，大人们边守边聊，小孩则是搂着大人发的压岁钱，守着守着就睡了。放鞭炮是必不可少的，有鞭炮声的年才有年味儿。放炮真正的高潮在午夜十二点过后，这时每家每户都要打开大门迎接新年，也叫出天方。“噼里啪啦”的鞭炮声，家家竞放，乡村顿时成了烟花和鞭炮声的世界，吉祥喜庆的炮声响在天上，也弹唱在人们的心里……

拜年是过年的重头戏。约定俗成的是：初一拜本家和乡邻，初二拜舅舅（结婚的要先拜岳父岳母），初三拜姑姨，再往后是拜老亲老戚。这时人人穿戴一新，个个文明礼貌。不管天晴下雨，来去走动，互相传递着吉祥的问候和祝福，每一个人的脸上都堆满了幸福的微笑。拜年，也就成了在时下留守老人、妇女和儿童众多的农村里，维系亲情必不可少的纽带。

而今，随着时代的发展，年味已经淡了许多，过年也渐渐缺少我们小时候过年的内涵和意义。但春节作为中华民族传承数千年的古老节日，既展示了中华民族热情好客、看重亲情的传统，也展示了各民族丰富多彩的年俗文化，值得我们每一个中国人去呵护。

（原载《金湖快报》2018 年 2 月 16 日）

乡间有柿秋正红

秋日下乡办事，在新洲老乡家偶遇一棵柿树，像极了老家的庭前之物。农家小憩，树下品茶，恍若家中。

鄂东老家那棵柿树，据说是爷爷栽的，算来早满了花甲之年。春天，枝繁叶茂，绿荫如伞。入秋，柿子的颜色由青黄变成橙黄，渐渐变得遍体通红。瑟瑟秋风中，灯笼一样照着小院，暖了人家，暖了秋天。秋日的傍晚，一家人围坐庭院，在柿香弥漫的柿树下，吃着乡湖的菱角。孩子们的欢笑，笛声一样清脆。月满中楼，月光从星空下款款而来，滤过那密密的柿叶落在地上，虫鸣声中，秋夜是如此的清简从容。农家小院的幸福和温馨，祥和热烈。

摘柿多在中秋前后。每每这时，母亲凝望树上的一枚枚柿子，如同在看自己的孩子，目光充满了怜爱。最热闹的是星期天摘柿子。胆大的姐姐爬上树，或摘或敲或打，满头大汗，忙得不亦乐乎。树下的我，也不怕新摘的柿子涩嘴，逮着就啃。换乳牙那年，一时猴急贪吃，曾硌掉一颗牙，末了还缠着母亲哭闹半天。母亲嗔怪说："早说过新摘的柿子要温的，都不听，这不，吃了苦头是不。"温柿子是母亲的拿手好戏。母亲常说，温柿没得巧，水温最重要。柿子温好后，母亲会送些给乡邻，邀他们一起分享这秋天的滋味。剩下的柿子则放进陶罐封藏，放置一些时日，让柿子慢慢变软。或许是有过吃柿掉牙的经历，我喜欢拣软柿子吃。轻轻剥开柿皮，一分两半，用嘴一吸，柿汁就进入口中，吃起来是那么美味滑嫩，余味悠长。

柿子除了生吃，还可以做柿饼。每年摘下的柿子，母亲会先选色泽金黄、萼尖薄黄的柿子，去除掉接近柿子萼盘和果梗外的梗皮，然后摊放在院子里曝晒。待晒到一定程度，母亲用手轻轻地捏成扁圆形。霜降前后，将柿饼放在凉爽的地方，让柿饼的糖分外溢。等柿饼表面出现了白霜时，柿饼就做好了，一口下去，果肉肥而甜香。

“洲白芦花吐，园红柿叶稀。”“桂花已是上番香，枫叶飘红柿叶黄。”柿子虽然出身乡下，但清新脱俗，深受历代文人墨客的厚爱，留下了许多脍炙人口的佳句。除了入诗，柿子又常为画家所青睐。中国画中，红色的柿子常常象征着红红火火、一片丹心，寓意吉祥。国画大师齐白石先生，就特别喜欢画柿，自号“柿园主人”。所作柿画，着墨线条简洁，构图饱满，色彩浓烈，充满了喜庆吉祥。

“墙头累累柿子黄，人家秋获争登场。”柿子红了的时候，正是乡下秋忙的季节。他乡遇柿，让我想起了故乡，想必此刻的故乡，蓝天白云下，已是层林尽染，农家小院柿橘橙黄。丰收的稻浪翻滚，菊花儿笑在道旁。乡间路上，人来车往，人人脸上喜气洋洋。油画般的田园，有着令人销魂的美丽和丰满。

“木落天高忆旧居，几时归去带经锄。黄花烂漫无人折，柿叶翻红正好书。”从乡下归来，恬静安谧的秋夜，一个人倚窗而坐，读宋人的诗句，看秋月如溪，于故乡田园，不知不觉间，又多了十二分的向往。

乡　秋

郁达夫先生说："秋天，无论在什么地方的秋天，总是好的。"话虽如此，也不尽然，在我看来，秋天的美应该与地域是有关联的。譬如城市的秋天，无论是在公园或假山，乃至城中湖，这栖居在高楼缝隙之间的秋色，虽然也是天真活泼，可在我的眼里，过于狭小肤浅，远不及旷野之秋大气磅礴。

去乡下看秋，是每年都想做的事情。可惜因为生活的缘故，不逢乡野之秋，已将近十余年了，对乡野之秋色、秋味、秋境和秋姿，比方说南山之菊如何清幽淡雅，庭院的桂花是如何馥郁诱人，便是篱墙架上那散着淡香的丝瓜花儿，也都牵挂得紧。其实，在秋天去乡下，多好的事啊！不必另选良辰，随时皆可。你乘车或步行，只要是行走在乡下的土地上，你就像掉进了米勒或是莫奈的油画里：所有的山山水水，村庄原野，黄得彻底，红得绚丽，绿得苍郁，色彩从四面八方流淌过来，塞满了你的眼，涂满了你的心尖。只连天上牛羊状或卷曲如鹅毛飞絮状的白云，也仿佛能从蓝蓝的天空上掉下来。

黄土积成的矮山，远不及大山伟岸，然而却像一位成熟性感的妇人，有着亚洲铜一般肤色的胴体，健康美丽。站在山下，你远远望去，你才真正明白层林尽染的意味！一抹翠微的绿里，缠绕着几条红色的丝带，阳光下，特别是日薄西山的傍晚，随着光线的明暗，色彩也各不相同。那红霞映过来，山色又变幻了本来的色彩，或深灰，或浅亮，或红或翠，通篇写着诗意。山下的橘园，绿如翡翠的果林里，藏着那红中带黄的橘子。你摘罢，脱下她金色的外衣，抚摸她橙红丰腴的胴体，你咬一口，那秋香流进了你的胃，弥漫在心头。

这秋阳下大自然呈现出来的美丽色彩，如此丰满、殷实，实在令人销魂！在城市何曾见过呢?！也许，它们只在乡野特定的环境，特定的角度里才能散出如此深沉浓烈的乡土情调和俗与雅的韵味，才能让秋的色彩变成是有生命的色彩！才能从山水人物、花草虫鸣中，显现炽烈喧闹的律动。

你转过身，走向池塘或湖泊。你走近看，岸柳在风中含情脉脉地吻着秋水的脸。湖面上早已谢了荷花，却还零星地撑着几伞残荷。与夏日“接天莲叶无穷碧，映日荷花别样红”没法相比，与文人眼里秋天的荷湖萧条无趣也不同，这枯荷脚下的烂泥中，那如汉臂粗的莲藕才是农民丰收的希望。

乡下的秋天是美的。蓝天白云，村庄湖泊，远处的红枫、近山的橘树、田野里的庄稼以及不知名的杂树乱草，分明都是画里的风景！色彩是如此调和，画面是如此丰满，陶醉中的人，自然也成为这油画中不可缺少的风景。

“是处红衰翠减，苒苒物华休。”“秋色无远近，出门尽寒山。”“平湖三十里，过客感秋多。”真不知在秋天，面对这迷人的秋色，词人柳永和诗人李白，萨都剌怎么有这么多愁绪，或许是与他们所处时代生活环境有关吧！“一年好景君须记，最是橙黄橘绿时。”苏轼的秋，才是我乡秋的写照！

让柳永他们愁去吧，且让我在这个好时代里，倾心于我美丽怡人的乡秋好了！

（原载《华商报》2017 年 9 月 14 日）

邂逅通天河

记忆中到过的地方，何止千千，能遇见一处好的风景，就如遇上有缘人，一面之交，相见倾心。别离日久，便生思念！我与通天河，正是如此！

小时候，每年暑假，母亲因农事忙而无暇照看顽皮的我，把我送匡山太平脚下的外婆家小住。舅舅及邻居家的孩子，和我年纪相仿的十几个。表兄国哥是头儿，大我几岁，胆子贼大。常常背着大人，不是偷偷领着我们爬荆山看野猪，就是去通天河边戏水，浅水抓鱼，掀起石头捉螃蟹，陶醉在大人眼里的危险事中而不知，大家一起疯疯癫癫，尽享童年的快乐！

去年冬月回乡。朋友相邀问禅灵山后，复又至怡湖山庄品茗。明知久别的通天河近在咫尺，却又因日暮荆山，友人虑归程不及，只好怅望五峰山，一笑再笑而过，以为相见遥遥无期。

春节见到国哥，提及此事，国哥一边为我惋惜，一边不无自豪地说："今日的太平，王冲小桥流水人家，山清水秀，俨然桃源胜境。你若再访通天河，文人笔下，必有不一样的收获！"

我怦然心动！然等我觅得空闲，已是菜花谢尽，杜鹃初绽的春末了。

四月末，约了几个在武汉的同学回武穴。从 G50 国道花桥余川互通出口下高速，沿石松路行至余川镇，北出松山咀十里，车近荆竹大坝不足百米右拐，沿山路前行一里许，便见通天河门楼，一入山门，便到了通天河景区。

通天河，原名明水峡。位于匡山王冲大峡谷，依连绵的五峰山脉而起伏。走近通天河，熟悉又陌生，山还是故时山，水还是故时水，却全不是儿时所见未曾开发时羞涩的模样。站在平台仰望，但见水墨画般的崖石之间，硬生生让一股自高而下的水流，荡裂成河，看不到源头的山水，似神龙见首不见尾奔腾而下，蜿蜒曲折在深山峡谷之中，飞流湍急，恍若从天而来。

行走在临河的栈道，但见河水沿五峰山峡谷向西游走，两岸高崖峭拔，犬齿交合，面水而列。河道窄狭之处，瀑流飞溅出一溜细碎的云天，阳光照映下，不时溢出七彩虹光。山风劲时，和着水流，发出与山崖的撞击之声，清脆又隆重，回荡在群山之间。

那些墨痕尚在的岩石，陡峻奇险，其间生满了大小不一的绿树青藤，虬枝横斜，以松竹野杜鹃为多，环侍河侧。所有的一切，共绘了一幅美轮美奂的动态画卷。不知谁，沉醉于这美丽的山水中而不自觉，仰天长啸，啸音让山谷回应，宛若清泉石上，潺潺不息。

走过青石桥，跨过河道中一个又一个的拦水石礅，想蹚几次浅水，任由水底的沙石吻着脚板，再一次体会儿时的欢乐。国哥却连说不可不可！说是山中冬春季节的泉水，与山下平原湖畔的大不相同，性多寒凉，久浸其间，易让人染上筋骨湿痛之症！可众同学久居城中，亲近这通天之水的心又切，国哥只好引领我们解缆靠岸的竹筏，体会泛舟河上的清幽静雅，让双眼在碧水中捡拾一片又一片的云彩……

回过头再看那些游玩的少年男女，穿着鲜艳的衣衫，或奔跑或漫行在芳草萋萋的河滩上，似翩翩的蝴蝶；或静静地依着，在摇曳的野花旁窃窃私语，又如采撷甜蜜生活的蜜蜂。让人顿生做这山野林下的一棵草儿的愿望，守着通天河的喧闹，荣枯梦一般的岁月。真不明白，通天河明明这般美丽，怎生在吴承恩的笔下，为取经人带来这么多苦难？或许作家，只是想给世人开一个人与仙的玩笑吧！

通天河峡谷两岸的山脊上，还有当年建起的层层梯田。只是这暮春时节，油菜退下灿灿的金黄之色，取而代之的是枝茎中结满包藏果实的尖荚，孕育丰收的希望。憩在林中的鸟儿，鸣叫声叫醒了野生的杜鹃，漫山遍野的花开，与绿树相映成趣。这四面环山，坐落在谷底的村庄，山砖布瓦，与山花相伴，随意落座又错落有致，实实在在是桃源仙境。我望不清到底有多少花儿在自然开放，也不知有多少草木在为人间添彩，但我看见，来来往往的游人脸上，笑靥如花，把慢生活的花儿，开在往来通天河的路上。

下山时，我在景区接待大楼的院内，在一位老婆婆那里买了些茶叶蛋，同学们又买了十数斤佛手山药和山笋，价钱都很公道。坐在路边的山石上，剥开茶叶蛋壳，沐着浅浅的春光，品着自然的滋味，感慨万千。

我想：通天河的美，不仅仅美在自然，更美在这山里纯朴的民风，美在这能流淌千年的古韵，美在能让你我心中溢出淡淡的乡愁。

新年碎语

轻轻摘下日历树上最后的一片叶子，来不及拍拍手上的旧尘，新年就悄悄来到身边。拥抱新年，心绪忐忑，五味杂陈，于往昔，有着深深的眷恋，对未来，则是更多的憧憬。

站在新年的身边，缓缓打开记忆的画轴，多少往事已遥遥远去，只留下旧日风铃的吟唱声，宛若水墨一样流淌在耳畔。温馨与感伤的种种，是山溪掠过峡谷，一路轻吟浅唱，蜿蜒曲折，起伏了回眸的路。

喜欢把过日子当作一种与时光结伴的旅行，体验一种怅然若失之后收获喜悦的成长。与相知相爱的人牵手，在时光的春天里播种，在秋日缱绻的午后，端坐在窗前，看矮檐下挂满散发着丰收气息的果实，氤氲的茶雾中，浮现着花鸟、丛林、溪流、山岚与云雾，看似随手就可以采撷，却又总是那么灵动，那么充满诗情。

喜欢给自己的人生定下目标，尽管走着走着，就偏离最初的航向。“会当凌绝顶，一览众山小”的意境，不是人人都能体会的，但要学会争取。屠格涅夫说，人生的最美，就是一边走，一边捡拾散落在路旁的花朵，那么一生将美丽而芬芳。人生是一段旅行，珍惜旅程中遇到的每一个人、每一件事，本身就是一种风景。

喜欢设想在未来的日子里，辉煌灿烂，然而未必事事如意。其实，生活平淡也未必不是好事，毕竟惊天动地的大事极少，更多的是平常琐碎的小幸福。一次悄悄的幸福花开，都会让我们的日子充满馨香。用一颗平静的心来对待人生旅程吧，静待花开落，漫赏云舒卷，好不快哉！

如果说在新的一年，有什么要对自己说，那就是：做好自己吧，脚踏实地，有所舍弃，有所坚持。给自己一个轻浅的微笑，开启一段舒适轻松的新年之旅。把日子过成旅行，不要刻意在乎目的，相信新的旅程一定会遇上缤纷美丽的花朵，一定可以见到与往昔不一样的风景！也相信自己每一个足迹，都可以为岁月留香。

（原载《海立报》2018 年 1 月 29 日）

烟台行

七八月的武汉，让人如生活在火炉之中，酷热难当。每每时临此季，我的小生意也清淡了许多。于是寻思：是不是该给自己放个小假，歇息歇息呢？远离城市的夏热，来一次轻松浪漫的出行，放飞那颗纵情山水的心！

说来真巧！远处山东的文友淑华在网上笑说：如不忙着打磨碧玉西瓜，何不到烟台看海呢？一语惊醒梦中人！是啊，都说那是个避暑胜地，况且佳人有约，赏景叙旧，樱桃有吃的，红富士有尝的，吃看两便，岂不快哉！

从武汉武昌站上了直达烟台的火车，虽然一路疲倦，但到了烟台，一闻到海风的气息，人还真神清气爽！

烟台地处山东半岛中部，独特的地理位置和气候，让这个滨海小城，更见美丽动人，国内外知名。

那个叫淑华的文友住在南大街，据称那是烟台最繁华的地方。知我过来，她早早在车站等我。简单寒暄了几句，上了她的车。坐车从车站到她住处附近的旅店，不过三十几分钟的路程，却因为车水马龙，交通拥挤，快一个小时才到。洗完澡，已是下午四点。淑华说，先好好休息，待会儿我再来。

晚七点，我刚起床，淑华来了。她说："雅梦，吃夜宵去!"虽说本人不是美食家，但也算得能吃。早就听说烟台特色小吃特多，而今来了，也该见识见识。

南大街东西走向，靠着它的南北走向的是夜食街。我们在街上弥漫着香味的风中漫步，满眼充斥勾胃的色香。这真是夜食的繁华：各色菜肴，南北风味，大餐小吃，山珍海味，应有尽有！从南逛到北，又从北折回南，最终在道口的一家找了个位置坐下。服务生是个很俊的高挑女孩子，一脸笑春风地拿着菜谱请淑华点。淑华要我点，我说，客随主便！她笑说，好！

我听她点的蛮多，有烟台焖子、杠子头火烧、咸鱼片片、鲅鱼水饺、小豆腐等，不用说这些肯定是烟台的名吃，就如武汉的鸭脖子和热干面。不过两人也吃不了那么多，最后还是我做主，要了个咸鱼片片，小豆腐和硬面锅饼。朋友复加了四听青岛罐啤，其实我不怎么喝酒。

淑华因为有自己的企业，平日里应酬多，能喝！边喝边笑说，今天喝得少，全是因为你酒量不好呢。坐在海滨之城，享受异乡的美食，几口酒下肚，人已微醺，眼前竟浮现出武汉吉庆街的景儿来，只是极目四处，少了吉庆街的四大天王的歌声，少了吉庆街的笙歌迪舞！

想到明天还要观山看海，我们并没在这喧闹的夜市里待太久。又因为淑华喝了酒，请了代驾。微微小醉的我，坐车到酒店，任由淑华扶着进房间，六分清醒四分迷。

睡得好，醒得也早。烟台与武汉并没有太大的时差，天明的时间与武汉差不多。还没到六点我就备妥了，其实淑华比我起得更早，当我准备出门去找她，她正倚门冲我笑呢。

坐在车里，晨阳温煦，带着丝丝海味的风，穿窗而入，吹得人极是舒坦。

淑华说，咱们先去烟台山，再去蓬莱阁。

烟台山，位于市区北端。进入景区，步行上山，但见一山挺立，群峰向巅，三面环海，林森茂密，郁郁葱葱。身入其间，心旷神怡！纵万千烦忧，经大自然洗礼，顿时干净。

一路徐行至狼烟墩台，穿行石船间，登惹浪亭，看浪戏亭前，真如沧海泛舟，让人莫不留连。烟台山上还有很多西式建筑，那是昔日英、法、美、日等列强之国领事馆遗址，松林掩映，清幽淡雅。烟台山见证了它们昔日的威风，见证了旧中国的屈辱，也见证了新中国的崛起，同时也留给国人无尽的遐思！

到烟台旅游，蓬莱阁是必去的！据说那是烟台最出名的景地。如同北京之八达岭长城，武汉之黄鹤楼一样。到蓬莱阁时，日已偏西。蓬莱阁坐落在蓬莱城北，濒海的丹崖山巅。拔海而起的丹崖，因遍体通红而名。

蓬莱阁立于山之巅，如玉树临风，清雅莫名。与碧海相映，不时云蒸雾起，时掩时现，恍若仙境。史传八仙过海，即源于此处。站立阁中，目倾沧海，云雾缭绕之际，真个如入仙境。仿佛见那洞宾仙，神姿俊卓，凌波海上，微步徐徐，潇洒飘雅。随阁而附的，有十大胜景，如仙阁凌空、海市蜃楼、狮洞烟云、万里澄波、万斛珠玑、铜井金波、漏天滴润、渔梁歌钓、日出扶桑和晚潮新月。可惜这些景致，非一时可看全，我只好放弃了。置身烟台山水间，踏浪扬波戏崖巅，访仙笑倚蓬莱阁，不是真神亦假仙！有感如斯，怎虚此行。

回市区时，天已经黑了。街道华灯溢彩，我也兴奋得不可自抑！

野菜香香

在乡下，每到春天，野地上总会长出很多萌发出新芽的野菜，种类众多，有很多是可以食用的。我小时候在农村长大，所以童年记忆的画面，涂满了各种各样的野菜。

那村东畈地里的荠菜，那村西渠边的水芹，那麦垄里的米蒿儿，那河边沙滩上的泥蒿，还有路边长着的猪耳朵菜……在春天，都是那样的鲜嫩。

荠菜，也叫地菜，在家乡应该算是最普通的野菜，乡下有“春食荠菜赛仙丹”的说法。我小的时候，放学一到家，把书包往床上一扔，提篮子就朝村东的野地里跑，挖那长着嫩绿的齿叶、开鹅黄的小花的荠菜。挖荠菜要趁早，早春的荠菜鲜嫩，清香味足，无论是清炒、做汤、剁碎做馅料包馄饨包饺子，都是别有风味。等荠菜慢慢开出细碎洁白如米粒的花儿，就不宜炒食了，只能煮鸡蛋了。我喜欢母亲做的凉拌荠菜，那种把荠菜洗干净用开水焯下，然后沥干水装入盘中，加上姜末、辣椒、蒜泥、酱油、陈醋，搅拌后再淋几滴麻油，最后根据个人的口味放点自家做的豆瓣酱或辣子油的凉拌荠菜，闻起来香，吃起来有味。

村西水渠边的水芹菜，是春天送给农人们的福气，特别招人青睐。不知在那里长了几十年还是几百年，在春天长得特别多也特别旺，乡亲们割了一茬又一茬，大篮小篮地往家里拎，总还是一片茂盛。水芹菜做菜，煎炒和凉拌俱佳。做好的菜，盛在碗里，也没个泥土的腥味儿，嫩嫩脆脆香香。小时候家里穷，母亲炒的水芹菜，没个油星，我一顿吃得了一大碗。

泥蒿，仿佛是一夜之间在寒冬中醒来了，一棵棵你挨着我，我挨着你，争先恐后地探出头来，把后河滩装扮得春意盎然。此时的泥蒿，采一把回去，去叶去头洗净，炒腊肉是难得的佳肴。具体做法是，先把洗好的泥蒿切成小段备用，把年前自家腌制的腊肉切片，放入锅中爆油，加入干辣椒炒出辣味，再佐以大蒜炒香，倒入泥蒿一起翻炒，加入葱段，待快熟时加少许盐起锅盛出，一道绝味的湖北名菜“泥蒿炒腊肉”就诞生了。吃在嘴里，香气四溢，既有泥蒿的野味鲜香，又有腊肉的美味在里面，直教人流口水。

还有一种长在树上的野菜叫香椿。在老家，几乎家家户户的房前门后都种有几棵野香椿树。一到春天，人们便扶梯上树，摘香椿芽下来做菜。除了香椿芽炒鸡蛋这道家常菜，还有多种吃法，或蒸，或煎，或凉拌，无不香嫩可口，美味十足。

每年的春天，我都会回乡下老家去挖野菜，在乡村的田野上，挖些野蒜头、灰灰菜、榆钱儿等纯自然的野菜。然后把野菜烹制成一道道佳肴，尽管它们口味有异，但在我眼里，无不透着春天的鲜嫩和清醇，吃在嘴里也是唇齿留香，让人既品味了春天的味道，也品味了儿时成长的味道。

如今，在城里生活的孩子，又有几个知道野菜呢？只怕住在乡下的孩子，知道和吃野菜的，也不是很多吧。

（原载《海立报》2018 年 3 月 20 日）

约会龙感湖

初识湖北四十八大名湖之一的龙感湖，是十年前的一次公差。吻着龙感湖的酥风，惜因工作忙，来去匆匆，未及久留。与烟波浩瀚的大湖，少了面缘。再晤龙感湖，是今年六月的一个双休日。我们几个天各一方的同学，应在龙感湖总场工作的凯兄之邀，约会龙感湖。

按事先约定，我和平姐、庚校从武穴出发，沿沪蓉高速到龙感湖。八点刚过一刻，我们先到了。在凯兄办公室稍歇至九点，远程的同学陆续到齐。一盏茶罢，凯兄就领我们去看湖。

从总场到湖区，有五公里左右的路程。出了总场，路边满眼是棋格般的稻田，绿油油的秧苗子，绿毯子样铺满一地。临近湖堤，有一处果园，远远望去，矮檐低瓦，红砖小屋后，桃李满园。园的边界，竹篱为墙，柳丝依依。几个红衣绿褂的小童，围着果树，追嬉其间。不知是不是我们的车鸣，惊了主人的梦狗，惹得它阵阵狂吠，吓得一群散养的鸡仔，咯叫乱飞。此时此景，田园风光，让人见了，顿生陆放翁“但思茆屋映疏篱”的感叹！

转过几道小弯，就看到如巨龙一样横亘眼前的大堤，越来越清晰。上了湖堤，停好车。我们这群老儿童，一个个如同那果园的孩子，笼鸟放飞般扑向自然，齐刷刷把目光聚焦在这浩无边际的湖中。我是湖区长大的，对水天生有一种亲近感。我也到过不少地方，也见过很多很多的湖泊，奇怪的是对这龙感湖的连天碧水，有一种异样的亲切。

堤上铺的是石屑，三四米宽，平铺直叙的样子。堤坡不是很陡，清一色清石护坡。水边有亲水平台，一级一级的。凯兄再三叮嘱大家小心青苔滑脚，可大伙还是在水边坐下了。

这水清澈见底。

“快看，快看，底下有虾子咧。”一向文静的才姐，提着翠裙，双脚拍打水面，像个顽皮小姑娘。

“好水，好美!”望着湖边的苇绿，眺着湖中点点风帆，目光追着那翔飞的鸟儿，我也无法不赞美她。

“是的，龙感湖是美的。大自然对人类的馈赠，从来就是无私的。而要把这种赠予化成一种美丽，少不了人类的呵护。”凯兄接着说：“龙感湖地处长江中下游结合部的长江北岸，与江南的鄱阳湖隔江相望。流域面积达5000多平方公里。据史书记载，春秋战国到秦汉时，江南鄱阳湖和江北大雷水是连成一片的汪洋，史称彭蠡泽。西晋以后，长江改道，把大泽一分为二，南称鄱阳湖，北叫大雷池。成语‘不敢越雷池一步’中的雷池，据说即指江北这片水域。随着历史的变迁，湖水泥沙淤积，沧海桑田，古雷池逐被区域性湖泊代替。在湖北黄梅境有感湖、源湖。在安徽省境，有望江雷池、宿松龙湖、大官湖、黄湖和泊湖。1955年，国家有感这片水域人烟稀少，水患猖獗，给周边人民群众带来莫大隐患，于是把黄梅境内河湖港汊，围成六个大圩和三个小圩。开发利用，垦殖种养。并把黄梅宿松连片水域统称龙感湖，所围区域，置县级龙感湖农场。这便是龙感湖的由来。”

听了凯兄的介绍，算是知道了龙感湖的来历，更想探寻龙感湖的内在美。

“秀色眼前，憾不能揽而品之，若乘舟碧水，赏荷采菱，何其乐也!”同行的贵宾——剑兄感慨。

闻听此言，同学们齐言可惜。正惋惜间，忽听湖中传来“哒哒哒”的机鸣声，由远及近，抬眼望，竟是几只机船。

“踏破铁鞋无觅处，得来全不费工夫，这回好了。”诗人烧饼哥笑道。

“你可别早喜的，那船儿未必可载我们。”才姐笑梅笑着泼冷水。

“我们和他商量商量，我们可以租他们的船，我们……”大家七嘴八舌，献计献策，就想船家带我们游湖。

“同学们别急，这船儿是我从旅游公司预约的，看，向着我们开过来了。”凯兄说。大家高兴又愠恼，都编排凯兄的不是，说他好捉弄人。说得英俊潇洒的凯兄，桃红着脸，咯咯傻笑。

船还真是凯兄预约的。虽卖了个关子，瞒了我们，总还是一个惊喜了！船有三艘。人机两用的木船。每条船可以坐六个人，有木桨和机械动力，随游客自便，可荡桨缓行，可动力疾行。我们一行十二人，每条船坐四个。才姐、剑兄、琳妹、游教授一船，芳妹、平姐、雅梦和庚校一船，烧饼哥、凯兄、江平和志强兄一船。穿好救生衣，各就各位。凯兄提议，为节省时间，先行动力，到了景区，改为划桨，大家都赞同。

滨湖有块湿地，一眼也望不到边的绿，那是苇绿。机船启动声，惊得一鸟冲天，引得众鸟齐鸣，展翅相随，鸟影如云，叹为壮观！

随着船儿划浪而行，我们沐着湖风，忘了初上船的胆怯。游目四顾，穿天洞水。抬头望，头上的天是水色的，身边的水是天色的。回头看，芦苇翠绿，荡在一泓碧水沿，围脖一般。船边呢，浪花下，水草丰美，组成水下森林。你看那红尾鲤，恋草的草鱼，游在水中间，好自在。船公说，若遇上鱼汛儿，那白鲢学飞，就会跳上船，亲你的脸。听着，我下意识地捂着脸，仿佛那鱼儿就在来的路上。

船在湖上疾行，算来也近个把小时。凯兄又不在我船上，也不知离我们要看的景地有多远。正想着，平姐先问船公。船公说："快到了。"边说边把手指向南边，顺着他的手，我也眼尖了一回，那边有道翠微呢。

说来也快，那道翠微一点一点在眼前放大，最后就横在眼前。船公停了动力，改荡双桨。庚校突然站起来，吓我一跳，他跟船公说，让他荡桨，船公有点疑虑，征得凯兄同意，让了他。庚校的胆子也太大了，船在他的指挥下，就如喝了酒的醉汉，转过来晃过去，我都快呕吐了。芳妹说："快停快停，我快见龙王了。"幸得船公撑得及时，不然害惨我了。

正惊魂未定，忽然听到有歌声从绿中传来，竟是我喜欢听的《采红菱》：

> 我们俩划着船儿，采红菱呀采红菱
> 得呀得郎有情，得呀得妹有心
> 就好像两角菱，从来不分离呀，我俩一条心……

歌声婉转悠扬，令人神驰。我探头望着，不见人影。倒是见剑兄在摇头晃脑，双手轻舞。想必他此刻正陶醉在歌声中，陶醉在此行中。

我也仿佛看到远处荷叶林中，水面上铺满了翠绿浅黄的菱叶，湖中荡来一只双人小船，船上坐着那明眸皓齿的姑娘和剑眉飞扬的小伙子。小伙子手荡双桨划船，姑娘双手在水面上翻飞若蝶，采摘菱角。他们唱着歌儿，忽左忽右，忽前忽后。乐在情天碧海。

只可惜等到我走进荷中，那歌声却越飘越远了。“毕竟西湖六月中，风光不与四时同。接天莲叶无穷碧，映日荷花别样红。”宋诗人杨万里这首传颂千古的咏荷诗，放在眼前，或景有不同。也许西湖更近南方，气候要比这里温暖，花开见早些。同是六月天，龙感湖的荷，却有参差。大荷碧硕如伞，小荷呢，有卷尖尖角的，有轻舒慢展的，淡绿鹅黄，卷起裙边，像个害羞的小姑娘，怯怯地站在荷叶母亲身旁。荷花呢，清一色的白。也有红荷，成片十数里，凯兄却说，在湖的北边，远。

虽不是盛花期，但荷香浓郁，更有趣的是，荷下采菱，体会了“菱叶萦波荷飐风，荷花深处小船通”的诗境。栖身伞荷下，伴着雅洁的白荷花，采菱，吃菱，嗅着荷香，哼着自己才懂的心曲，人融自然中，何其美啊。痴于风景，醉在风光，竟忘了归期。等我们返归时，已经是日依西山了。

龙感湖是美的，她的美，美在自然；美在湖汊交错，湿地环围；美在水清草美，百鸟翔集。

我们迎着夕阳，体会落霞与白鹭齐飞，湖水共蓝天一色。共着渔舟唱晚的归帆，荡动在归航。凯兄说，龙感湖是国家级湿地保护区，有达百余种珍稀鸟类在此过冬。其中有国宝级濒危鸟类——黑鹳、白头鹳，探明种群数，有的甚至超过了鄱阳湖。可惜这不是冬季，少了好多鸟儿。若想看那万鸟翔集的美景，欢迎大家冬天再来。我们感动并感谢着。

想起六七十年前的水袋子，对比眼前的人间美景，鸟类天堂，真的让人感叹。享受自然，呵护自然。追求人与自然的和谐相处，原生态的美，才会如影随形。

（入选《朋友，我只有荧[①]火之光送你》一书，中国电影出版社）

① “荧”应为“萤”。

月在武湖明

或许是因为从小生活在湖边，与水有缘，乃至长大后，闲暇出游，总喜欢有湖的地方。每每遇上赏心悦目的景境，总会流连忘返，心生不能长驻于斯的遗憾。现在回思起来，那些散布祖国各地的美丽湖泊，像是有过面缘的美妇人，虽曾给我留下了难忘的印象，然事过境迁，遥遥不可触摸，如梦幻一般。

八月休假，原本计划一次远游，却因暑热难挡，踌躇不前。家住武湖的朋友知道后，笑我“傻”，说我傻得竟看不见近水楼台的月明。一语惊醒梦中人，我这才想起家乡美丽的景色。

“因为近在咫尺，以为什么时候要去就可以去，我们对于本乡本土的名区胜景，反而往往没有机会去玩，或不容易下一个决心去玩的。”郁达夫这些论乡景的话，我是很赞同的。毕竟，人性最难捉摸，总以为远比近好，那大漠和海生的明月，较之家乡，或是不一样的月圆。对故乡的一切，山水草木，风物景观，若非乡愁触动，未必来得及回眸。

朋友电话里说：“你不是好水吗，你看武穴，太白湖、武湖、仙人湖……青山、碧水、荫树、翠鸟、绿岛，哪一个不是风景秀美呢？那武湖的历史文化底蕴更是别处不能比的！”见故友这般推崇，又在故乡，我想，我是该先好好看看我的武湖了。

武湖地处城北，是武穴市仅次于太白湖的第二大湖泊。古因倚靠青林山而名青林湖，后因秦末英布在湖中武山寨筑城起义，秦亡后受封武王，始更名武山湖。至今，武湖还有当年“黥布旧城”和樊哙城的遗址。

从市区到武湖，只有七公里。到的时候，已经是夕阳西下的傍晚。我们走在沿湖宛转的路上，路旁绿树荫荫，弯弯的团柳枝条垂落，嗅着泥土的芬芳。高高伫立的灯还没有亮起星火，路上的游人，三三两两，或去或返，还有些街市为邻的气息。

霞光弥漫在远的峰峦坡石上，在静树及唱晚的归舟上起伏回转，武湖沐在橙红的云影中，似涂了层层的粉彩，又像一幅油画。久违的湖风吹过来，游人如醉，恍若画中！

湖的近岸，有一片一望无际的湖荷。月亮升起时，隐隐可见伞样的叶子和笔样的花，在风中漫舞。看不清她们碧翠娟秀的模样，只闻得一阵或浓或淡的花香。

武湖有景画中裁，
碧水清幽鹭鸟徘。
日暮扁舟何处去，
烟波深处月轻来。

“可以放舟吗?”想起这首武湖泛舟的诗，对着这皓月临空的武湖，我自问非问，“武湖明月是武穴十景之一，若错过，真的可惜。”

“这武湖明月，岂能错过。”朋友答着。

行至一处空旷的水域，夜游的人不少，我们独要了一条船，和艄公谈妥了价钱，只听得欸乃声起，“便携轻舟向碧怀”了。

在外来游客的眼里，武湖既没有洞庭“气蒸云梦泽，波撼岳阳城”的气概，也不及“水光潋滟晴方好，山色空蒙雨亦奇”的西湖隽秀，也别说比之太湖的宏伟，滇池的浩瀚了……有人说：大凡世上的树，没有一棵是不美的，武湖自有武湖含蓄的美。

船行湖中，月光下，湖如玉镜，回望远岸，远去的武山，青中藏黛，碧翠如螺。美景当前，不禁叹息唐朝诗人刘禹锡没先于洞庭而见武湖，不然他的诗句，会不会是“遥望武湖山水色，白银盘里一田螺”呢?

“老哥，平素游湖的人多吗?”看不时有轻舟侧过，我问艄公。

“游人是一年多过一年的，不过秋游的人还是多些。”艄公回说。“您这是赏月，若是白天，山水、苇鸟、湖荷也好看。”

“市政府已决定开启城市湿地武湖慢生活圈，前几天武山湖刚刚通过了国家湿地公园验收，相信以武湖紧邻城市的区位优势，加上自身秀美的自然风光，在不久的将来，武湖一定会成为鄂东南乃至湖北的观光度假胜地。”朋友接过话说。

是呀，而今生活压力大，我们是否应该停下匆匆脚步，无拘无束地走进并亲近自然，泛舟湖上，揽月怀中，像鸟儿，像鱼儿，远离尘世喧闹，憩在这波光粼粼的水中呢？

就如今夜，你不必理会远处不时传来的江轮的笛鸣声，不必理会城市的繁华与喧嚣。自顾倾心湖水吧，在这样一个明月朗照的夜晚，把疲惫的自己交给自然，心就像月下的湖水一样宁静。看湖面上不时有莹莹的灯光闪过，那渔火就是湖天的星星。

艄公，放下桨吧，让天地静下来，静下来。我们一同枕着湖水，身披月光，闭上眼睛，倾听心与自然交流的声音，尘世的纷扰离我们远了。心，如水，如此的洁净而清澈。心从今夜静，月在武湖明。

是的，今夜，只有我是武湖的一滴水，一尾鱼，一枝柳，一叶荷……

（原载《黄冈日报》2016 年 9 月 10 日）

再会乡湖

已经很久没有去看乡湖了。

朋友，乡湖的名字你也许陌生，若说起她的大名——太白湖，你或有耳闻。

太白湖是鄂东仅次于龙感湖的天然湖泊，它像面玉镜嵌在武穴的东部。我家距太白湖不足十里，从小在湖区小集镇童司牌长大，习惯跟着乡亲称她乡湖。

小时候回祖籍黄梅蒋咀，最近的路便是坐渡船经丰收大港过太白湖。20 世纪 90 年代初期，内河营运整治，童司牌到黄梅的轮渡禁停，偌大的湖区，只留水府庙至蒋咀一条航线连通武穴、黄梅的湖区。这时我们若再回蒋咀，就得到水府庙渡口。来得不巧不见船儿，你也不用慌张，只要把双手搭在嘴边，对着茫茫湖水喊："船——家，有——人——过湖啰。"不一会儿，那隔岸或湖汊便响起"突突突"的船声。待到船靠岸，三五个或七八个人上船，船家便调头向对岸开去。水路遥遥，云彩倒映在水里，让人有一种在银河泛舟的感觉。赶上夏日，行至荷丛时，胆大的哥哥，会用脚在船边勾莲蓬，实在险中多趣。

太白湖的支流多源自大别山余脉，且并排从山脚流出，蜿蜒数十公里。河水大多清澈透明，河与河及湖之间，堤与堤相连，良田千顷，沿湖湿地处，河湖港汊，草肥水美。

俗话说，靠山吃山，靠水吃水。围湖的乡亲，在湖畔撒网，一网网打捞属于自己的生活。他们或稻虾套养；或特色养殖太白湖一宝——银鱼；或把荷栽种在水里，花艳水面，让鱼儿打着荷叶伞在水下行走。彩色的蝴蝶和蜻蜓绕着红的白的花飞舞；鹭鸟从一边的苇草间掠过来，吃吃地笑。

那湖湾的转角，不一样的小渔村，有一样迷人的风景。春天，金色的油菜花与红色的紫云英在阳光下相映成趣；夏天，游湖的人在翠柳的浓荫下垂钓休闲；夏秋，谈情说爱的伴侣，泛舟湖上，唱着采莲曲或摘菱歌，穿行荷叶丛中；便是冬日下雪，那成群结队雪地觅食的野鸭，幅幅都是醉人的画！

多年前的夏天，陪友人逛湖，我曾赋诗《夏湖》：

知了，蹲在岸树上
情歌羞红了荷花的脸
碧翠的叶子，摇呀摇
伞一样遮掩
身影，从荷塘里飘过
姑娘在水上，闪闪
采莲的船儿，摇呀摇
缤纷了少年的眼
……

只可惜，水府庙这班轮渡停后，去黄梅只能绕道他乡，加之自己又打工在外，从此，少了亲近乡湖美景的机会。

生在多雨的南方，喜欢夏天的雨。喜欢一阵凉风伴着大小不一的雨吹来。暑热后的雨，不但淡了炎热，清新了空气，还可以冲洗喧嚣烦躁的心情。几天连雨也不用怕，滋润了庄稼，满了房前屋后的浅洼，看孩子们把鞋当着船儿在水里划，也能回味童年的快乐。

可今年的南方，天却像变了个人似的，大雨从六月下到七月，全然不是我喜欢的样子！寄居之城武汉，雨大“海”深，老家武穴竟连续遭受多轮强降水侵袭。

我是乡湖岸边的游子，我要回家。7 月 10 日，无雨。我搭乘从武汉新洲开往黄梅的班车。因行经之地道路水损严重，190 多公里的路程，早上 6 点出发，颠簸至下午 1 点才到家。放下行李，匆匆喝了碗凉粥，就准备出门。

“上哪啊?”妻子问我，“正中时的大热天。”“上堤。”我望着有些憔悴的妻子说。“我陪你去!”妻说。

从童司牌街沿丰收大港到太白湖，全线水泥硬化路面，路线约莫 5 公里长。只是这汛期，路多泥泞，虽晴几日，但沿途有不少运送沙石和毛竹等救灾物资的车辆，有些地方还是不大好走。

“港里的水算是退了些，那天夜里在饶山圩抢险，港水都翻过了新筑的子堤，你不知道我有多担心。”妻小声说。

上有八十多岁老母，下有三四岁的孩子，一个弱女子——不，还有众多的留守妇女，和男人一道，暴风雨中奋战在抗洪一线，为的什么，为的是保卫家园啊！我望着黑瘦了很多的妻子，竟无言以对。

走到太白湖刘常村，眼前一片汪洋。妻子告诉我，这就是新河溃堤进水区。但见大大小小的村庄，由远及近，如水中小岛，水中不时有冲锋舟巡游，惊起成群的鹭鸟。

“老伯，您好！”我看到一位面对洪水，神情肃穆，挑着茶水歇息的老人。

“你也好哇！”老人回答说。

“您老是这儿人吗，是不是给防汛人员送茶呀？”

“是呀，你看，那泡在水里的刘城（垸名）。”老人边说边指着给我看。

“进水严重吗？”

“底层进水了，如果退水及时，屋估计倒不了，只是种养的都没了。”老人说，“多亏政府和解放军。没有政府早做安排，安置我们到高处，没有解放军舍命堵溃口，肯定会出事。”

“是的，那些战士都是十八九岁的孩子。我们女人牵袋，男人上土，战士扛着包在暴风雨下的泥泞中奔跑，脚磨得皮破血出。”妻子接过话头说，“溃口流水湍急，一声令下，他们齐刷刷地跃入水中，手挽手，肩并肩用生命筑堤。用最快的速度，最短的时间堵住了溃口。就餐时，有的战士端着饭碗就睡着了。太感人，太伟大了！”

说到这，妻子泪流满面。是啊，谁说只有战争年代才会出英雄？请看我们的战士，在没有硝烟的战场上，他们同样伟大！

告别送水老人，前行不远，远远望见堤上一面面红旗迎风招展。近前方知是武穴市纪委、宏森集团、花桥镇等单位的抗洪抢险突击队员冒着三十八九摄氏度的高温，装运沙包，喊着号子加固团结圩。我们要参与抢险，他们死活不让。身为太白湖的乡民，崇敬之余，我们只好折身返回，送来一些饮料给英雄们，算是略尽绵薄之力！

站在一堆沙石上，远眺我久违的乡湖，水天一色，已经看不到它的远岸。

“你好久没见乡湖，你看到了什么吗?”妻子问我。

“我看到了，看到了这茫茫的湖水下面，有正抽穗的稻子，有娇艳的荷花，有成群的游鱼。”我说。

“还有阡陌，有果园、菜地，甚至还有成熟的西瓜。”妻子说，“听到了吗，‘我们俩划着船儿，采红菱呀采红菱，姐采菱在船头，妹采菱在船尾……”

“听到了，听到了。”我说着，泪水不自主地流下来。我们静静地站着，太阳烤着湖水、堤岸和守堤的人。“你说，夏荷还会回来吗?”我问妻子。

“不只夏荷，所有的美一定都在!”妻子说，“有党和政府的宏伟蓝图，有子弟兵作坚强后盾，有湖区人民挥毫泼墨，乡湖的美丽，谁能遮掩?”

是的，乡湖的美丽，谁忍心遮掩？谁又能遮掩呢?

我爱我的乡湖!

（原载《黄冈日报》2017 年 8 月 13 日）

摘桑枣

工友老刘拎着一小袋桑枣从外回来，乌青着嘴唇说："邻近的林地，有不少碗口粗细的野桑树，结满了桑枣，可甜呢！"

第二天一下班，我就让老刘他们带我去。我们走出工地围墙，穿过一条弯弯曲曲的山路，远远望见一片桑树林。我们的脚步声，惊得鸟儿乱飞。桑枝晃动，翠绿的桑叶间，紫红的桑葚，玛瑙一般摇曳着。我们童心大盛，兴奋地围着桑树，专挑那个大、肉厚、色紫的下手，边摘边吃。一颗入嘴，果汁四溢，顿觉满口生香。

同来的三管姐个子矮，采摘不便，就使出摇树的法子。那熟透的桑枣哪经得起摇呢？如同一阵紫雨，纷纷坠落，有落入泥土中的，也有砸到人身上的。肖大姐新买的白上衣，被桑枣印上一个个紫黑的印记。看她哭笑不得的样子，大家也跟着惋惜。接着又是说笑，说起一桩桩儿时吃桑枣的趣事。

小时候在乡下，零食可是奢侈品。我们这些孩子解馋的机会就是吃野果。老家对门昌瑞叔家，院后有棵小水桶般粗细的桑树，枝繁叶茂，树冠如伞，伸展开来，罩住半间屋子。每年桑枣成熟的季节，树上树下，最是热闹。

我那时放学回家，书包一扔，就往树下跑。胆大的男孩子，总是攀爬到树高处摘桑枣。那里阳光充足，果实熟得好，味儿甜浓。胆小的小孩，只能在地上捡。等大伙吃到嘴唇乌青、吃不下了，就把多的桑枣放到书包里，带到学校，为铅笔画染色，漆小人。女孩子除了吃枣，还会央求男孩帮助她们采摘桑叶，体会养蚕的乐趣。

隔壁的刘锋最能，偷偷把家里床单拿出来，让我和姐姐在树下兜着，他爬上树，一阵乱摇，落下的枣儿，把白白净净的床单，印上了好多乌黑的花儿。刘锋为此还被他爹暴打了一顿。

前几年回家，还到昌瑞叔家的老屋转了转，那棵带给我儿时无尽欢乐的桑树，已无迹可寻。不过在乡野的田间地头，还零星生长了些桑树，只是今天的孩子，想吃什么有什么，没有了我们儿时的那副馋样，也自然少了一份采摘桑枣的童年快乐！

（原载《皖江晚报》2020 年 7 月 19 日）

栀子花开

早晨起来，打开房门，扑面而来的清新空气中，弥漫阵阵袭人的花香。循香走近，才发现宿舍前昨日还一身碧玉通透的栀子树，翠绿油亮的叶子之间，一朵又一朵洁白的栀子花，悄然绽放。朵朵细腻润泽，白如凝脂，芳香四溢。如未染尘世、含羞不语的少女，带着一种洗净铅华的美丽，令人陶醉。

古诗云："雨里鸡鸣一两家，竹溪村路板桥斜。妇姑相唤浴蚕去，闲看中庭栀子花。"看来，栀子花是平民花，在乡下最是普通。印象中，每年栀子花开的季节，村里村外，常见婆婆婶子乃至小姑娘们把栀子花或夹于耳后，或簪于发辫，或插于衣襟。那淡淡的花香，沁人心脾。通常这个时候的女人，即便穿着最寻常的粗布衣衫，模样普通，也会因那一袭花香，衬托出女性的妩媚娴雅，多出几分隽永的气韵，变得清丽动人起来。

我喜欢栀子花，始于童年。小时候，我家后院也有两株栀子花树。高过大人的头部，长得粗壮繁茂，状如伞盖，叶片如玉。每年端午前后，栀子花总会突然在某个早晨，带给一家人无尽的惊喜。记忆中，栀子花盛开的每个清晨，奶奶总要采摘一些带着露水的花儿，留足分送给左邻右舍婶娘们的，把多余的一朵一朵雪白的栀子花，连着翠绿油亮的叶子，轻轻地摆满竹篮，然后提着走十多里小路，到邻近的街头叫卖。那时住街的人，很少有栽花种草的。那些路过的姑娘婶娘，总是挡不住栀子花香的诱惑，停下好奇的步子，然后满怀喜悦地买上几朵，迫不及待地戴在发上，或别在衣衫上。那馥郁的花香，随着她们忙碌穿梭的身影，流动在空气里，香满一路。一朵花卖二分钱，一天也能卖个一两块钱。奶奶回来时，有时也顺道买些油盐酱醋贴补家用。遇上星期日，我和姐姐总会跟着奶奶一起去卖花，不过这天卖花的钱，大多进了我们姐弟的腰包，除了买些笔本，也会偷偷买些吃的。

我喜欢把含苞待放的栀子花，装在盛满清水的瓷碗里，置于房间的一角。要不了一两天，当外面的花瓣，一点点转白，馥郁的花香便弥漫于整个房间。姐姐则不同，姐姐除了插花戴花，还喜欢把花夹在书页中，或挂在蚊帐里，放在枕头边，闻香而睡，枕花入梦。

奶奶过世后，我们家的老房子，也早被拆除了，那两株栀子花树也不知去向了。而今在异乡品味栀子花香，不禁想起童年的往事，童年虽已回不去了，但回味起来，有栀子花相伴的日子，真是馨香四溢的日子！

（原载《牛城晚报》2018 年 6 月 20 日）

中秋月饼

中秋节吃月饼，这件在现今人们眼里很普通的事，在20世纪六七十年代的乡下我们家，却是件很奢侈的事情。我的童年，中秋少有吃月饼的机会。

第一次吃上真正的月饼，是我五六岁的时候。那年中秋节，家住村东头的好伙伴堂桂哥来找我玩，偷偷拿出一块说是城里的月饼，让我咬了一口。可惜我像猪八戒吃人参果一样，吞咽得太快，没看清月饼的模样不说，连堂桂哥说的好味也没品足。为了能再吃一口，跟着堂桂哥走了好远，可堂桂哥舍不得。晚上回家，我和姐姐说起城里月饼的事，听得姐姐直流口水。那个馋样，让母亲心痛不已。母亲说，等到中秋，咱家也买城里月饼。我和姐姐听了欣喜若狂。

后来我就掰着指头数日子。数到中秋节差几天就到了的时候，父亲因病住院，母亲也要陪父亲去县城。中秋节头一天，母亲托人捎信给姐姐，说她中秋回不了，叫姐姐好生照顾我。几个小孩在一起，没个大人在身边，中秋节过得冷冷清清，自然也没吃上月饼。中秋节过后八月十八父亲出院回来，我们姐弟都很高兴，但谁也不好意思提月饼的事。母亲内疚地说："你爹病了，娘没钱买月饼，今天咱们自己做，错过了十五，就吃十八的月饼，好不？"我们都拍手叫好！

母亲先将淘好的米磨成粉，加上少许面粉兑水用力揉，等揉成型了，就往每个面团里放进糖，然后压扁制成一个个圆形的小饼，上笼蒸。过了半个多钟头，热腾腾的"月饼"就熟了。这"月饼"和堂桂哥那月饼外观虽有不同，但吃起来味道还不错，很甜，很香。母亲都蒸了两笼，我们还吃兴未尽。

晚上赏完月，姐姐都去睡觉了，我却惦记着笼里最后两个"月饼"睡不着。母亲要父亲吃，父亲要母亲吃。见他们推让都没拿时，我伸手去拿了一块。母亲惊奇地问我："斌，你还没吃饱?"我拍着圆鼓鼓的肚儿说："饱了，饱了。不过我想把这个留着，明天带学校去。"父亲笑了，然后将另一块"月饼"也塞进我的手里，说："睡去吧!"我走时，听见母亲对父亲说，你怎么一口都不尝。父亲说，孩子想吃，就让他吃呗。

如今生活条件好了，每每中秋一家人围坐在一起赏月，分食精美的月饼，我总会想起那年十五的中秋，十八吃月饼这件往事。回味当年享受的浓浓父情母爱，热泪盈眶。唉，我那时，真是太不懂事了。

（原载《遂宁广播电视报》《遂宁新报》2020 年 9 月 17 日）

爱上武汉这座城

第一次来武汉，是2006年我失业遭遇人生困顿之际。在此之前，我对武汉这座城市的了解，仅仅局限于电视和书本。虽知道武汉是湖北的省会，是我国中部最大的城市，但对它长着一副怎样的模样，茫然不知。真正让我认识并了解武汉，是我在武汉15年的生活。15年的时光，放在历史的长河中，是短暂的一瞬间，但在现实生活中，却能让一个刚入学的孩童，成长为一名风华正茂、朝气蓬勃的青年；也能让一座城市，发生翻天覆地的变化，为世人瞩目。

我最初工作的地方，是位于中山大道和大智路交会处的华中通讯广场。那年，从鄂东老家武穴坐车到傅家坡长途客运站，在武珞路乘413路公交到汉阳桥头下车，然后再转乘402路到中山大道至目的地。沿途经过很多街巷和名胜古迹，听车载语音播报着一个个熟悉又陌生的地名：武汉长江大桥、黄鹤楼、古琴台、汉正街……让我对这座久闻大名的城市充满了好奇。憧憬着自己即将在这大都市里生活，人生可能会出现更多精彩，内心无比激动。心里暗暗告诉自己，一定要爱岗敬业，有空一定要尽可能像记住老家那些村庄、田野、河流和大山的名字和模样一样，记住武汉，融入武汉。

我初来武汉时，与人合租在大智路交易巷一栋简易的平房里，三五个人共一间厨房和卫生间。那时交易巷这一块还是未开发的棚户区，脏、乱、差现象在所难免。好在离上班的地方近，穿过几条小巷，走路也只需十几分钟。2008年大智路长江隧道建成通车后，一旁的格格屋也拔地而起。交易街和铭新街这一片都得到了极好的整治和改造，一些老房子拆除后，就地建了林木茂密葱茏的绿地。为方便周边市民出进，大智路上还建了几座过街天桥，将黄兴路、中山大道与交易街紧密连在一起。在华中通讯广场上班，工作时间早九晚五，八小时以外的时间很富裕。为了熟悉武汉，只要有空，我都会以华中通讯广场为起点，沿中山大道或南或北，或东或西，用脚丈量武汉的街巷，进而伸展自己的触角，拓宽视野。

始建于1906年的中山大道，是武汉市最出名的商业街道之一，历史已逾百年。在这条喧嚣繁华的长街上，现代化商场、写字楼林立，潮流名品荟萃，无论白天还是夜晚，总是车水马龙、流光溢彩。与之毗邻的街巷，四通八达，多不胜数。虽说我年已不惑，囊中也稍显羞涩，但不影响我心态年轻，更何况沉浸于它新潮时尚、明媚欢快的氛围中，即便是在五马路边的老鼠街上购物捡便宜，也都是一种乐趣。当然，如果说要给自己的出行增添点气质和内涵，有的是地方可去。比如，在江汉路步行街享受慢生活的浪漫从容，到六渡桥体验天下第一街汉正街的热闹与繁华，或在中山大道右转经兰陵路去江滩，领略江滩美丽迷人的夜景……在武汉多年，在日复一日的晨昏相伴中，我还见识了武汉从容优雅的另一面。那些斑驳的老建筑，常沐着朝霞或夕阳与我们不期而遇，它们与那些光鲜亮丽的摩登大楼毫不违和，娴静大方地伫立于街之一隅，不张扬，也不卑微。明朗的轮廓，挺拔的身姿，精巧的门庭，演绎着不同的主题：老汉口大智路火车站旧址，武汉国民政府旧址，耸立在三民路的孙中山先生铜像，汉阳的归元寺、晴川阁、古琴台，武昌的黄鹤楼、长江大桥、东湖、首义广场……时光把隽永的气息沉淀得静水流深，近距离地凝视与触摸，大武汉历史的沉稳与厚重，瞬间在眼前凸显。

清晨的武汉，经过夜的沉淀，天空湛蓝而澄明。人行道两旁的绿树，叶含珠露，在晨风中摇曳。倘若这时有空，可陪着喜欢的人，在微风拂面、鸟语花香的林荫道漫步。累了，就近在小径的石凳上歇憩，收获的是幸福温馨。晨光中，呼吸清爽湿润的新鲜空气，看长街上渐渐涌动的车流，感受武汉日新月异的生命律动，清浅的时光，是多么富有诗情画意啊！

傍晚的江滩，夕阳倒映在江面上，江水波光粼粼。此刻，你若在长堤上徐行，便能更好地领略城市的阳刚和江水的妩媚。看，那一江两岸早早燃起的灯火，把五光十色抛撒在江中，游艇在缤纷溢彩闪烁起伏的光中，如流星划过，留下一道道光彩夺目、飞速前行的轨迹。如果你嫌这五光十色过于耀眼，那不妨倚堤而坐，轻轻地闭上双眼，让思绪如轻雾一般弥漫江边。相信在岸柳摇曳之中，在江船清脆的笛鸣声中，你在这城市拼搏追求的梦想会更加清晰。是的，在武汉这座包容开放、充满活力、把“敢为人先，追求卓越”的城市发展理念演绎到了极致的城市，到处都是撸起袖子、甩开膀子加油干的场景。相信它在实现自己城市“中国梦”的同时，一定会给予建设者们一个个造梦的空间，给予他们每个人一条追逐梦想的小艇，任其远航。就如我，15 年的武汉生活，一步一步走来，我曾经的梦想，无论是工作中还是生活中，都已经实现了大半。

夜晚的武汉，在华灯闪耀中丰姿绰约。武汉有一句很著名的话，叫“过早户部巷，消夜吉庆街”，通俗的意思就是吃早饭的话就去户部巷，夜晚就去吉庆街吃夜宵。吉庆街长约 170 米，它白天普通安静，只有晚上才热闹非常。近水楼台先得月，吉庆街就在交易巷的旁边。如果从旧时的斑驳里寻找记忆，那吉庆街稍显土气，或者说原生态的元素更多一些。依稀记得初来时，街道两旁的店面错落无序，探头探脑任性地发着脾气，来来往往的食客，像农村赶集一般，虽热闹却让人觉得缺少一种气概。与其说吉庆街是一条民俗街，倒不如说是美食云集地。这里没有安静的茶庄，没有高档的餐厅，有的是武汉人喜欢的、充斥市井味道的排档文化。流连忘返的食客形形色色，有各种口音的中国人，甚至还有不同国籍的外国人。吉庆街的排档将面对面的消费方式和平民化的表演方式浑然天成地糅合在一起，没有丝毫矫揉造作。很多走唱的民间艺人，在这里找到了自我。很多背负生活重压的人们，也在这里释放了自我。后来，大智路长江隧道建成后，吉庆街也经历了一次改造和重建，气质瞬间提升。就像这些年的城市不断进步一样，吉庆街终于撵上了经济发展的步子，有了气派。可我总觉得丢了一些味道，比如那种弄巷里叫卖声里的油烟味，已湮没在城市严肃的一面之中，虽然店面还在经营着，依旧是美食满街，高朋满座，演出节目层出不穷。不过，虽少了些生活气息，少了些往日的活泼劲儿，但无论怎么说，这种民俗文化，在这都市的夏夜，总能给人一种别样的清凉。尽管在无数个喧嚣热闹的晚上，霓虹灯下，我都是一个看客，一直看了十几年，但我已习惯了这种热闹，也乐见这种热闹展示的创新，释放出的轻松自然。我就这么看着，收获了满满的幸福。

生活在武汉，少不了寻幽探胜。武汉的四季不似北方那样分明。时令转换的随意，让这座城市呈现着不可捉摸的美丽。不过对于武汉的自然景观，我最推崇的是春秋二季。有文友来武汉，我少不了尽“地主”之宜作陪。春天，我带他们去黄鹤楼。登楼远眺，虽写不出“晴川历历汉阳树，芳草萋萋鹦鹉洲”的惊世之句，跟着古人来个“烟波江上使人愁”的感叹，也不失文雅。或去武大看樱花，饱尝花事美的盛筵。樱花花期很短暂，容易让人错过它花开的美丽。不过对于倾心于它的文学爱好者，即便赶上落花时节，踩踏在落英缤纷的樱花铺就的那层浅浅的“花毯”上，也会心无感念。不能在武大读书，却能在武大校园开怀畅笑，若干年以后，也是足可令人回味的美事。秋天，我喜欢带他们去东湖，领略东湖“三黄两翠五分红”秋色的烂漫。漫步东湖，登上东湖之南的枫多山。山上种有枫树、乌桕等红叶树种，漫山遍野，红红火火，溢彩流光。随处可见的阔叶林，在深秋季节泛着浓浓的绿意。这五彩斑斓的世界，是一幅烂漫的油画。所有的山、水、树木和人物，都是画中的色彩。我每一次陪着他们一路行来，娓娓道来的总是武汉不尽的历史和美丽。文友在惊叹武汉发展之快的同时，也惊叹于武汉景色的美丽，更惊叹于我“博学多闻”。听了文友的夸赞，我心里也颇感自豪。能如数家珍地说出这些，得益于我对武汉的了解，也得益于我对武汉这座城市有着深深的爱恋。

我是个怀旧的人，特别是生活在新洲之后，只要有时间，我还会到曾经工作和生活的地方走走看看。每一次重逢，都会发现它们不可思议的变化。比如交易巷这种小地方临街店铺越来越齐整了，窗户也洗刷得明亮如新，好多原来不通公交的地方也通车了；比如横跨长江的大桥也多了，除了老大桥、二桥等九座已通行的大桥，还有在建中的杨泗港和青山长江大桥；比如环城大通道，从一环二环到计划中的六环；比如轻轨地铁，从最初的一号线到如今的横贯武汉三镇及远城区的九条地铁线，运营里程长，车站总数多，线路长度居中国第五、中西部第一。自古就有九省通衢之称的武汉，如今更是陆海空三线齐发，交通迈上了快车道。回想这些年市政建设期间，自己穿行在城市中的种种不便，抱怨声音犹在耳，只是再看看如今享受的城市建设带来的便捷，才感受到当初的付出，是多么的值得。

武汉是有担当的城市。去冬今春在武汉突发的新冠肺炎疫情，惊动了全国，震惊了世界。这种新型冠状病毒性肺炎，侵蚀武汉人们健康的躯体，危及人们的生命，给人们带来了前所未有的对未知的不惑。那段时间，生活在武汉，说我们不担心，那是假的。但面对封城，人们没有惊慌失措。祖国没有忘记它的子民，封城的武汉，不是孤岛。带着党和国家的重托，领导人来了。为打赢这场没有硝烟的战争，四面八方支援的队伍来了。着白衣的医疗队来了，穿迷彩服的军人来了。他们逆势而上，向武汉进发。他们是在死亡线上负重前行的为民请命者，他们是中华民族优秀的儿女。他们是人之子女，人之夫妇，人之父母。他们是一个个拥有钢铁意志“不计报酬，不惧生死”的勇士。与此同时，我们这些生活在武汉的人，自觉响应政府号令，宅家避疫，禁足二月有余。这期间，街道和村组的基层干部以及志愿者，总能急群众之所急。无论你是武汉原居民还是因封城被困武汉的外来者，他们对你医食住的关注，哪一样都没落下。如今“硝烟”散尽，回首武汉封城的日日夜夜，冷暖自知。更值得自豪的是，新冠肺炎疫情期间，我能与武汉同在。是的，武汉，永远是一座具有担当的英雄之城。无论是百多年前的武昌首义，还是庚子年的封城抗疫。

夜新洲，有着唯美的恬静。此刻，我坐在武汉的远城区弥漫着桂香的窗下写这些文字，眼前浮现出武汉那古旧又新潮的街道的一幕幕，仿佛才从江滩回，又似刚刚品完吉庆街熟悉的烟火味道，抑或是刚乘地铁穿越长江来到金台……他乡亦故乡。我爱武汉，不仅仅因为它在我最困难的时候接纳了我，给足了我成长的养分，更多的还是因为它包容的胸怀。在这里，无论是过去还是现在，每一个在武汉讨生活的漂泊者，都能够找到家的归属感。我把我在武汉有限的经历和对它的印象，呈现在大家面前。倘若我的文字能引起你对武汉的共鸣，那便是我高山流水遇知音了！

海棠花香

一直以为栽花种草、怡情养性是文雅而有修养的人做的事情。自己虽然有时也会附庸风雅，但骨子里还是很俗的。所以，工作之余，除了针线女红，看书写字，种些小菜，很少沾花草。毕竟，侍候那些花花草草，是件费时费心还费力不讨好的事。可是，爱好有时也不是一成不变的。

因为有过一次失败的婚姻，所以对爱特别渴求与呵护，以致性情大变。我现在的老公虽是个普通人，但偏有雅致人的爱好，房前屋后的小院，栽了好些我叫不上名的花草，花开的季节，香风动人，还真是让人心旷神怡。天天和这些花草打交道，有时难免亲力亲为代夫浇水，日子久了，竟也渐渐有些喜欢。不知道，这是不是爱屋及乌呢？

去年的春天，我们邀约几位朋友去踏青。归来时顺道去了其中一位朋友家的农庄。农庄滨湖而建，山坡上栽得遍是桃树和梨树。桃花红，梨花白，漫天遍野，尽是花的海洋，让人驻足花下，个个都是桃谷之仙，人人都似梨园童子。不过，最让我流连的是湖边的一行行海棠。海棠树是栽在湖边人行道两侧的。长长的枝条，枝上挂满了花朵，弯弯的枝条垂下来，就似一条花的走廊。我们闲庭信步，湖风徐徐而来，感觉真好！若是遇上一阵风跑疾了，撞在这花廊上，搔得花枝儿痒痒的，一颤一颤的，那些瓣儿不时飘落，有如花雨！沐浴在那春风里，沐浴在那花雨中，真是一种惬意的爽啊！

此情此景，何似在人间？我本不是话痨，遇此奇境，竟是啧啧称羡，赞不绝口。夫和朋友见我这般难舍，竟自做主，向庄主讨要几株海棠苗儿，庄主笑而应允，并教了夫好一阵养殖之术。栽种花木，是夫的强项。可因为这苗儿是指名道姓送我的，所以我必须有些担当。何况，我的好胜之心，还没完全退去。我在书店买回一本关于海棠栽培的书，又在网上下载好些经验之谈。照葫画瓢，还吩咐夫别掺和，让我像培养孩子一样去倾注。结果呢？三株苗儿，到了夏交时，活了两株，虽然有些可惜，但也不少安慰！我从不懂到小懂，栽种的成绩不说上佳，也算是及格的。更重要的是，我收获了成功的喜悦。

而今，春又三月。当初不盈三尺的苗儿，俱已长成二米多高的样子，更可喜的是，春花初绽了。

说起海棠花儿，我又话痨了！不说夜半浇水，不说雨天搬移，不说修剪枝叶，不说守着死去的苗儿泣……说说花初开吧！

今年的春天，虽阴雨连连，幸喜日光像过周末一样常有。气温也比往年偏高。历冬后的海棠，随着季节，也追着春风活力充盈。那纤纤的枝干，慢慢地先长叶子，而后育花儿。树枝上，针头一样的节儿，捧着一个个花骨朵，慢慢地开。花未开时，花蕾艳红，如胭脂点点，开启则外红内粉，红则如杏，粉则胜桃。一般枝头，多则5～7朵，少则4～6朵。初期花蕊嫩黄，个头小巧。至盛时，则花开似锦，大气磅礴，蔚为壮观。花姿潇洒，艳而不俗，美中藏雅。

有时候，夜里写写东西，疲惫或意乱难以为继时，我会撂下笔，推开门，走到海棠花前，望着这花、这树遐思。或者，对着她独语。也只有这时，才明白古人将海棠喻为解语花的意义，才自以为是地彻悟东坡夫子“只恐夜深花睡去，故烧高烛照红妆”的意境。才女张爱玲说：人生三憾，海棠无香是之一。我不苟同。在夜深人静的时候，你俯下身，轻轻地贴着海棠，你用心去嗅她，你会嗅到一丝丝若有若无的香味儿，淡淡的，在不经意间从你的鼻尖划过，干净利落，不留丝痕。我喜欢也很欣赏这种淡淡的，若有若无的香。她是朦胧的，美则美矣，却无痕踪。

生活中的一些人，也是这样，她是美的，只不过那是一种如海棠花香一样，淡淡的，若有若无的美！若非你用心去倾听，去体会，也许，她的美，你一样错过。

海棠无香？我的海棠，弥漫了馨香！

（此文与妻张玉姣合写，原载于“原乡书院”2015年10月公众号，选入《朋友，我只有荧[①]火之光送你》一书）

---

① “荧”应为“萤”。

卖鞋的小姑娘

每次吩咐女儿做作业，女儿满是抱怨，说每天都有没完没了的作业，根本没有玩的时间，说读书的日子，一点也不开心。我听后，虽心生凉意，但没有过多责怪。现如今，只要家里有小孩的，做家长的谁都知道孩子的书包有多沉。女儿说的没错，只是她不明白，在这个一考定终身的年代，出生在平民家里，赢在起跑线，是多么不容易啊！

我把女儿闹心的事，告诉住在乡下当教师的表姐。表姐说，趁着暑假，你们带孩子来家小住些时日吧，山里空气清新，还能让她好好体验一下城外的乐趣。

从武汉到表姐家，前后花了四个多小时。当天夜里，表姐说，来得正巧，明天是镇上赶集的日子，一起去看看吧！

表姐家离镇上有十多里的山路。一大早坐在表姐的电动三轮上，沿途可见三五成群赶集的大人和孩子。临近街口，表姐把车停在畈地里，就领我们往里挤。

其实，我们赶集只是图个热闹，也没诚心想买什么东西。满街转了两个钟头，女儿喊说肚子饿。表姐便带我们去一家小饭馆。也许是赶集的缘故，食客蛮多，好多人在等。等的空隙，女儿发现，饭馆的旁边有个卖鞋的小女孩。她面前的桌上，摆满了手工做的布鞋，还有些花袜底（鞋垫子）。我们坐等了个把小时，没见她做成一桩生意。于是我们决定吃完饭后去看看，看能不能照顾她一回生意。

“阿姨，买鞋吗?”见我们走过来，她热情地翻捡布鞋，打着招呼。这是个十来岁的小姑娘，眉目清秀。稚嫩的脸上，堆满了微笑，略带菜黄的头发盘在头上。上身穿着一件褪色的咔叽布褂，下身穿着一件有补丁的牛仔裤。脚上没穿袜子，老旧布鞋的前面，明显有一个破洞，可以望见不老实的脚趾头。

“先看看吧。”表姐怕人欺生，抢着说。

小姑娘的目光，不时扫过穿着光鲜的女儿，却又不卑不亢，没有一丝羡慕的样子。这令我想对她有更多的了解。

交谈中得知小姑娘今年十二岁了（她看起来是如此小），和女儿同年。问了月份，比女儿还大三个月。她也是山里的孩子，家距镇上有十几里。父亲常年在外打工，母亲在家种地并照顾她和弟弟。山里成了旅游景点后，看到人家卖手工制作的鞋帽，她母亲也学着做，在集市或在旅游区的山口卖，补贴家用。她还说，以往都是她娘在卖，现在弟弟病着，娘带弟弟去县城医院看病了。她娘担心上个赶集日，人家买回的鞋子不合脚，来退换找不到人，所以才叫她出来守摊卖鞋。

“你应该起好早吧？这么远的路，又背这么重的担子。”我问。

“鸡叫第二遍我就起来了，给奶奶做好早上吃的，我就出门了。”她细声细气地说。

“一大早，走这么远的山路，不怕吗?”

“不怕，山里成了旅游区，路上都有路灯，再说我们村里还有伴，约好散集后在街口等。”小姑娘微笑着说。

“山里到镇上不是都通车了吗?!”表姐说。

“要四块钱车票，我和母亲都舍不得，经常走，走多了，也不累。”

“一双布鞋卖多少钱呢?”我拿起一双布鞋，问。

“五十。”小姑娘见我沉吟不语，又说：“这是纯手工做的，纳的千层底，现在已经很少了，穿在脚上，比买的鞋要养脚多了，一双鞋娘要做好几天呢。”

“价格都一样吗？小点的呢?”我又问。

“不是的。像妹妹穿的，只要三十。”她一边回答我，一边望着女儿。也许她在想，我是要给女儿买吧！

“她们都是远客，要是码数不对，不合脚怎么办?”表姐问。

“我们做的是良心生意，不合脚可以换。只是阿姨住得太远，如果真的不合脚，我……我……”

我见小姑娘面有难色，心疼不已！连说：“没事没事！拣合适的买就行。”

小姑娘听后，笑了。笑得像花儿一样开心。

这时有两位游客也来到小姑娘的摊位。我赶忙利用这个机会好好表现，忙对表姐说，这鞋好便宜，纯手工才五十元一双，买十双。转身向着小姑娘报码，取鞋，付钱。

来人说："买这多?"

"多?"我笑着说："便宜呢，城里一百元还买不到呢，这千层底的鞋，可是稀罕物!"

人们向来爱凑热闹。听这边莫急莫急，声音一声高过一声，围过来的人也越来越多，自然买鞋的人也多了。我和表姐帮小姑娘照看场子，女儿也帮着小姑娘递鞋。大家你一双、我两双地买，不一会儿，小女孩带来的货除了要送我们，我们没要的两双鞋垫，全卖完了。

表姐吩咐一脸幸福的小姑娘把钱藏好，说可以送她回家。小姑娘没答应，说同来的伴货还没卖完，做人要诚信，约好散集后同回村的，怎么能丢下不管。我们不放心她的货款，只好陪着她等。

幸好小姑娘的伙伴货不多，卖得也快。她们要走时，还没散集。我跟表姐说，先送她们回家吧，我们在镇上等。小姑娘开始不肯坐车，我好说歹说她才同意。临别，女儿突然走上前拉着女孩的手说："姐姐，明天还来哈!"女孩说："看家里有货不，有就来。"

小姑娘坐在表姐的电三轮上已经走远了，女儿却一直在望，直到小三轮的声音，消失在霞光里。

散集时，表姐赶来接我们，告诉我小女孩家里很简陋，但墙上贴满了姐弟俩的奖状。末了，她对女儿说："我送你小姐姐回家，她娘在医院没回，家里也没找到存货，明天可能不来了。"女儿听后，很是失落。表姐又对我说："小女孩硬是要送你两双鞋垫，我推不过，只好收下了。"见我疑虑，表姐说："你放心，我偷偷给了她奶奶一百元。"

坐在表姐的车上，女儿依偎在我的怀里，像只温顺的绵羊。我想，女儿的内心，应该有所触动，或许她已经有分辨是非的能力了。我望着车外路边那一株株野山花，满脑子是那个小姑娘的身影。小姑娘多像这质朴的野花啊，我都不知道她的名字……

（此文与妻张玉姣合写，原载《登封文学》2017 年第 3 期，《九月》2017 年第 3 期）

乡下的春

“故乡的三月，是田园诗中最美的段落。”读柯灵先生的《故园春》，最喜欢这句赞誉乡下春天的文字。

客居城市多年，没少体会城市春天的美。那城中湖的春味，那公园里百花之娇媚，以及农庄的桃花、郁金香……于城市而言，实在是不可多得的春妍。然而，在我的眼里，这种需要坐着公交穿城过巷去访寻才够得着的春色，万不及家乡唾手可得且多姿多彩的春。

乡下的春天，充满了诗情画意。随便拣出一段，那春的气息，春的馨香，春的色彩，春的层次，就要比城里深刻得多。

乡下春的美，美在足下草青青。当你行走在故乡的河畔，那些细碎的小草，悄悄地从你眼里长出，从脚下向四野蔓延开来，绿成一片，绿得俏皮，绿得可爱。几只浮游的鸭子，携几缕柳黄，在翠鸟欢鸣中“嘎嘎”地和着，娴雅地划开水面的彩云，戏说“春江水暖”的故事。啄泥的新燕，穿梭于田野和屋檐房梁间，呢喃着春的美好。几头水牛，悠悠地在河边啃食着青草，积蓄春耕的力量。看不见骑牛的牧童，却似乎总有悠悠的笛声在耳畔流响……

乡下春的美，美在品读芬芳。“草色青青柳色黄，桃花历乱李花香。”春天的花儿，总是以最烂漫的姿态装点着故乡春的世界，红的热烈，粉的轻灵，黄的流金，白的素洁，含苞的娇羞，怒放的率性。你看那桃花，随意地在溪边山脚、屋前篱后开放，花色从粉红到胭脂红，朵朵笑靥迎人。那些从城里来的淡妆女子，撑一柄油纸伞，嬉戏在桃林中，或前行或静坐，与桃花相映成趣，演绎“人面桃花”的风景。你再回眸田野，那大片的油菜花，生怕输给桃花的颜色，铆足了劲，一股脑儿铺天盖地灿烂开来。似一望无际的金色毯子，从你能望到的尽头，风一样铺卷开来。

乡下春的美，美在可以品尝。民间有“春食荠菜赛仙丹”的说法，每年春三月，在乡下挖野菜，也是件野趣无穷的事情。除了荠菜，还有很多可以食用的野菜，像山地里的野笋，坎边的枸杞头，渠沟的水芹，树上的香椿，地头的小蒜……都是名副其实的绿色野菜，是餐桌上的美味。

乡下春的美，美在孕育希望。如果说乡春是一幅画，那么历经这春色的农民，自然也成为这画中不可缺少的风景。盛世逢春，世代面朝黄土背朝天的农民，遇上了党领导的好时代，才迎来了自己真正的春天。“一年之计在于春”，缤纷的春色里，不同于城里赏春人的是，乡亲们只知道春天是个更适宜播种的季节，随便撒下一颗希望的种子，生活就会春暖花开。

宿武湖山庄

知道武湖山庄久矣。却因为自己不是赋闲之身，所以，山庄虽在咫尺，却没能一睹芳颜，实在是令人遗憾！

三月的一个周末下午，应友人之邀，驱车到城郊的山庄做客。去时红霞漫天，天色很好。刚一到，天不作美，大雨滂沱。这忙中偷闲，看花赏景、体验田园之乐的兴致，全让今春的第一声雷，赶着雨水，冲走了！

下雨又不得四处游走，窝在山庄一处小院里，这雨却一点也没有停下来的意思。

朋友看出了我的不安，对我说："下雨天，留客天！你就陪我住一晚，咱姐俩经年不见，静下来，喝杯夜茶，叙叙旧呗！"

朋友是我的同学。当初我们的关系亲密。只是在对待婚姻上各有分歧，她看重物质，我寄望于感情。随着她嫁商远去，我们的心也渐渐走远。况且贫富有别，往来日渐稀少，以至音讯全无……所有关于她的，一切的一切，云山雾里，遍是朦胧！

那日街头巧遇，互相打量，不敢肯定。毕竟二十年不见，岁月的刀子把彼此雕刻得不成模样。沉吟半晌，方出口相询，然后是执手难释，不胜唏嘘。也是那回，才知道城郊的武湖山庄，她是当家的。

她是个单身的女人。因为一场大病不能生育，丈夫和别的女人好上了。她很理智地结束了那段婚姻，带着分割的财产，在武湖边上建了这座山庄，从此，效陶令之风雅，栽花种果，养鸡牧羊。寄情山水自然，怡然于田园，何尝不是淡泊心境的方式呢？

给家里打了电话，吃过晚饭，我们就开始聊天。

我们住的是一栋二层的小木屋，八九十平方米的样子，客厅布置得很随意，所有的家具全都是木制品，就连墙上的壁挂也是。灯光是粉色的，朦朦胧胧的，让这厅里温和旖旎。我们喝着茶水，谈些别后的幸福与辛酸，笑和泪并存！直至她疲惫地侧卧在木制的沙发上……

第二天天还没亮，我因怕上班晚点，起了大早。雨不知在昨天什么时候停的。我也算是尝了香茗当酒的滋味，连什么时候睡的，也没记忆！

我打开窗子。哟，一股湿湿的雾气一下涌了进来。这春雾，热烈并充满了霸气。我掩上窗，轻轻地走到院子里，再欲前行，却迈不开步子。眼前宛如有面墙。雾气弥漫着，蒸腾着。有时像云一样涌动，有时又像轻纱一样抖动。

雾气笼罩着眼前的一切，远山和近树。如烟缭绕，一片模糊。

我想，这雾是有生命的，她一定是仙女挥动的袖子。你看，她时高时低，时远时近，让远处的小山，如同一座座小岛。这近处的建筑屋，时隐时现，海市蜃楼一般。听到江舟笛鸣，也听到鸟儿的鸣唱，可就是寻不到它们的影子。这缥缈、如梦幻的雾境，几分神秘，几许绮丽，让人遐思……

我张开双膀，想拥住春雾。她害羞地一触即退，我挥动双手，掬不起盈盈一握。雾丝流落，不由让人想起古人“自在飞花轻若梦，无边丝雨细如愁”的意境。望着从脚底下突然升起的雾，我也仿佛在雾中浮动，忽生一种羽化成仙的感觉。

不知什么时候，朋友已经静静地站在我的身后。昨日灯下的徐娘，在这朦胧的雾中，一袭粉红的长衫，修长的身子，亭亭玉立，若明若现，竟是这般的美艳！

我心一动，顿然一悟。有时候，美，也是一种朦胧。看不着，摸不透。她不在于倾诉或者让人明了，而在于含蓄。眼前花是一种美，水中月也是一种美！真正的美，不在于山水与人物，在于人的心境。或许，观看的心性不同，感悟也不尽相同。朦胧而不可触摸，清晰也些许模糊。

我的武湖，我的家乡，也在这一刻披上雾的轻衫，犹如一幅水墨山水画！

（此文与妻张玉姣合作，曾收录于《朋友，我只有荧①火之光送你》一书）

---

① “荧”应为“萤”。

雪　思

冬天最浪漫的事，大概是下雪吧。武汉的冬天，若圣诞节前后气温陡降，天连着阴沉几日，接下来多半会有一场雪。

元旦的前一天晚上，我正躺在租住的房子里看书，住在南湖的文友打电话来说："'白雪却嫌春色晚，故穿庭树作飞花'的飞花来了，记得明天到东湖赏雪哦。"武汉下雪了？我生怕错过景致，赶紧披衣下床。但见窗外飞絮盈空，犹似萤火虫在夜空中飞舞。雪花穿梭在林立的高楼与院树之间，在城市的霓虹灯影中，变幻着白又粉红的色彩，飘飘洒洒。远望轻盈飘逸，近看晶莹淡雅。那片片羽毛一样的雪飘来，我伸出双手，却是香肌无物，她害羞地在我手上醉成一摊水。我试着引她穿窗而入，她却羞而不语，欲行又止地一片一片又一片，飞入房中皆不见……

其实，在这样的雪夜，最容易让他乡游子想起故乡。想起故乡下雪的夜晚，一家人围着炉火，闲话家常和农事，揣测明日屋外的惊喜与可爱：啊，你看，白茫茫一片银世界。大地仿佛盖上了一件白色的毯子；高矮不一的房屋，全穿上了厚厚的棉衣，戴着一顶白绒帽，像个蹲着的雪人；无论是高大挺拔的乔木，还是低矮的杂树，都清一色镶着银边，仿佛要盛开一树银花。秋收后留在畈地上的草垛，不甘寂寞地隆起，是一朵朵冬生的白蘑菇……多美啊！

小时候不懂事，每当看到下雪，总会歪着脑袋缠着奶奶问，雪花是什么花呀？奶奶说，是天上落下的呀！我又说，天明明灰蒙蒙的什么也看不见，怎么会落下如此多的花呢，是不是天上的雪花树让风吹倒了？奶奶笑着说，傻瓜，雪是天上的精灵，是上天把她恩赐给农民，只有在冬天才会化作雪花来到人间的。春前瑞雪临，喜煞庄稼人！冬天落雪，大好事呢。听奶奶这么说，又体验了嬉雪的快乐，从此，对下雪的日子，我总是有无限的向往。

客居武汉多年，算是领略过不少城中的雪味。印象最深的还是去东湖“踏雪寻梅”。那年雪中，在东湖梅园，目睹大雪压枝头，寒梅傲然开的美好画面。让我们领略了梅的高雅、亮丽与冷艳的同时，真正体会到“有梅无雪不精神”“有雪无梅景不成”的真谛。至今，但得冬闲，我还会细细把玩当初拍摄的几幅《雪梅》。我也常为落在城市的雪而惋惜，叹息她落错了地方。城里人对待雪的态度，远不及乡下人。城里人爱雪，只是爱她最初来时的鲜嫩。待雪住下了之后，便心生嫌弃，先是在她的身上撒下一把盐，然后呢，用铲车驱逐她的身子，丢进垃圾场，发配得远远的。三五日过后，大概只能从屋顶上车顶上看到她曾经来过的痕迹了。

乡下人爱雪，才是真爱。无论雪下得多大，睡得多沉，他们从不肯轻易地叫醒她伤害她。父亲说，冬雪是有益于农事的，雪深一尺则入地一丈，最利油菜和麦苗生长，又能冻死地里的害虫。在老家，老屋的篱边有一畦菜地，生长的是秋末母亲栽种的油菜，冬日来的大雪，堆在油菜叶面上，不仅可以护养油菜过冬，春来时雪融的水还是自然的润溉，油菜长势更是喜人。父亲常说，雪下在冬季，滋润的是春天，培育的是夏天，收获的是秋天。不过我那时小，只觉得堆雪人、捉麻雀才有趣，不懂得雪益农家的真正意义。

雪是孩子的最爱。雪天最快乐的事，似乎都让孩子们占去了。小时候，每逢落雪纷飞时，我也会在雪地里跑啊，疯啊，嬉雪不疲。不过，较之于堆雪人打雪仗，我更喜欢扣麻雀。雪后扣麻雀是堂兄六哥的拿手好戏。他先把院子里的雪地扫出一小块空地，撒上些稻谷，再找来一个筛子扣在谷子上头，一端用小木棍儿斜支起来。然后用长长的细绳儿，一头儿系在小木棍儿下端，另一头儿牵到隐蔽处，便开始等待麻雀的光临了。不消多时，就有经不住诱惑的麻雀开始在空地的上方盘旋。它们先是警惕地在墙头或院子里的苦楝树上飞来飞去，侦察好久，才敢一点点靠近，啄食紧靠筛边的谷子。待确定没有危险时，便大摇大摆地走进筛子底下啄食。这时，我们将手中的绳子猛然一拉，那几只贪嘴的麻雀便被筛子扣住了。六哥告诉我，捉麻雀不能性急，如果贸然地用手掀开筛口去捉，麻雀会从筛子口的缝隙中逃走的。要先用布片儿遮盖住筛子边边，然后用眼睛从筛缝中观察，再从布片下伸手进去捉。麻雀贼精，即便是筛中捉雀，也不是件很容易的事情。轮到我用冻得通红的小手也抓住一只时，捧着麻雀那个开心劲，现在想学也学不来。

夜深了，雪仍在悄无声息地飘飞着，窗台已渐渐隆起了一抹雪丘。窗外的大街上，飞扬的雪花中，还有不少脚步匆匆的归人。眺望故乡的灯火，我注定无法成为风雪夜归的故人。忽然想起了徐志摩的诗来："假如我是一朵雪花/翩翩地在半空里潇洒/我一定认清我的方向/飞扬，飞扬，飞扬……"

不知我的故乡，今夜，可在雪中？让我在异乡的雪夜，为故乡祈祷吧！"瑞雪兆丰年！"

雪夜心语

夜，飘雪的子夜。

在这春又寒浓的日子，一个人的夜晚，很容易寂寞成殇，很容易心生百味，很容易让人有意无意地忆起过往。于人或事。

南方比不得北方。这个季节，北方早已是冰天雪地，素颜裹面。而长江之滨，我居之城，冬雪无踪。幸得今夜，春雪初临。

冬去春来，花谢花开。守着夜的宁静，你来信说，一个人体验青灯孤影的寂寥，蛾眉不语，胭脂谁涂？独看镜里花黄。感叹季节的变幻，感叹尘世的无常！可今天，我的城市下雪了，且是一场似乎很美的夜雪！看，窗外，飞絮盈空，犹似萤火虫在夜空中飞舞。但看苍穹，灰蒙蒙的一片。灯光下的雪花，不是很大，却飘洒得很有意境。我想：一定是天上如雪的姐妹，柔情曼妙，抛下梨园花万朵，一片片，一朵朵，形实而静默，情真蕴无言。这雪花，远望她轻盈、飘逸；近看她晶莹、淡雅。我迎她穿窗而入，她羞答答欲行又止，难觅香踪。那意境，如诗如画，浪漫至极！

按理说，我的心境会因雪而好起来，毕竟那是她不红装艳抹、清雅无俗的北国情怀。可是，为什么我还会有一丝怅然呢？

我是江南的俗子，多想能雅起来啊！就如这天边飘舞的春雪！她没有北国的雪妞大气，少了份粗犷和豪侠，温婉依人如江南淑女，小家碧玉、楚楚动人，宁静而高洁，不，应是宁静而圣洁。她在这春寒如冬的季节，洗尽世间的浮华与尘垢，让人在雪影中，忘掉尘世的一切喧嚣，仿佛置身桃源仙境。我突然明白，我尘中的俗念是为你挂怀。因为我无法忘记北国的你！

让我们一同打开心窗吧，把心事化作唐诗宋韵，把思念化作清幽墨香，在这雪花飞舞的子夜，对着你，品尝那悠悠雅淡的暗香，诉说行走在千万里路途的心语。

不知你的心逐的驿站，是否开通。不知你的温柔何时降临。我在距你遥远的南国，想你！

你会踏雪而来吗？凌波微步，蹚过我的心湖，在这雪花飘飞的春夜，我们在江南，泊水荡舟，我长剑欢歌，你煮酒品茗，倾情一隅，缱绻在山水人物画中！此生遇你，温馨连绵；今夜有你，风花雪月……

雪夜，在这春而还冬的雪夜，想你。

（原载《大连城市文学》2015 年 11 月 26 日）

压岁钱

俗话说：大人望种田，小孩盼过年。小时候住乡下，一到腊月，喝过腊八粥，就眼巴巴掰着指头盼年来，不懂得体恤父母的辛苦，眼里满满的全是过年的好：穿的是新衣服新鞋袜，吃的有平时很难吃上的鱼肉，便是往常瘪瘪的兜里，此时也装满了各式各样的零食或玩的爆竹，更让人高兴的是还有压岁钱。

我的童年，也有过压岁钱的经历。记得那时农村还是走集体化道路，父亲因体弱多病，出工少，一大家子全靠母亲双手支撑，常常是吃了上顿愁下顿。但母亲是个坚强乐观又看重传统的人，每逢过年，总还是千方百计地为她的孩子们营造欢乐的气氛。再苦再难也要为我们添置衣帽鞋袜，让我们一身上下，焕然一新。每年除夕夜，都要给我们压岁钱。

那时乡下物资匮乏，既没电视也没电灯，除夕夜大人们常会围着炭火拉家常，说是守岁。小孩吃过年夜饭后，在院子里放过几声爆竹，就早早躺在床上，搂着新衣新裤新鞋新袜睡，可心里又老盼着大人的压岁钱快点来，自然睡不着。等到父母以为我们都入梦了，就会悄悄地把压岁钱放到我们姐弟的枕下。假寐中的我，听见大人的脚步声出了房门，就赶紧伸手一把抓住压岁钱，只可惜黑灯瞎火看不见，只能用手摸着比画，揣测这钱是二毛还是五毛，激动又兴奋……

第二天天刚亮，我们就会心急火燎地查看压岁钱的多少。钱多心里自然更高兴，遇上钱少于预期的数目，虽有些小小失落，但也还是高兴，毕竟有比没有好。然后高高兴兴地穿衣下床，匆匆给长辈拜完年，心里就开始盘算如何安置这压岁钱。你可别小看这三五毛压岁钱，那时的钱可值钱呢，有了它就可以踱着六亲不认的步子，得意地把一根根甘蔗扛在肩上，也可以让糖果把口袋衬得鼓鼓的；有了它，你就成了比你小的孩子眼里的“大款”；有了它，你小小的虚荣心会得到极大的满足，心里也充满了自豪！母亲怕我们养成了浪费的习惯，常吩咐我们压岁钱不能乱花。我就开销一小半买些吃的或买一本小人书，剩下的钱都买了铅笔和写字的本子。

20 世纪 70 年代末，随着生活条件的改善，父母给的压岁钱也水涨船高，从最初的一毛、五毛，渐渐涨到了五块十块。到我上中学时，父母每年还会给压岁钱。遗憾的是，蝴蝶一样在村巷穿梭起舞的童年，已悄然走远了。那些曾经在一起比压岁钱多少，玩游戏放爆竹的玩伴，再也难聚拢了。母亲给我们压岁钱，一直延续至今，无论我们怎么推辞都没用。或许，在母亲的眼里，儿女年纪再大，永远都是个孩子。让人惭愧的是，我们自打有了自己的孩子，这些年，我们对父母的关爱少了！

如今人到中年，每每遇到孩子嫌压岁钱少的时候，我总会讲起我的童年，讲我小时候两角压岁钱带来的欢乐，讲肩扛甘蔗招摇过市的潇洒。望着孩子露出半信半疑的神情，我觉得很有必要告诉他们压岁钱的真正意义！其实过年长辈给晚辈压岁钱，体现的是一种亲情的祝福和关爱！一个人，只要心里感受到幸福，压岁钱真的不在乎多少！

夜踱山郊

城市总是喧嚣的，相对于乡野的宁静，我更喜欢后者。

在城里上班，迁居城郊年余。租住的房子，离城步行不过五里左右。以城市的发展速度，未及一年半载，必将被圈入城区。晚饭后静坐在院子里，繁华的城市之夜生活，那胭脂一样的灯红，映红城市的夜空，也映红了我们院子上天空的脸。我不喜好热闹，在远处传来的广场舞的音乐声中，忽然感到一种寂寥。今晚的月色却很好！柔和的光抚在我的身上，竟让我有种莫名夜踱的心动！早就想寻一方幽境，远离红尘，沉淀一下浮躁的心绪，释却工作中的种种压力，感受自然的呼吸，聆听自然的声音。今晚的月色很好啊！何不出门夜踱呢？

我居住的地方，在离城相反的方向，有一处傍湖的武山。武山，并不孔武，也不高而峻险，海拔只有二百米左右，在惯见崇山的人眼里，只能算是一座土丘。然而，对于我们久居平原的人来讲，这森林茂密，蕴藏山水人物的武山，实在是一处好山！从家出发，步行到武山，刚好是到城里的距离。春日，我探访过武湖山庄，却因逢雨，少见景致。不过主人的武湖春露，现在回思，茶香百味，引我留恋！不知这五月初夏的今晚，可有邂逅？

穿行在城市边缘的路上，远离灯红酒绿的繁华，一个人向着武山，徐徐信步。夜风是轻的，带着一丝江水的腥味，微微让人侧目。几许寒冷，几许冷艳。朗月下的小路两旁，已经没有油菜花毯的影子，换成了绿油油的秧苗。在这月夜里，静静地在风中舞着，舞着人们秋收的希望。夜云也是轻的，羽毛一样在天空飞翔，皎洁的月光里，如草原驿动的羊，如花如绵，充满跳跃的活力与欢快！

约莫半盏茶的时光，就到了武山。踩着叶子、春草和落英铺成的小径，一路向前。矮树斑驳的月光下，分不清路的颜色，但那份如毡的松软，让人颇感舒适。风从林间穿过，舞起几片落叶。伴着轻枝曼舞的还有阵阵似箫非箫的声音，和着蛙鸣，虽不成曲，却蕴含乐韵，让人听着，没有夜寂的忧伤，给人缕缕自然的陶醉！忽然听到潺潺声从彼间传来，我顺其声，转过一处竹林，月光下，山石间，我看到一条小溪。我蹲下身，用手剔之，涧中水清凉又温润。我捧上盈盈一掬，触品，甘甜至极，吞咽，则沁人心脾！让人恨不得圈而自得。跨过小溪，有一处荒废的庵堂。想当初，烟火盛时，梵音吟唱，洗涤了多少善男信女的心尘啊！而今，竹园深处，断壁残垣，不知失之天灾还是人祸，让我顿生颓废失意的味道。心性由境，竟突然觉得夜也朦胧，月也朦胧，人也朦胧。仿佛脚下的路，就走到了尽头。我在庵前的石凳上坐下，眺望城市的方向，看到的却是一幅山水田园的模样。我看到那长长的花径，绿荫掩映的山间小院：木屋、篱笆、老树枯藤、无名的山野花……我仿佛又看到，在这静谧的月夜，你端着笑脸，从柴门处，手捧香茗，款款而来！你是剑眉星目，春风满面？还是面带桃红，笑靥如花？看不清你的模样，只能感受你的热情。哦，执子之手吧，相携着无声地坐在木椅之上。把你的笑，你的温柔，印在我心里。把我的笑，送一半随风夜逸，留一半弧度张扬在你的，还有我的嘴角！……

咚、咚、咚，远处的鼓楼，响起了钟鸣和鼓声。月光下，我似乎看到远处武湖山庄木屋的窗灯，那灯光若有若无，似近又趋遥远。朋友她也许睡了，连同她的田园与木屋。我夜踱着，在月夜的山郊，感受到很多美好的意境，也感受了某种遥不可及的远。

或许，生活本身就包容着一种残缺和失意的美。

归吧，归去！夜色终归有她的宁静，我，永远只能算是一个夜行的过客。箫声起处，蛙鸣依旧。脚下的路还温软实在，身后远去的小溪，竟潺潺地笑出了声。是的，花径不会常有，但雅静不可常无。走在回家的路上，忽然闻到稻苗的清香，这孕育的味道，是不逊秋收的稻香的。

人啊，只要心里守着一份宁静和雅意，这自然的清新与淡雅，总会如影随心！

月夜，来年的春天，郊外的山庄，想必又是一样风光。

（原载《大连城市文学》2016 年 1 月 6 日）

朱之文现象思

我是个不喜热闹的乡下人，过惯了静谧且枯燥乏味的生活，平素在现实和网络中，除了偶尔兴起，凑几句打油诗，笔少为文。

我来朱吧时间不短，早先多为看客，也许是近朱者赤的缘故，有时也写上几句顶帖话，再后来还在吧中陆续发了几篇帖子，常有不少珍珠姊妹捧场，心里很欣慰！

从最初三月朱大哥海选视频入目，我伴朱兄走过了春花灿烂，度过了炎烈之夏，来到这秋收的季节。

看朱大哥坚实的脚，豪迈踏出，一步一印，一步一阶，走上央视的舞台。虽说春晚还没到，但只要春晚是向着人民的，我坚信，朱大哥一定也必将登上春晚的舞台！

在朱大哥歌声陪伴的日子，我对大哥产生了深深的依恋之情，这份情，严格地讲是仰慕！同时从大哥身上，也学到很多做人的道理和启示。

首先学会执着

朱大哥生长在偏僻的乡下，家境贫苦，幼小失父，失学。十来岁的孩子，柔弱的肩上就过早地担起了生活的艰辛，可就是在这样的环境下，他不忘自己的喜好，用他的话就是，“我特别喜欢唱歌。”从小孩子唱到四十不惑之年，春去夏至，秋凉冬寒，树林风冷，小河冰霜，披星戴月，雪沾衣裳。春秋几十度，寒暑几十载，转眼三十年！而今，我们说起来很轻便，可几十年的坚持，几十年的磨难，其间的苦，却不是你我轻易能体会的，正是因为大哥的执着，才有大哥今日的从容。

其次是等待机会

天地间不乏宝物，缺的是发现和挖掘。就如前人韩愈之《马说》，“千里马常有，而伯乐不常有。”俗语言，一个好汉三个帮，绿叶托起花儿芳。朱大哥生活在民间，且又是缺乏文艺氛围的乡下，不说没有展示的平台，就算能登乡台唱演，可曲高和寡，也是伯牙子期难逢，注定知音难觅。当然从现在网络上传的视频看，也有像成武五哥那样的慧眼人。可五哥能力有限，正如他自己所言：这是一尊蒙尘的佛，却因为山高庙小，他无力送佛都市庙堂。不过他坚信朱大哥，终有一天声醉红尘，也正是因为像五哥这样的人在默默耕耘，深藏泥土的璞玉才浅居表层，当暴风雨来临时，他就会一现惊人！终于，机会来了！那首《滚滚长江东逝水》，洗涤了听众尘封的心灵，也涤去了掩盖在朱之文这块美玉上的浮尘。终于，机会来了！大哥迎来了领路人，乔军、于文华、杨洪基、马秋华、阎肃、金铁霖等老师，一众大家，胸怀坦荡，给了朱大哥无私的帮扶。

再次是淡泊名利

朱大哥之出名是爆发型的。震撼之大，波及之广，堪比于快男超女！刹那间，神州处处莫不有慕朱人，上至绅士名人，下至邻里乡党。年长者，须发皆白；年幼者，卧腹聆音。视频点击几亿次，贴吧发帖百万多，珍珠蜘蛛不下万人，每临演出，人山人海，一曲终罢，呼之往返，真个是盛况空前！情况就是这么个情况，热浪就是这么强劲。但是，大哥不改本色，说出了“出名不出轨”“出名更出力”等名言。这些富有哲理的话语，如清风拂面，沁人心脾！家住破寒房，面对百万代言，不为心动！试问：世风日下，拜金盛行之今日，此操此节，守之者何人？

最后是寄语朱大哥

大哥做得几近完美，但来日方长！我除了送上对大哥的祝福，献上我诚挚的仰慕之情，还要说：朱大哥，玉华嫂也是一块值得珍惜的温玉啊。遥忆当年冰寒牙，无情铁剪有情发啊，请莫忘乡土，莫忘根本！

朋友，从大哥身上我们学到了很多，三百六十行，行行出状元！也让你我学会执着，只有能量积聚到由量变到质变的时候，给你一个支点，你也会把地球托起！

受之有愧的“陪娘奖”

在我五十多年的人生经历中，曾获得不少奖项。每次领奖，总会让人高兴又自豪。可今年的一次得奖，却让我惶恐。

母亲一个人住在乡下。每次劝她进城，她总是说在自个的农家小院住惯了，哪也不去。说有她在一天，小院就不会荒芜，孩子们知道自己的根在哪里。说来惭愧，母亲生了我们姐弟四个，可成家后散居四处，平时各忙各家，很少回老家陪母亲。

母亲有重阳登高的习惯，前几年重阳回去，我曾陪母亲登过一次高。记得我牵着母亲的手，走在弯弯窄窄的山道上，母亲步履蹒跚，但却努力挺直着自己的脊背。登高回来，母亲还意犹未尽说：“好些年没登高了，累是累点，却也开心！”我回母亲说：“娘，您开心就好！以后每年重阳，我都会回来陪您登高。”没料到世事多舛。从 2018 年 8 月开始，非洲猪瘟疫情严重，一连两年，养殖场莫不闻之色变。为防患于未然，我们猪场早早实行了封闭管理。作为猪场技术员的我，自然知道个中轻重。只好食言而肥，没有回去陪伴母亲。

今年重阳，我和妻携孙回老家看母亲。母亲很高兴，亲手为我们做了满满的一桌菜，除了孩子们喜欢的荤腥，好多是我打小就喜欢吃的家常菜。不说南瓜饼、菊花糕香甜可口，只连饭后的菊花茶，也都是那么沁人心脾。餐毕，我决定陪母亲去登高。母亲没答应。说是人老了，腿脚也没有先前灵便，不想受累了。深秋的风，已有凉意。我看着身躯佝偻的母亲，一头零乱的白发在风中飘动，我有些心酸，感觉母亲是真的老了。

夕阳西下时，我们决定返城。母亲先在小菜园采摘了好些时蔬，接着又从屋里吃力地提着几个袋子出来，然后一股脑儿往小车后备厢里塞，边塞边说：“这是没打药的鲜薯尖和嫩的秋丝瓜，这是孩子们爱吃的土花生和菊花糕，这是你爱泡茶的干菊花……”临行，妻打算给母亲几百块钱，没想到母亲不肯收。我说：“娘，儿媳妇给您，您就收下好了，一个人在家，总还是有要用钱的地方。”没想到母亲听了，一脸愠色。见老人不高兴，一时间，我不知如何是好。

“唉！”母亲轻轻地叹了一口气，接着默默地进了屋。我和妻赶忙跟在后头。母亲进房后，从床枕头下拿出一个红包递给我说：“拿着，娘今儿个高兴，娘该给你夫妻俩奖励才是。”

奖励？我一头雾水。娘都八十好几的人了，虽说现时国家政策好，老人每个月能领上三二百块钱。人老了，难免有个头痛眼热的，开支还是有的。再说我们又不是小孩子，哪能要娘的钱呢？正推辞中，母亲幽幽地说：“娘生你们姊妹四个，如今都离得远，都忙。过时过节，你们都说回来陪我，可真的回来，有几个？娘知道你们过日子不容易，可娘想你们呀。”母亲说着，眼泪跟着也下来了。“娘今年八十有五了，往后的日子不多了，想手里头还有几个余钱，寻思着给你们也设个陪娘奖，谁回来的次数和待的时间长，谁的红包就大。”

我终于明白了。母亲不缺钱，缺的是温暖。为了让儿女多回家看看，她竟天真地设了个“陪娘奖”。想起小时候粘着娘撵都撵不走的场景，我知道寂寞孤独的母亲，真的需要儿女陪伴。

坐在返城的车上，我摸抚着母亲给我们的奖励，心里满是愧疚。车子发动的那一刻，望着窗外白发苍苍的母亲，挥手作别时，我泪流满面。

（原载《人民政协报》2020 年 11 月 2 日）

秋天的野菊花

重阳过后，秋就渐渐走向纵深。这时的原野最出彩的，除了在田野为秋收忙碌的乡亲，当属为丰收增添色彩的野菊了。这些随意地开在村头湖畔，开在田间地头，开在庭院篱边的野菊花，没有雅致的名字，却是秋天乡下最普通又最美丽的花儿，是乡秋一道亮丽的风景。它们红的红成一团，黄的黄成一片，白一丛，紫一簇，你挨着我我挤着你，开得兴高采烈。仿佛一群出来秋游的小丫头，好奇地仰着圆圆的小脸蛋，对未知的世界充满了憧憬。乡亲见惯了这样的花开，早已习以为常，一如既往地在秋的原野上收获，播种希望。只有那些天真无邪的孩童，面对这五颜六色的野菊花的诱惑，满眼新奇，或采或摘，不亦乐乎。

菊花艳在深秋，恬淡自处，不与群花争艳，傲霜自立的品性，深受历代文人墨客喜爱。晋陶渊明诗云："采菊东篱下，悠然见南山。"读来，眼前总会浮现出一幅人与自然和谐共生的画面，淡淡菊香中，仿佛篱也生香。菊花出名，陶渊明功不可没。正是因为陶公爱菊，才有晋后菊花名扬天下，千百年来，收获菊粉无数。

我打小就爱野菊花。去年冬天回乡，从老家的后山带回一株细小的野菊，小心翼翼地把它栽在花盆中。没想到我费心费力为它培土，施肥，浇水，花农的活干得有模有样，它却叶片凋零，活不新鲜。妻担心它离开了乡土，怕养不活。令人欣喜的是，今年秋天，它突然一夜间开了几朵细碎黄花，枝头上还有几朵含苞待放的花蕾。盛开的菊花，花瓣弯曲着，攒成一团，像一张笑脸，瓣瓣都眯缝着眼，惹人怜爱。一家人高兴得不得了，给足了它注目礼。妻笑说："没想到你这书呆子，竟能养出这么美丽的花。"我笑而不语，心里却在思考：为什么同样的菊花，环境变了，养在花盆里就尊贵了，人们从心底对它多了一层怜爱之情，一经花开，就吸引了众人的眼球呢？也许，向往自然是人类的本性。在城市住久了，一朵菊，就足以唤醒人们对整个秋天的记忆。

在老家，山菊盛开的时候，乡亲还有采菊的习惯。据说山菊花有很高的药用价值。有心人会采野菊花，晒干做枕头，送儿送女，淡淡的菊香夜夜相伴，菊香里渗透了浓浓的母爱。想起儿时贪吃，想起而今的午后一杯茶，菊花就是母亲灶台上的菊花糕，菊花就是父亲茶壶里的一壶茶。其实在村庄，像父亲和母亲这样质朴老实的农民很多。他们一年又一年地守住故土，在田间地头劳作，挥汗如雨，默默耕耘。索求的少，付出的多。多像是一株株默默无闻却又处处透着奉献的菊花啊！

“已晚相逢半山碧，便忙也折一枝黄。花应冷笑东篱族，犹向陶翁觅宠光。”宋人杨万里这首《野菊》，看是对野菊脱俗品行的赞赏，细品，何尝不是对普通劳动者的赞扬啊！

菊花的品种很多，颜色和花瓣的形状也各不相同。庭菊有庭菊的媚和娇，野菊有野菊的雅和傲，雅俗共赏是菊的天性。菊如此，人尤其如此！如今人过中年，退休将近，更向往“秋丛绕舍似陶家，遍绕篱边日渐斜”的生活了！

（原载《中国水运网》2020 年 11 月 2 日）

山药鱼头

在鄂东老家，有一道叫山药鱼头的菜，大集体年代，是乡亲们招待客人的招牌菜。那时物资匮乏，做一回山药鱼头，通常要做好长时间的准备。所以吃山药鱼头，通常会给乡亲们一种很强的仪式感。

山药鱼头的烹饪方法看似简单，实则复杂。不同的人或在不同的地方做，做出来的味道会大不一样。这除了与个人厨艺高低有关外，还与食材的选用有关。武穴山药鱼头，选的是荆梅湖的新鲜鳙鱼（胖头鱼），姜是本地百园的小姜。山药是当地特有的佛手山药，状似手掌。原产地在四祖司马道信故里，古镇梅川一带，受佛禅文化影响，通常被称为佛手山药。佛手山药状型奇特，口感不同于一般棍状山药，以香糯见长。具有香气浓郁，糯而不腻，口感极佳的特点。用它来炖鱼头，口感独特，糯香浓郁。

小时候在乡下，见惯了母亲在小小的灶屋不停忙碌的身影。遇上生产队干池塘，家里分了一两条大一点的胖头鱼，我和姐姐总是两眼馋馋，盼望着晚上有鱼头吃。待有了炖鱼头的确切消息，我们总会乖巧地守在小屋灶台前，给母亲打下手，添乱。昏暗的灯光下，我们小小的影子和母亲的影子重合，在泥墙上摇曳，变成一幅温馨的画面。虽然那时候炖鱼头，没有现在这么多的佐料，用的鱼头和山药也都小得多。但是煮出来后依旧美味可口，多汁好下饭。在物资匮乏的年代，已是非常难得的佳肴。我喜欢吃这鱼头，喜欢咀嚼这种简简单单的幸福味道。

有年秋天，我在武汉新洲打工，因工地地处偏僻，好久没吃鱼。借放短工的机会，我和工友在当地老乡手上买了条胖头鱼，想做炖鱼头吃。正当我手忙脚乱准备炖鱼头时，在阳逻打工的妻子背着山药从老家来了，看到锅里的鱼头，几块豆腐和用土豆替代的“山药”，笑得大失常态。说：“哎呀，千万别跟别人说这就是武穴的山药鱼头。你看你，鱼头小不说，连豆腐也畏畏缩缩，土豆还黏黏糊糊。顶多算是个懒人鱼头。”说得我面红耳赤。后来妻加了点从家里带来的佛手山药，点石成金般一加工，吃起来，多多少少有点老家山药鱼头的味道，没吃过正宗山药鱼头的工友吃了，没少给赞。以后妻来时，嘴馋的工友就起哄要妻子做炖鱼头。说来也是，妻所用的食材，除了佛手山药，和我准备得也差不多，但吃起来，色香味却是我那“懒人鱼头”没法比的。

今年重阳回家，在母亲的指导下，妻做了一回地道的山药炖鱼头：新鲜胖头鱼杀后洗净，切下鱼头。然后用生姜擦一下热锅，放油，加适量冷水，将鱼头放入锅中，加入切块豆腐干和姜块，再把佛手山药倒在豆腐周围，撒上盐，盖上锅盖。中火慢炖，等豆腐浮出水面翻滚，再用大火。待锅中汤汁煮成了乳白色，将适量的生抽、淀粉调汁倒入汤中，撒些葱花或香菜，山药炖鱼头就做好了。一大家子人其乐融融地坐在饭桌前，品尝美味的久违的山药炖鱼头。母亲夸妻说：“出师了，出师了，山药炖鱼头，就是这个味，正着呢!”看俩孩子争先恐后毫无违和地坐在母亲怀里，小孩子笑得天真无邪，母亲笑得一脸幸福，我心里就暖暖的。

他乡游子，对故乡总有一种天然的思念。如果说只能选一道菜代表思乡之情，在我看来，非山药炖鱼头莫属。除了贪恋鱼头本身的滋味，更多是喜欢在咀嚼中回味家乡这种简单又幸福的味道。

远去了的乡村货郎担

“红头绳儿雪花膏，发夹手帕俏；气球糖果钥匙扣，喇叭声儿高……”这些耳熟能详的叫卖声，是我小时听得最多且最打动我心弦的声音。多少年过去了，现在想起来，声犹在耳。

我小的时候，农村物资相对匮乏。乡亲们买个针头线脑，都要到十几里外的镇上。农村实施承包责任制后，乡下渐渐有了货郎担的身影。最初，货郎担是些头脑灵活的农村人。他们借改革开放的春风，在乡下买卖的两难中发现商机，利用农闲的空隙，肩挑货担，手摇拨浪鼓，穿梭在乡间，带去乡下人急需的小商品，赚些小钱贴补家用。既方便了群众，也深得乡下人欢迎和喜爱。

货郎担们的行头都差不多：一根扁担两只筐。通常是箩筐上边，安放着玻璃面的“小柜台”，柜台内分许多小格子。摆放的是些日用小百货：火柴、蜡烛、手帕、围巾、皮筋、发卡、铅笔、橡皮、玻璃球、气球、喇叭、鱼钩、鱼线、蛤蜊油、雪花膏、钥匙链……反正是杂七杂八，应有尽有。说它是个简单的移动小店也不为过。柜台下的箩筐，则用来装换货的废旧物品。

那时的乡下，热闹，事不多。通常，雨后初晴的日子，只要村头响起“当啷啷咚、当啷啷咚”雨点般有节奏的货郎担的鼓声，宁静的村庄立马变得生动热闹起来。货郎担似唱似叫的吆喝声，拖腔带调，抑扬顿挫，在日子过得枯燥乏味的乡下，让人听了格外提神。往往货郎担的担子还没放稳，大人小孩便从四面八方围过来，把货郎担围得水泄不通。见惯了阵式的货郎担，一边喊“莫挤莫挤”，一边不慌不忙地把担子放好，摘下草帽，扯下搭在肩上的毛巾，把脸上的汗一抹，然后笑眯眯地看着围上来的“顾客”。

最让我们这些孩子高兴的是，随便在家里找些废电池、牙膏皮和尼龙纸，就能换回几样想要的玻璃弹珠、小喇叭或鞭炮等东西。和男孩不同的是，女孩要的多是毽子、发卡和橡皮筋。大人们要的多是些针头线脑、纽扣、火柴、蜡烛、红糖、肥皂等。要说买东西认真，当属婶娘奶奶们。你看那老奶奶，看针、瞅线……把想要的东西拿起放下，再拿起再放下，左瞧瞧，右望望，讨价还价。握钱的手都出汗了还没成交。每每这时，货郎担总是一副笑脸，任你千挑万选，不烦不恼。

那年月，农村所需的日常生活小用品，大多由货郎担供应着。货郎担的出现，既活跃了当时的农村经济，也丰富了乡村的生活，是那年头一道在乡间流动的风景。货郎担虽说是看似简单的活计，但同样辛苦。往往一天转下来，收获大的时候，一副担子，百几十斤还是有的，对货郎的体力也是个不小的考验。

如今国家政策好，村村通、路路畅。眼下，几乎村村都有小超市，网购也方便，乡下早就不见了货郎担的影子。随着时光的流逝，乡村货郎担的故事，也渐渐沉积在历史的河流中。但无论如何，他们那曾经忙碌的身影和吆喝声，是一个时代的剪影，体现了一个时代的面貌。

（原载《定西日报》2020 年 12 月 7 日）

以书暖冬

冬居四时之末，又以寒冷静寂著称。古人云：春诵、夏弦、秋礼、冬读。说的是根据季节的变化学有不同，而冬天，最宜读书。“三余读书”的倡导者，三国名士董遇，也推崇冬读。想来，在寒冷的冬天读书，别有情趣。

冬天，无论是在寒雪覆盖的北国，还是在浓霜铺地的南方，人们采取的取暖方式都各不相同。有室外运动的，有围炉烧炭的，有用电制热的……或许，只有我的驱寒办法特别，那就是以书暖冬。作家钱歌川在《冬天的情调》中说，大雪天到外面去看过一回雪景，回家来扫清身上的积雪，吃过晚饭，关起门从容地来读禁书，这是金圣叹所赞美的人生一乐。林语堂说，在风雪之夜，靠炉围坐，佳茗一壶，淡巴菰一盒，哲学经济诗文，史籍十数本狼藉横陈于沙发之上，然后随意所之，取而读之，这才得了读书的兴味。试想，寒冷的冬天，以书做伴，是多么惬意的事啊。读什么书，喜好由君，诗词歌赋，史书传记，野史闲文皆可；读的姿势，或坐或卧，或斜倚床头，慢读细品皆成；读书时间可长可短。远可读《诗经》“执子之手，与子偕老”之浪漫，中可读李白苏辛之豪放，近可读鲁迅之沉重与深刻和金庸梁羽生之侠之大义；兴趣来时，还可体验域外莫泊桑和雪莱的感慨与咏叹……无论是鸿篇巨制，还是休闲小品，都可以让人从字里行间，品读出历史的浪漫与飘逸，沉重与压抑。文如薪火，孕育着煦暖的气息，让人体验冬读如春的温暖。

冬天读书，书能生百味，单调的日子，也会变得有滋有味起来。沉浸于书香之中，眼前总能浮现无尽的可能，让人有一种身临其境的感觉。读柳宗元“孤舟蓑笠翁，独钓寒江雪”，仿佛鱼味就在眼前。读袁枚《随园食单》或汪曾祺的美食文字，大而至于山珍海味，小而至于一粥一饭，无所不包，不亚于亲口品尝了一顿顿美食。

冬天读书，能读出一种美丽的意境和一种难得的心情。也能读出一种心旷神怡的景致。宋人翁森有“读书之乐何处寻，数点梅花天地心”的诗句，把冬日读书的乐趣和意蕴挥洒得淋漓尽致，让人浮想联翩。冬读之乐，跃然纸上。作家叶灵凤在《书斋趣味》中说：“在这冬季的深夜，放下了窗帘，封了炉火，在沉静的灯光下，靠在椅上翻着白天买来的新书的心情，我是在寂寞的人生旅途上为自己搜寻着新的伴侣。”是啊，在寒冷的冬天读书，在书中找到知己，这时窗外雪花飘落，如梨花漫天飞舞，在寒冷中酿造着春天的样子，想象着与知己相依相偎的滋味，那温暖如春的意境，是怎样的妙不可言啊!”

冬读，在清冷漫长的冬天以书为伴，在文字中开启一段段美妙的旅行，收获的不仅是知识，还有一份内在的沉稳与自信。冬读，能让人从书中吸收精神食粮，让人的身体充满一股股涌动的暖流。正因为心中有书香给予的阳光般的温暖，我的冬天才变得不再寒冷。

（原载《书法报》《鹤岗日报》2020 年 12 月 1 日）